オスカル・パニッツァ

種村季弘・多賀健太郎＝訳

Oskar Panizza, Psichopatia criminalis

犯罪精神病

平凡社

犯罪精神病✣目次

凡例

・本書訳出にあたっては雑誌掲載等の初出テクストに拠ったが、同時にOskar Panizza, *Die kriminelle Psychose, genannt Psichopatia criminalis*, Matthes & Seitz Verlag, München, 1978 ならびに Oskar Panizza, *Dialoge im Geiste Huttens*, Matthes & Seitz Verlag, München, 1979 を参照した。

・原註は（ ）付き数字、訳註は〔 〕付き数字で示した。

・外来語や人名の場合を除き、原文のイタリックには傍点、ゲシュペルトはゴシック体表記、大文字表記は〈 〉で括ることを原則とした。

・割註〔 〕は補訂者（多賀）による挿入、［ ］は原語挿入である。

・既訳のある引用についてはできるだけ参照し、訳書の書誌を掲げた。ただし、文脈などに応じて適宜変更した箇所がある。

犯罪精神病

調和を重んずる凡庸な人々が
こうした数々の珍品〔シュレーゲルの原文では「不断の自己諷刺」〕をどのように
受けとるべきなのか
皆目見当もつかず
信用と不信をいくども右往左往したあげくに
めまいをおこし
まさしく冗談を本気に
本気を冗談と勘違いするなら
それは吉兆だ。　（フリードリヒ・シュレーゲルからの翻案[1]）

パニッツァ評〔2〕

オスカル・パニッツァとは誰か？

ドイツの作家――ドイツの殉教者……オスカル・パニッツァほど恐るべきかたちでそのことを例証した者が誰かいるだろうか？（カールハインツ・デシュナー〔Karlheinz Deschner (1924-2014).『キリスト教犯罪史』などで知られる教会批判の作家〕）

窓を打ち壊し頭を打ち砕いたところで、現状の変革にとっては何の意味もない。しかし、古きものをメリメリと引き剝がし、それから――それからようやく！――新たなものを築き上げようとする勇気を持つことには、おそらくなにがしかの意味があるだろう……。勇敢なオスカル・パニッツァのことをわれわれは忘れない。（クルト・トゥホルスキー）

彼に較べればハイネは炭酸の抜けたラムネといえよう。（クルト・トゥホルスキー）

もっとも西欧的な闘鶏のうちの一羽（カール・クラウス）

聖杯のなかの蠍《さそり》（アンドレ・ブルトン）

異端の聖人画家（ヴァルター・ベンヤミン）

、、、、、希望なき社会の解剖学者の先駆けとしてのパニッツァ（ハイナー・ミュラー）

誰もがとかく曖昧なままにお茶を濁してしまうようなところで、パニッツァはあえて危険に身をさらした。（オスヴァルト・ヴィーナー）

犯罪精神病《プシコパティア・クリミナリス》

司法が必要と認めた
精神疾病を病理学的に精神鑑定し
科学的に評定するための手引書。

医者、門外漢、法曹界、後見人、行政官、大臣等々のために

チューリヒ、一八九八年[1]
チューリヒ討論社

序文

近年、フランス人ではマニャン〔Valentin Magnan (1835–1916). 精神分析家〕、われわれドイツ人ではシューレ〔Heinrich Schüle (1840–1916). 精神医学者〕ならびにクラフト・エビングが、精神病の数およびその質的相違を確乎たる学説に体系化した。したがって、そこに入る余地のない精神病もしくはこれに類する変種はまず見当たるまい。だから学識ある読者はここで新たな精神病と新たな専門用語《テルミヌス》が要求されると知らされてやや驚き、すくなからず御機嫌を損ねることだろう。にもかかわらず私が犯罪精神病《プシコパティア・クリミナリス》という新病態を精神医学の学問体系に導入しようとするのは、殊に裁判の領域における豊富な事例を踏まえた上でかかる必要性を確信しているからであり、また当該領域では大多数の教程書の学問上の構成や分類に著しい欠陥が認められるからである。

だがさらにもう一点言い添えれば、同学の諸君——私が以下の著作で主として相手にしているのはこうした諸君にほかならない——もきっとこの新たな精神医学上の種別をある程度は好意的に許容してくれるにちがいない。その一点とは、人道《フマニテート》の原則である。これは、現今のとかく喧《かまびす》しい時代にはあらゆる領域で、とりわけ法廷でも毎度のように最優先事項とされている。人道の原則が正しく認識され運用されるならば、監獄や刑務所に収監されたおびただしい個人の身柄を精神病院のもっと居心地のよい病室や快適な浴槽に送致するべく、犯罪精神病というこの一病態に最大限の配慮が払われなければならない。そしてこうした移送措置に協力することもまた、崇高なる精神科医が汗を流してしかるべき真の職分なのである。

犯罪精神病ははっきりと特定される顕著な特徴を有した異常心理状態《プシコーゼ》である。裁判官も専門鑑定家もこの心理状態を見逃すことはまずありえないといっていいだろう。その重要性たるや政治が激動する時代にあってはまさに焦眉の急の問題であり、またその価値たるや状況如何にかかわらずいささかも減ずることはありえない。犯罪精神病は歴史の各時代にもつねに存在していたと立証できるのではあるが、その真価が十全に認められるようになったのはようやく今日になってからのことなのである。

あらゆる異常心理状態のなかでももっとも伝染性が高く治癒の見込みのないこの犯罪精神病が民衆生活に及ぼした惨憺たる荒廃ぶりの数々を窺い知るには、実際、さして古くまで歴史をさかのぼる必要はない。一八四八年から四九年にかけて勃発した悲惨な出来事〔ドイツ三月革命〕の五十周年記念を機に、ふたたび追想録や画報のたぐいが市場に大量に投ぜられている。そんな御時世だからこそ、これらの文献を通覧して明らかになるのは、あの頃、精神医学研究の分野に犯罪精神病——当時のあれもそうだったのだ——の知識がとうの昔に根づいていたら、避けられた事態もあったかもしれないということだ。熟練せる裁判官たちの、学問的研鑽を積んだ専門鑑定家たちの、見識ある陪審員諸兄の、弁論巧みな検察官たちや手慣れた看守たちの、それこそ杖の一閃がありさえすれば、無用な流血の惨事も、暴虐の怒号も、監獄や拷問の苦悶も、国士の亡命も、きっと回避されたはずだ。ネッカー河とライン河のあいだに挟まれた、ほぼプファルツ地方ほどの面積の、ほかでもない攪乱分子が跋扈するこの土地に、それなりの規模の精神病院が開設されるならば、犯罪動向、つまり異常心理状態の伝染は、一夜にして、いや数週間にして、未然にその芽を摘まれ、祖国は多大な痛苦に悩まされずに済むのだ。――治療は驚くほど迅速に施される。手厚い診療、適温での湯治、休養、周囲からの隔絶、鉄格子越しに囀りわたってくる夜啼鳥《ナイチンゲール》の啼き声、医師が語りかけるいたわりの言葉――ヒヨスチアミン少量にブロムカリ少量〔いずれも鎮静剤の成分〕――これで、これら隔離患者全員の政治に対する理解は大いに深まることだろう。

　想い返してもみたまえ。一八四八／四九年当時、民衆全体の狂気がいったいどれほど煽り立てられたか。そのときまでに、分別ある市民たちが犯罪じみた企てにいかに手を染め、神に任じられた王侯の神聖なる権利をいったいどれほど侵害したか。また、あの頃の軽佻浮薄な詩人どもの一人がわけても「聖霊」についていったいどのように唄ったのか、を。その詩とはこうだ。

聖霊は最大の奇蹟を果たした。
が、果たした奇蹟はさらに大きい。
暴君の城を次々と叩き壊し、
僕《しもべ》を虐げている軛《くびき》を断ち切ったのだ。

聖霊は古き死者の傷を癒し、
古き権利を新たに甦らせる。

平等に生まれたすべての人間は
同じ高貴なる血統なのだ……（!!）

こう考えてみるならば不測の事態も起こったのではと戦慄を覚えずにはいられないだろう。時宜を得ない流血の軍事介入を契機に万一の場合も生じかねなかったし、最終的にはドイツも共和制に移行しかねなかったわけである。しかし他方では民衆の狂気沙汰にも背筋が寒くなる思いを禁じえないだろう。ごく一握りの病める頭脳という一点から波及した狂気は、ある部分は新聞のおかげもあって、みるみるうちに蔓延していくと、ついには国土全体を奈落の一歩手前まで追いやりかねなかったのだ。

それゆえ望むらくは、歴史上の資料ならびに臨床記録の周到な分析調査に基づいた目下の研究が、何とぞ同学の諸君ならびに行政官諸兄、裁判官、教授、やんごとなき貴顕、またかのすべての高位にして至高の閣下から注目を賜りますよう。なぜなら神は、古き伝統をあくまで貫くわれらのかけがえのない祖国の未来を彼らに託しているのだから。

一八九八年二月、チューリヒ

著者 謹言

犯罪精神病のタイプ

ほとんど研究されていないこの病気は潜伏したまま進行する。初期症状はごくひっそりとしていて無気味だが、いずれは人間の内面はもとより外面も、精神も肉体も、情緒も性格も、ひとしく破壊し蝕んでいく。

最近の心理学の所見からただちに判明したように、大多数の症例で遺伝性をはっきりと立証することができる。父親が、そうでなければ祖父や伯父が、政治犯の廉によりつとに監獄にぶち込まれていた前科持ちであるか、それとも母親が筋金入りの民主的《デモクラティック》な家庭の出であるかであって、どちらかといえば後者のほうが性《たち》が悪い。またきわめて危険なのは、自滅するまであくまで正統思想の国家に反抗するのをやめなかった「ザルツブルク亡命者団[2]」、「ツィラータール派[3]」、「ユグノー教徒」、「ボヘミア同胞団[4]」ならびに「モラヴィア同胞団[5]」、あらゆる分派《セクト》、再洗礼派や狂信者等々の末裔である。こうした連中は金輪際その芽を根絶できないがゆえに結婚してはならない。宗教上、古くから国家と対立してきたこうした反対派の宿痾は、周知のように、いくらお上にへつらう従僕気質の者たちと混血を繰り返したとしても、いくども再発して多大な災厄をもたらしたのである。

これとは違って、遺伝要因が一切認められない人々もいる。しばしばこうした者たちは、たった一人の人間に向かって何十万という群衆が路上で平伏し、この男の馬の蹄に踏みにじられている光景を黙って見過ごせないのだ。こうした場合、概して脳皮質強迫《リンデンツヴァンク》[1]に原因がある。むろんこうした人々は公安上危険であり、四六時中監視しておくべきである。それにまた、国家を維持すべしという要請がある以上、このような連中が子孫を繁殖させる行為を許すわけにはいかない。

だが、これにもまして、こうした病人たちを何不自由なく野放しにしてしまうことで、国家の安寧秩序と永遠の道徳法則がさらされることになる最大の危険要因がある。その危険要因とはつまり、大衆への強い感染力、伝染性だ。歴史上かならずといっていいほど目につくように、大規模な民衆運動の火付け役に回るのは、邪な道に生まれつき足を踏み入れた一連の過激思想を標榜するごく少数の異常性格者たち——その信奉者たちからは「覚者」と呼ばれているが——なのだ。一般大衆、大多数の平民層《プレブス》——かならずしも彼らのことを「憐れな《ミゼーラ》」と称するには及ばないし「税を納める《コントリブエンス》」といった修飾句を付す必要もさらさらない[6]——はおおむね安閑恬淡として細々と暮らしているのであって、為政者たちの容易ならぬ仕事を妨害することもなければ国家秩序の根幹を揺るがすこともない。それにひきかえ、こうした一匹狼どもは、国家顚覆を驚くほど軽率に目論んではいわば空想を弄して新たな社会組織の未来を想い描いている。そうして彼らは、抵抗するすべのない弱者、民衆の「子供たち」、女性、白痴、芸術家、詩人を、まんまと自分の味方につけてしまうのだ。こんな未来社会は、いまだに存在しないし、まるで存在する見込みもない。純粋に理念から、いわば無からでっちあげられるにしては、現実の世界にその根拠が皆無なのだ。また、すべての民衆をまるごと誘導しておのが陣営に引き込んでくるだけの足掛かりもなく、かえって民衆は現行の統治形態の安全と実益を週日と休日とを問わずのべつ肌で感じ懇々と説き伏せられているのだ。こうしたことは、新しい理念すべてに対する大衆の嘆かわしい感受性に起因している。これこそが古代にあってつとにカエサルを悩ませていた問題ではなかったか！　ところが彼は、神の恩寵によりすでに選ばれていた者、あらかじめ決定されていた民衆の支配者だったではないか――カエサル、カイゼル、つまりそのものずばり皇帝《カイザー》である。統治下にある民衆たちの革新欲と理念への感受性はカエサルの行動力と決断力にブレーキをかけた。こうしてカエサルは、神が彼のためにあらかじめ定めておいた支配計画を遂行し、彼が予見していた壮麗な時代に向かって民衆を導いていくことがほとんどできなかったのだ。

健康で平和な民衆にヒステリックな頭脳がいかに有害な影響を及ぼすかを説明するのに、ローマ史からであればたいていグラックス兄弟の例が引かれる。しかしいまでこそかくも霊験あらたかにドイツ民族を導いておられる全能なる神が、その当時すでにこうした諸民族の運命を真に掌握しておられたかどうかとなるとすこぶる疑わしいだけに、それほど遠くさかのぼって時代を比較するには及ばない。たしかにグラックス兄弟の例はことのほか教訓になる。しかも幸運なことに、たえず「民衆にパンを与え」ようとしていたこの兄弟の一人〔兄ティベリウス〕が椅子の脚で撲殺されたのも、またもう一人〔弟ガイウス〕のほうが恐ろしい罪を認めてみずから命を絶ったのも、あながち遅きに失したわけではなかったのである。が、にもかかわらずこの二人のヒステリックな頭脳のせいでどれほど流さなくてもいい血が流され、また神から封ぜられた支配体制がその存亡をめぐるたえざる不安にどれほど苛まれたことだろう！　もしかりにローマ人たちが処方箋を記入してくれる現代の法医学者をかたわらに控えさせるか、それとも現代の精神医学のすぐれた教程書をラテン語に翻訳して手元に置くかしていたならば、グラックス兄には拘禁措置を命じる診断書がとっくに出されていてもおかしくなかっただろうし、また「不治の精神病に起因する公安上の危険性」を明記した二枚目の診断書のせいで、一も二もなくどこか国立の精神病院に移送されていたことだろう。ところが、「剣でわが胸を貫き自刃する」だの「さる元老院の重鎮に椅子の脚で謀殺される」〔一説にはティベリウス殺害に彼の政敵スキピオ・ナシカが関与していたとされる〕だのと美辞麗句で飾られたおかげで、こんな連中が「殉教者の冠」というある種の理想を手に入れてしまい、やがて『ローマ史』に躍り出るのだ。それこそが彼らの野望であり、それ以外にはないのだ！――「飢え」だと――とんだお笑い草だ！――「民衆にパンを」――何だ、これは？――当時、〔拒食症がまず引き金になって病気にでもならないかぎり〕飢えが直接の死因で命を落としたローマ人は一人たりともいなかったというのに。この点はたとえばモムゼン〔Theodor Mommsen (1817–1903). ローマ史研究の碩学〕が何件もの典拠を挙げて立証したことである。[2] ではいったい何のために「飢え」だの「民衆にパンを」だのとほざいていたのか!?――

しかし先にも断ったとおり、古代にさかのぼるまでもないのだ。宗教改革とドイツ農民戦争の時代には、一匹狼の無鉄砲な思想や凶暴な頭脳どもの病的な妄想の数々のせいで、自足して暮らす平和で穏やかな民衆が煽動され現行秩序の顚覆に駆り立てられた例が豊富に見られる。本来ならここで真っ先に考察の対象になるのは、幻覚を撒き散らしたアイスレーベン出身のマルティン・ルターであるはずだ。とはいえ、ルターについてはいまはあえて考慮に入れないことにする。というのも、ほかでもない彼は讃美歌の凡庸なる作詞者にしてラテン語の名翻訳家としていまなお文学史にとかく名を列ねているからであり、「聖職者《マン・ゴッテス》」もしくはそれに類するさまざまな枕詞《エピテトン・オルナンス》を冠した人物としてドイツ諸侯やその最高行政府にいまもっていわば錦の御旗と担ぎ出されているからなのだ（ルターは間違いなく精神病院入りだったろう）。しかし当時、煽動家は途轍もなく横行していた。精神病院に収容もされずにうろついているこの種の不逞な浮浪人の危険性を理解するには、たとえばニコラウス・シュトルヒ[7]のような人物を想い浮かべて彼が辿った末路を追跡するだけでいい。あちこち渉りあるいては行く先々で排斥され、今日はツヴィカウ、明日はボヘミア、明後日はチューリンゲンと、あらゆるところに精神異常による犯罪行為の足跡を残し、いたるところに厚顔無恥かつ自由奔放な思想煽動の種子をばら撒いた。その痕跡はもはや二度と取り返しがつかず、二度と拭い去ることができないままプロテスタント正統思想をくぐり抜けて、敬虔主義《ピエティスムス》[8]、覚醒運動期、ヘルンフート派[9]に再浮上し、神智学、神秘主義、ヤーコプ・ベーメ派、ツィンツェンドルフ派、ベルレブルク派[10]、ヴェッテラウ派[11]に変容し、しまいにはバーダー[12]、ヘーゲル、シェリング、ブルーノ・バウアー[13]、ダーフィット・シュトラウス[14]、シュティルナー[15]の著作においてふたたび陽の目を見るのである。

すなわち、精神的なものの特性とは——精神病院を抜け出し——白昼堂々、忽然と姿を現わして公衆の面前に自分の存在を知らしめ、大衆への伝染力を試みると燎原の火のように四方八方に蔓延し、慣性の法則にしたがって所与の量がひとりでに作動しつづけて歯止めが利かないようになり、もはやこれ以上は放置しておけないが、さりとて元の鞘に収めるわけにいかず——他の人々をいっしょに巻き込んで――新たな糸を紡ぐように次から次へと大言壮語を繰り出すほかなく――泡立ち溢れて抑えきれなくなるまで鬱屈した不満がたぎる物情騒然たる発酵過程をどんどん続けていかざるをえないのである。――

「次から次へと悪を重ねざるを得ない。」〔フリードリヒ・シラー『ヴァレンシュタイン』第二部「ピッコローミニ父子」第五幕第一場の一節。『ヴァレンシュタイン』濱川祥枝訳 岩波文庫、二〇〇三年、二三三頁〕

悪とはここでは精神的なものにほかならない。――

誰しもわれわれのなかにはシュトルヒがいまなおひそんでいる。カールシュタット〔本名 Andreas Rudolf Bodenstein (c. 1486–1541). ルター派の宗教改革者〕が、ルターが、再洗礼派が、トマス・ミュンツァーが、フッテンその他あらゆる人々がひそんでいる。ほぼ一貫して何の変更も加えられないまま、この精神の血統をつうじて無気味な酵素が遺伝し、その運命を決定的に左右することになる。貴族にあっては高貴な青い血が、君主にあっては神の恩寵の賜物たる豪奢な血が、市民や労働者にあっては何の変哲もない赤い血が、そのような酵素として肉体的な面に受け継がれていく。この壮大な精神の現象学、精神の行為から精神の行為までを網羅する世界史のこの不易のカルマは、拭い去ることができない。貪婪に喰らいつくすその焔はイザヤからニーチェにまで通じている。

だからこそここで官憲が介入しなければならない。――過去には二度と取り返しのつかないことが起こってしまった。――しかし、現在では科学のおかげでこのような破廉恥な頭脳の病態がはっきり立証できるので、いまや当局が、検察庁が、領邦諸侯が、国家が、政府が、剛腕を奮って介入し、この病巣の芽を――温浴療法にまれ、他のなにがしかの治療処置にまれ――摘みとって、君主制を信奉するまだ病原菌に冒されていない一般大衆の脳髄を崩壊過程から保護してやらなければならない。――

犯罪精神病は、一本の赤い糸のように古代から現代にいたるあらゆる革命運動を貫通している。ハルモディオスとアリストゲイトン、[16] 革鞣工《なめし》クレオン[17]のうちに巣喰っていた犯罪精神病は、いかなる道徳の基盤も欠落しているアリストファネスのなかでも疼いて彼の人心を攪乱し、途方もない功名心に駆られたソクラテスにおいてついに発症した。もっぱら自分のことしか考えず、その上、民衆を前面に押し出して自分の身代わりにするこれらの似非理想主義者は、ことごとく犯罪精神病患者である。平民《プレブス》どもを聖山《モンス・サケル》へと駆り立てたの[18]も、グラックス兄弟の魂を鼓舞したのも、カティリーナ[19]やブルートゥスの不埒な勇気に火をつけたのも、犯罪精神病である。あの大胆不敵なアルナルド・ダ・ブレーシャ[20]を〔聖母マリアと同様〕無原罪で御宿りし給うた神聖なる教皇猊下に楯突かせたのも、ヴィクリフやフスを叛逆せしめたのも、サヴォナローラから分別を奪い去ったのも、ルターをして激昂せしめたのも、十六世紀の全宗派《セクト》の遵奉者たちを我を忘れるほど野放図にはしゃがせたのも、ほかならぬ犯罪精神病だったのだ。燦然と耀くドイツ民族は、君主政体の神経構造に具わっていた抵抗力のおかげで長年この恐ろしい病いに感染せずに済んできたが、ここにもロマンス語圏、とりわけフランスからの影響によって突破口が開けられ、この世でもっとも疑うということを知らない気質の人々がついに自分のことについても沈思黙考しはじめたのだ。考えるということは悪いことに決まっている。このところドイツ人気質として堂々とまかり通るようになった嘆かわしい破壊の数々を、ここであらためて詳述するには及ばぬであろう。

こんなことをこれ以上辛抱しろというのか？　それぞれの身の丈で、頭の片隅にほんのちょっぴり隠している精神の酵母に、脳みそをごく微量だけ抱えて、一人ひとりがおもむろに姿を現わしては、大衆を毒し、国家への不服従を叩き込む教育を広めている現状を、はたしてこのまま許しておいていいのだろうか？　いまや神に司られた領邦君主の知性や行政処分でこれに対策も勧告も出せるのだから、こんなケチな騒ぎ屋ども、小悪魔たち［dii minorum gentium］、便器に跨った小賢しい連中がたとえ何かよからぬことをしでかすにせよ、そんなものは法文の条項たった一つで一挙に葬り去ることができるのではあるまいか？　今日、頭の混乱したドイツ人をぐっすり眠らせて甘美なる思想陶酔から覚醒させるには、床を寄木張りにした豪華絢爛たる精神病院や快適な浴槽を活用すべきではあるまいか？　シラーやシュティルナーの憤懣や白々しい理念にあいかわらず我慢しなくてはいけないのか？　こうした不逞な理念は、たとえ口からふと漏れただけであっても、集会で公表され紙面に印刷されてどんどん人心を蝕み、当の紙をかじる紙魚《しみ》よりもはるかに永いあいだ蝕みつづけ、後世に悪影響を及ぼさないともかぎらないではないか？　シュトルヒ、カールシュタット、ルター、再洗礼派、宗派《セクト》信徒、ザント[21]、民主主義者、ヴァルトブルクの祝祭に集った学生たち[22]が残した傷痕――ああ、なんて痛いんだ！――が今日でもなお骨身に沁みているように、後々しこりを残すのではあるまいか？　後世の人々から何と後ろ指をさされることだろうか？　官僚機構という装置をレモン搾り器ほどにも活用できず、領邦君主の正統思想に刃向かう人間を最後の一人まで殲滅させるにまでいたらなかった、と糾弾されはすまいか？　はたして後世「偉人」と呼んでもらえるだろうか？　否、断じて否だ！

犯罪精神病の末期症状について触れるなら、あらゆる脳疾患に罹った政治犯の場合と同様きわめて悲惨である。発作がある程度にまで昂じると、あらゆる国家秩序から放逐された神経節細胞そのものが焼けつくほどの熱に浮かされて、その高熱のせいで、君主に服従するべく神が定めた脳髄に重大な損傷をきたすことになる。そしてここからただちに死に瀕するほどの消耗もしくは疲労困憊状態が生じてくる。いまや婚姻、美徳、家族の絆、敬虔、軍隊への服従、入隊時の軍旗への宣誓、君主国における最高の知覚概念の数々が、あたかも籾殻《もみがら》のようにぼろぼろに崩れてしまっている。そのために、自分が信じていた神から離反し、自分の領邦君主との忠誠の絆に縛られなくなった者は、君主制を支持する自分自身の良心と齟齬をきたすようになる。一本の葦のようにあちらこちらにふらついているみじめな臣民どもは、すぐに火酒《シュナプス》を呷《あお》ってアルコール依存症に陥るか、さもなければ警察の夜間パトロールに引っかかるかが関の山なのだ。かくして、違法行為が明々白々だったおかげで懲役刑が早々と下り、消耗しつくした脳髄が必要なだけ静養できるようになり、君主制のさまざまな概念形態にあらためて目覚めるようにしてやらなければならない（もっともこんなことがうまくいったためしは滅多にないが）。さもないと、概して危機が頂点を迎えたときに、ひどく狼狽《うろた》えて急性発作でショック死するか（ナポリの漁師蜂起におけるマザニエッロ〔23〕）、それとも国家秩序と真っ向から衝突して命を落とすかのいずれかなのだ（ティトゥ〔ママ〕ス・センプリ〔ママ〕ウス・グラックス、トマス・ミュンツァー）。しかし病状経過がもっと遅い場合や、懲役刑を中断したために症状が一時的にぶり返す《レミッシオーン》場合にも、ひとたび君主制の存続をぐらつかせるようになった脳髄はもはやほとんど支柱を失ってしまうだろう。この脳髄は、しばしばゆっくりとではあるがいずれは着実に、いわゆる「末期痴呆」ないしは「最重度の痴呆症」に陥ることになる。精神医学の教程書ではいずれも、あらかじめそうした名称がこの症例にあてがわれている。ことほどさようにして、一人の「零落した臣僕」が演じるこうした人生の愁嘆場についに幕が下ろされるのである。

炯眼なる読者諸氏、なかんずく精神医学を専門とする読者諸氏の大半は、もしかしたらあえてここで苦言を呈するかもしれない。つまり、いまここで講義されている問題は、政治史、文学史、宗教改革史といった歴史でこそあれ、本来の意味における精神医学的な見地からの症例報告でも精神病の克明な記録でもない、と。だとすれば、これは大いなる誤解というものであろう。いかなる出来事であれ、そこに病気の可能性がある以上、われわれ精神科医はその点に目をつむるわけにはいかない。精神科医に病気と認定されたある事実は、状況や事情の如何にかかわらずあくまで病気である。たとえこの事実の結果として生じるのが、宗教改革であれ、蒸気の発生であれ、いわゆる「人権」であれ、アメリカでの羊の剪毛であれ、はたまたその当事者の名がルターであれ、ラファイエットであれ、リンカーンであれ、ルキアノスであれ、その他何であれ、病気は病気なのである。——なにしろ、すぐれた研究者ルドルフ・アルントも、その著『医師と医学生のための精神医学教程』のなかで、人類の文化史および精神史の全体を感覚鋭敏症［Oxyästhesie］と感覚異常症［Parästhesie］[24]に二分し、かくして西欧の発達史を、すべての革命とシラーの『群盗』、あらゆる政治協定とメッテルニヒを——領邦君主だけは唯一の例外であるとはいえ——その秀抜な教程書にまるごと収録しているのだから！[3]

それゆえ精神科医が蔑ろにしていいものは何一つないのだ！――とはいえ初学者にあまり多大なショックを与えぬように、そして、ここではじめて提示されるまったく新しい視点を受け入れやすくするために、またあわせて医師や医学生たちにはやや古臭い精神医学の教程書、なかでもアルント、クラフト・エビング、シューレ、グリージンガー、エスキロール、グッデン、クレペリン、ガンザー、ブムの教程書[25]もひきつづき使用できるように――というのも、いかなる事実もすくなくとも両面から考察できるわけだから――現代および歴史上の犯罪精神病という現象を、メランコリー、躁病、狂気、狂人の麻痺症状、癲癇、ヒステリーといった昔ながらの捨てがたい用語を使ってあらためて講義することにする。その際、両面から二重に考察する右の方法によって、多種多様な疾病群に新たな光をあて関心を呼び醒ますことができれば、と一心に願っている。かくて――精神病院が次々と新築される昨今――健やかで潑溂たる君主諸侯の庇護の下で精神病に苦しむわれらが祖国を治療によって健全化し、いっそう強化していくため万難を排して邁進していく所存である。

もっとも多発する犯罪精神病症候群としての脳性麻痺《パラリシス・ケレブリ》、脳軟化症

この病気の初期症状は性格の変化に見られる。国家に抗議する者たちはかならず一風変わった性格、それもたいていは悪い性格に染まっている。それゆえ、精神医学のカテゴリー上の患者に性格の変化を見つけるのは至極たやすいことだといっていいだろう。なぜならトマジウス(4)、シュペーナー(5)、ハインロート(6)等々、御用神学者たちが説いたように、人間の性格、人間の魂はつねに生まれつき無欠陥、無原罪にして、悪意も反抗心も持ち合わせていないからだ[26]。感染症罹患者、ろくでなし、反体制派、左翼自由主義者、精神病院行き予備軍どもとつき合いさえしなければ、以前にはたぶんその多くがキリスト教青年団で無垢のお茶を啜《すす》っていたであろう若者たちの心に、ああした芽が植えつけられることはついぞなかったのだ。かくしてはじめて思想に目覚め、ハインロートがつとに喝破していたように、その思想が「ぞくぞくするような悪への欲求というかたち(7)」をとることになる。雄弁の才、大喝采の演説に注がれる熱烈な眼差しが帯びる胡散臭い潤色、オッフェンバックのオペレッタ、リヒャルト・ヴァーグナーの粗暴な音楽の持つ革命的な響き、政治綱領の度重なる研究、これといった特徴もない亡国の野党連中が周囲を取り巻かれ祝意を浴びるのが見物できる帝国議会観覧席への訪問、おまけにおそらくは大当たりだった女郎屋通い——さらには、精神の源となる生命の中枢内部における無気味な破壊がいまもなお着々と進行しつづけ——ついには当人が赤く

燃えるアジテーターとして国王陛下を侮辱するそぶりをうっすらと口元にたたえながら断頭台の露と消えるか、さもなくば犯罪精神病を発症し慈悲深い州立精神病施設にさっさと収容されるかなのだ。

　シューレ[8]はしかしこう力説している。こういう反抗心が根城にしている部位では、皮質物質［Cordical《ママ》-Substanz］にきわめて初期の、かつきわめて微《かす》かな変化が起こっているので、医師、当局筋――つまりこの場合なら国家――がいくら早急に介入してもけっして早すぎるということはない。それゆえ、思想教育を受けていたり反体制派の家族の子息であったりする青少年にわずかな初期変化が起こっていはしないかと、臣民のあいだに監視の目を光らせてごく細微な性格の変化にもできるだけ迅速に目をつけておくことが官憲の果たすべき仕事である。――そうしておけば、薪の山に引火しても遅きに失することなく国家が介入できよう。

　さほど重篤ではない症状のために青少年が精神医学による隔離措置を施された場合、ともあれ最大の危険が去ってのちに退院しても、隔離病棟で耐え抜いた体験がすくなくとも青少年に国家の礎となるようなある強烈な印象を残すことだろう。いうまでもなく隔離拘束中は文部省指定の教科書に基づいて青少年学徒の勉学が続けられなくてはならない。脳神経節中に右方向への決定的な強い引きがはっきり認められるほど顕著に改善が見られるなら、ともかく次の選挙期間まであえて仮退院させてみてもかまわぬだろう。たとえギムナジウムや大学の一部が心療隔離病棟に様変わりする危険があろうとも、早期の性格変化を注視し、こうした脳軟化症の初期症状が出てくる諸条件を専門鑑定家に厳密に規定させる特権を国家はむざむざ抛棄してはならないのである。

ほんのささいな原因だけでもやたらに気分が変化しやすくなにかと泣き出す傾向があるという点に、とくにバイヤルジェ(9)〔Jules Baillarger (1809–1890). フランスの神経学者、精神医学者〕、マニャン(10)、グリージンガー(11)のような研究者たちはこぞって脳性麻痺の初期症状を認定している。……いったいどうしてきみたちは泣くのだ？――どうしてきみたちの脳は強くないのだ？――きみたちの思想が個人および個人の権利へと昇華し、きみたちの魂が鷲の翼にのって飛翔したというのに、なぜ泣くことがあるのか？　国家に対峙して堂々とみずからの信ずるところを公言してみせるべきときだというのに。――給与で雇われてきみたちを苦しめている手合いが人一倍飯を食うのは、やつらが強いからなのだろうか？　どうしてきみたちはやつらに面と向かって、いわざるをえないことをいわずに済まそうとするのだろうか？あまつさえそれがかりにも血のせいならば？　食べて強くなりたまえ、「精神を鍛え」たまえ。ブルゴーニュ・ワインやライン・ワインが大臣御用達のお召し物とでも思っているのかい？――なら、せめて帝国議会に出席して気後れしかけたときのルターのように、アインベッカー・ビールを飲めばいいのに。(27)――泣くやつがあるものか？――ブルートゥスが泣いたと思うか？――でなければたとえばミラボーのような人物がめそめそと涙をこぼしただろうか？――ダントンの逸話ははたして涙を伝えていただろうか？……

　そうだ、きみたちが泣けば国家はあっさり楽勝する。そして専門鑑定家たちは健康管理施設に収容する資格ありと判断してずっときみたちを手こずらせることだろう。――

最近の研究で確認されたところでは、梅毒［Sifilis］は往々にして脳軟化症の前駆症状であるという。この病因はあながち度外視すべきではない。とはいっても、こういった連中が梅毒に罹病せざるをえなかったというのは予想どおりの話で、罹病するまでの彼らの生活歴に探りを入れるまでのことはあるまい。ことはまったく逆だ。一七八九—九五年にフランス人自身、あのもう一つのフランス病を患い、その長患いの最中に「理性の女神の祭典」を創設した。たいてい非理性的な女神に抱擁されたおかげで生じる例の性感染症よりも、このもうひとつのフランス病のほうが、はるかに確実に精神錯乱と脳軟化症にいきつくのである。したがって革命の胎動たるこのフランス病をこそ専門鑑定家にはとくと研究してほしい。そうすれば、刑事被告人が法廷に立ったときの惨憺たる健康状態をもたらした病因学的な契機を発見できるだろう。肉体上の瘢痕を捜し回るのは、こうした研究に匙を投げてからでも遅くはない。ともあれ二つのフランス病のおかげで、法廷に連行された被告にかならずといっていいほど認められる精神病の病因をやがて解明できるようになることだろう。

シューレはしきりに「道徳基盤の瓦解」について語っている。[12] 彼の主張によれば、精神薄弱によるこうした道徳観の完全な崩壊は、脳軟化症が進行中、でなければその発症が間近に差し迫っていることを示す、診断上もっとも有効な徴候の一つとみなされるのである。異議なしだ。ところが、衆目の一致するところ、司法の側から脳軟化症の証拠請求が行なわれる数々の事件では、こうした「道徳基盤の瓦解」なる要因は政治犯にはやはり適用しがたい。というのも、まさしく理想主義者

――政治犯は概してそうだ――にあっては、この道徳基盤は無傷のままであるはずだ、と考える人がすくなくないからである。――バカも休み休みいえ！　この種の連中にあっては道徳基盤もかなり瓦解しやすいのである。また専門鑑定家はそのような趣旨で証拠をきちんと揃えておかなくてはならない。国家公務員、官僚、裁判官、行政長官、大臣等々は、道徳力や個人の責任といった基盤にではなく国家の基盤に立脚しているので、そもそも彼らに「道徳基盤の瓦解」は起こりようもない。というのも、もともとそういう基盤がないからだ。――国家がこの基盤を一定の俸給とひきかえに彼らから買い取ったからであり、彼らは何百年来このような道徳基盤がもはやなくなっている家柄の出身だからであり、本来彼らはいかなる道徳基盤とも無縁であるため、刑事被告人の場合のような道徳基盤を前提とするわけにはいかないからである。――右のような高位高官たちの道徳基盤を云々するのがもはや論外であるのに対して、目下問題にしている海千山千の小狡い被告の場合には、おしなべて困窮しているせいでもはやそれほど抵抗力がない社会層の出身者がすくなくないため、「道徳基盤が瓦解する」ということも間々ある――すくなくともそういう一例はあったのだから。専門鑑定家はよくよく自分に問い直してみなくてはいけない。はたしてこれは不思議なことなのか、と。――いや、それは別に不思議でも何でもないと専門鑑定家なら呟くにちがいない。つまり「道徳基盤」はこうした連中にあってもいったんは「瓦解する」ことがありうるのだ。道徳基盤の瓦解がありうることなら、いま目の前にある件に関しても事実上の「道徳基盤の瓦解」を科学的に立証し、その上で被告の隔離措置のための必須条件を作成することなど、その道の専門鑑定家なら朝飯前だろう。そうすれば自分もいまよりは高額所得階級に昇進できるのだから。

以上の点にわれわれはとくに注目している。なぜなら精神異常に一切該当せず、被告に不利な証言をする共犯証人の準備が期日に間に合わなかったためか、あるいは別の理由のために、法廷で宣誓をした専門鑑定家が裁判で必須と認定された精神異常の診断を被告からなんとか引き出そうとするものの、相手の冷静沈着な態度や文句なしの健康状態のせいでかえって面目丸潰れになる場合でも、それでも依然として脳軟化症は司法側が要求する精神病のもっとも雄弁な証拠たりうる病態だからだ。ちなみにこの器質性脳疾患の初期徴候は周知のようにきわめて微かで目立ちにくく、あるかなきかの仄かな香りのようなもので、初期症状では健康そのものとほとんど判別がつかないほどなので、すべての健常者が脳軟化症の初期段階にあると説明するにはいささかの工夫を要するのである。こうした工夫を凝らせば専門鑑定家——鑑定家自身の道徳基盤はここでは不問に付すが——はいともたやすく、法廷でも被告に自分が犯した罪を認めさせ、たとえ被告が面喰らったり、すこし言葉がつかえたり、すぐに逆上したりするときでも、精神病の痕跡を嗅ぎつけ、ついには獲物をしとめることができるだろう。

国家側のこうした意向に自然そのものも寛大に応じている。「脳髄の稠度《ちょうど》は軟質で粥状である」——とヒュルトル[28]はその著『人間の解剖』のなかに記している。[13]——であるとすれば、そもそも脳が軟化することに何の不思議があろうか？　生存競争から好ましからざる脳を取り除《の》けて安全な場所に移すために国家が必要とする稠度にまで、脳が液状化したところで、何の不思議があろうか？　情に厚いドイツ人の心に自然が植えつけた気分もまた、涙で溢れんばかりになる[29]心とさほど径庭はない。すでにこうした心からして目下問題にしている心の病の初期症状なのである。「こうした人々はすぐに泣く」――とメンデル(14)〔Emanuel Mendel (1839-1907). ドイツの神経学者、精神医学者、政治家。「メンデルの法則」で知られる植物学者のメンデルとは別人〕は脳性麻痺に関するその研究のなかで述べている――そのとおりだとも、こん畜生めが！　では、こういう連中はどうして泣くのだ？――税金を払わなくてはならないからだ。最後の血の一滴まで軍の要請のために供出しなければならないからだ。軍紀が乱れた残忍な兵隊どもに家族を好き放題にさせられたからだ。出世欲に駆られた司直の手に引き渡されたからだ。苦痛のあまり助けてと金切り声をあげることも、その辛さを活字にして上梓することももはや禁じられているからだ。「お偉方」の腰巾着にならざるをえない仕儀に立ちいたるからだ……

よろしい、きみたち泣き虫どもはいったい何がしたいのだ？――どうして脳が軟化したのだ？鉄を鍛えさせ給うた主(30)は腑抜けた脳はお好みではなかった！――どうしてきみたちは脳が軟らかくなるまで待っているのだ？――脳がまだしも硬質で弾力性があったときは、行為――思想ではない――を生み出すことができたので、きみたちは行動し力のかぎり本分を全うしたはずなのだ。ほんのすこしでも国家がきみたちに触れた途端、かわいそうに、きみたちの原動力は国家が触れた鉄の手の下で溶けてしまい、きみたち脳軟化症患者はいまや熱に浮かされた妄想のなかで、国王を暗殺せよだの市民の美徳だのと戯言を口走っている！……きみたちにまだやる気があれば、避けてはならない救助行為をしていたにちがいないのに………

われわれを救ってくれるのはアンジョリッロ(31)のような人物だけだ！とたえず叫び、脳が軟化するまでくりかえし叫びつづける。すると国家はきみたちを隔離せざるをえなくなる。それは、このアンジョリッッロをすこし試してみるということではなく、恐ろしい抑圧からきみたちの脳を解き放つためなのだ。いつも自分ばかり血を流していないですこしは国家に血を流させ、強力で頑丈な脳によってこの途方もない危機から脱出するためなのだ！………

第二の犯罪精神病症候群としての躁病《マニア》―躁狂

精神疾患のもっとも頻繁に見られる病態は躁病《マニア》である。だからといって素人が想像しがちなように、躁病になった人たちは壁に攀じ登って走り回る、などと考える必要はさらさらない。そうした想像とはまるで逆だ！　こうした人々に顕著なのは、寡黙な憤怒、人知れぬ無言の陰謀、内に秘めた傲慢な思想だ。それは、反体制の躁病《マニア・アンティ・グヴェルヌマンタリス》だ。

　こうした人たちの生活過程もしくは人格形成過程をやや立ち入ってつぶさに追ってみるといい。たいていその元凶はすでに、彼らが学校授業中に長机の下でこっそりと読み耽っているシラーにある。青少年の頭を狂わせている張本人は、この未熟で生半可な天才のこましゃくれた空証文、すなわち『群盗』だ。――体制側のゲーテはこの戯曲を忌み嫌っていた。学校の教師が世界の秩序立った道徳規範――神よ、何とぞこの壮観を憐れみ給え！――に鑑みて、この作品をなんとか道徳的に読み替えようと苦慮したところで、それでも反骨精神、「打倒暴君！〔in tirannos!〕」の精神がたっぷり残ってしまうのである。厚顔無恥な軍医助手〔シラーの父は軍医だった〕[16]はこの本の扉絵に描いた獅子にこの銘を刻んだ。[15]多感な青少年は、トマジウスの『宗教階梯入門』とならんでこの精神の糧を摂取し、反抗の種子を、向こう見ずな拒絶の種子を永久にその魂に植えつけられ、それが後年、半狂乱となって突如として暴発し出すのだ。『群盗』は、いかなる情勢下、いかなる場所でもかならず禁止されなければならず、複写厳禁の図書館限定で文学史家にしか読むことができないようにすべきだろう。

それから、さらにこれよりも上級の学校になると、青少年の心をくすぐるのは、とりわけカントとその哲学体系である。彼の体系によれば、外界は脳裡にある思考のうちへと回収されるとされている。このカントの教説が引き金となって、青少年は国家全体を貪欲に蝕み自分の体内に取り込むようになる。さらに彼らは机上の国家のなかで、神や聖人、政府要人《グヴェルヌマン》や高位高官——じつに代々の国父たる畏れ多き皇帝陛下の神聖なる品格《ペルソナ》まで——を、あたかも思考形式を弄ぶようにいじくり回し、頭のなかで乱暴狼藉を働くようになるのである。だめだ、もうこれ以上我慢させようとしても無理だ！　こんな輩はいずれみんな気が狂う。カントのこの批判体系は従僕根性＝臣民の悟性にとって重大な危険だ。こんな輩はいずれみんな躁病になる。カント自身、危うく悟性《フエアシユタント》を失いかけるところだった。プロイセンの大臣フォン・ヴェルナー閣下[32]はカントに最後通牒をつきつけた。もし歴史の行く手を阻むようなことをしたら最悪の場合（場合によっては監獄や精神病院が示唆されていた）を覚悟しなくてはならないだろう、と。けしからん！　批判的思考によって心理上国家が蝕まれ、その国内で危機的な国家叛逆や内に秘めた無政府主義が煽り立てられるくらいなら、こんな手合いは実際に体ごと精神病院で蝕まれたほうがはるかにましというものだ。——

それゆえ、こうした容疑者を法廷《イン・フォーロー》で尋問し、あたかも彼が躁病すなわち単純型躁病《マニア・シンプレクス》であるかのように見せかけなければならない——要するに当の検察側から詐病を持ち込むという意味だ。この場合、何よりも肝腎なのは、被告の反応、社会的な振舞い、情緒面での受け取り方に、つまりこれまでの病歴全般にいくぶんでも通じておくことだろう。反体制という茨の道を辿るのは、概して火を吐くような理想主義に燃えるなんとも血気盛んな連中だ。そしてこのときも肝腎なのは、彼らにそれとなく探りを入れ本心をうまく引き出しておくことだ。しかも、相手は頑として口を割らない無口な人間だ。尋問の段取りは、イエズス会士が少女にオナニーをしたかどうかを詰問する手法とそっくりである。「何度あれをしたかね？」という問いに少女が返事をしないでいると、イエズス会の神父は「百回したのかね、それとも二百回かね？」と訊ねる。すると憐れな小娘はびっくりしていう。「いえ、そんな！　せいぜい八回から十回だわ！」——こんな具合である。躁病を証明する手筈になっている被告を法廷にひっぱり出してきて刺戟し、異端審問風に、強姦罪、公金横領罪、男色罪、等々のまるで根も葉もない嫌疑案件について尋問して腸が煮えくり返るほど憤慨させる。そのようにして、おそらく容易に亢奮しやすいのであろうこの被告の躁病じみた発作をほかでもない法廷という場で挑発することができれば、当事者たちはただちにこの躁病、仮説として立てられた第二の躁病を証拠物件に採用し、第一の学問上の躁病、単純型躁病《マニア・シンプレクス》の証拠採用をあっさりと断念する。というのも、国家に対して陰謀を企てた容疑者がきまって複合型躁病《マニア・ドゥプレクス》を患っていなければならない必然性はいささかもないからだ。躁病が見つかれば、それが躁病と解されるのだ。被告がこれほどいきり立って癇癪玉を破裂させれば、おそらく法廷中はすっかり唾まみれになっただろう。そんな憤りを宥めるには、すくなくとも次回の議員任期を超過するほどの長期間の拘禁でさえ断じて長すぎるということはない。——

これにて症例報告に話題を転じ、世界史が提供してくれる、豊富な診療記録のなかからとりわけ際立った症例を二、三紹介しよう。[17]

観察1 大々的な政治煽動によって惹起される躁病性の亢奮。官吏となって姿を現わしてくるデマゴーグ。燃え盛る暴動。防衛に転じた貴族派が振り下ろす棍棒による死。——ティベリウス・センプロニウス・グラックス、三十歳、名門氏族の出身、才覚あり、しかるに病弱、貴族の血統にふさわしい自分の経歴に早々に見切りをつけて護民官に選出される。大衆の支持を得るために、狂ったユートピアという共産主義病に特有《パトグノモーニッシュ》の目印を表看板にする農地法を議会に提出し、これが桁外れに大衆の食欲をそそった。秩序を重んじる貴族派がこうした措置に抵抗したのは至極当然で、その結果、そもそも不安定で消耗しがちなこの煽動家の脳髄は最高潮にまで昂り、躁病じみたパニック状態（単純型躁病《マニア・シンプレクス》）に陥ることになる。自分が王位に即くことを民衆が望んでいるかのごとき誇大妄想性のとりとめのない演説。[33] 胃袋の期待を裏切られたことに気づいた民衆が脅迫めいた態度に出ようとするやいなや、元老院派が規律正しく一致団結して機先を制する。暴動が勃発し、信奉者三百人を率いた市街戦でティベリウス・グラックスは貴族派の椅子の脚で殴殺される（紀元前一三三年）。

「ローマにとってこのような一日は前代未聞の体験であった！」とモムゼンは叫んだ。[18] さもありなん！ 精神病院から街頭に目を転じるなら、毎日のように面妖な出来事が体験できるのだ。しかしながら、このようなことで国家の行く末がどうなってしまうのか、また、不朽の道徳法則はこれからどうなってしまうのか、そういう疑問は依然として残る。

明らかにこんな出来事は今日、秩序ある国家ではありうべからざることだ。しかしそもそもこうした出来事を二度と起こらないようにするには、まず専門鑑定家たるもの、犯罪精神病のどれほど軽微な初期症状にも周到に目を光らせておくべきだ。また、政治家の思考過程を研究する専門講座がいまだ大学に開設されておらず、われわれの研究分野が一般的な精神医学の翼下に逃げ込まざるをえない現状では、草莽崛起《そうもうくっき》の政治史から心理学や精神医学の研鑽を積む機会を逸することがないようにすべきだ。犯罪精神病の初期徴候は目立たず一過性のものである。教職員、若き上級公務員試補、採用や婚期が遅れた自堕落な（とりわけヴュルテンベルクの）神学者の卵、弁護士、青年医師、大学の私講師に、このようにまことに不思議な精神状態が間々見受けられる。たいていにっちもさっちもいかなくなった奇矯な思想家たち――ニーチェ、フォイエルバッハ、シュティルナー、ブルーノ・バウアー、ダーフィット・シュトラウス――の読書体験を原点にしている人々は、ある年代になると最大の危険に瀕することになる。こうした年頃の人はとかく、自己犠牲の理想主義や英雄精神のせいで唯々諾々としてどんな暗示にもかかりやすくなる。この年頃に精神に感染した癩病《レプラ》の病原菌は、厭うべきデマゴギーの瘤や奇形を蔓延させ、いともやすやすと根を下ろしてしまう。万全に管理された心療病棟に半年ほど予防入院させるのが、多くの場合、この年頃にはことのほか有効である。――もしかりにティベリウス・センプロニウス・グラックスの身柄を逮捕・拘留する時期を見誤らなかったとしたら――ただし、いうまでもなくその前提として病気を逸早く科学的に認識し、管理の行き届いた州立精神病院を整備しなければならない――ローマ市民の精神をあれほど激昂させ毀損するような事態は避けられただろう。そればかりではなく、彼の弟ガイウスも、それから十二年後にさらなる情熱を傾けて、軽率かつ下劣な同じ茶番を繰り返すこともなかっただろう。なぜなら、もはや殉教者の冠に手が届かず、もはや椅子の脚で敵に殴り殺されることもなく、精神病院でひたすらおのれのちっぽけな脳を腐らせていくしかないと気づくや、こうした連中は途端に手を引いて、神——誰か？——神かユピテルかはこの際どうでもよかろう！——が設えた国家秩序への叛逆を手控えるのである。

観察2 アルコール中毒に基づく激越発作《ラプトゥス》のような憤怒の発作。新聞雑誌をつうじた重大なる不敬罪。有罪判決。禁錮十年の刑期を終えたのち著しく改善。人間らしい社会と真っ当なジャーナリズム活動への復帰。君主により叙勲されて逝去。——C・F・D・シューバルト〔Christian Friedrich Daniel Schubart (1739–1791)〕、三十八歳、教会聖歌隊長兼オルガニストにして学校教師、詩作への止みがたい傾倒のほかに悪しき遺伝はないらしく、音楽的素質に恵まれていたが、早くから飲酒と放埒に耽り、大学も長続きせず中退し借金の廉により逮捕。釈放後は落ち着き、何年かのあいだ静かな土地で学校教師として人生最良の時代を過ごすが、それもつかの間、いつしか結婚していたこのせわしない男は、その土地に落ち着いていられず、宮廷にもぐり込み、絢爛たるオルガン演奏で侯爵と女官一同をとりこにする。大はしゃぎで羽目を外しやりたい放題の放埒に耽り込み、宮廷で性病に感染し家族にも伝染する。神聖なる連禱と至聖の三位一体なる神を嘲笑う諷刺詩をものし、これに曲をつけ、最終礼拝の折にごてごてした装飾音に織り交ぜてこの詩をつけ足した。逃亡を余儀なくされ、たえず酒神《バッコス》と愛神《ウェヌス》のおかげで度を過ごし妻子を蔑ろにしながら、あてもなく転々とする。しまいにさる南ドイツの帝国都市に移り住み、同地で新聞を創刊する。ここでも彼はたちまち目に余る態度を見せる。たとえば「おお英国よ、汝の自由のしこたま詰まったこの帽子さえあれば！……〔34〕」などと革命を訴え、こうした発言のために国外退去処分となり――隣の帝国都市に逃亡し、またそこで新聞を発行しつづけ、ずけずけと物をいうその論調のためにすこぶる売れ行き良好となる。ドイツの四十八人の権力者全員の情婦の名を枚挙した上、私用娼館やバレエ劇場での遊興費を捻出するために国民を兵士として外国に売り渡すようなまねは断じて許すべきでないと称して、容赦なく権力者を痛罵する。このペテン師の神経組織は完全に錯乱し、ビールと煙草のもうもうたる紫煙の有毒な影響を受けつつドイツ統一とドイツ市民層の自治能力について政治的にとんでもない揣摩《しま》臆測の数々を書きなぐり、ついに逮捕されて牢獄に拘留される。病状はすぐに好転する。彼は聖餐式を求め、熱烈に神に祈りを捧げ、浮世じみた詩作を一切やめ、十五キロ減量する。「激越発作《ラプトゥス》」のような腹案のたぐいや癇癪の発作はすっかり鎮静する。深い魂の平安が彼の内面に差し込む。拘置十年ののちある偶然のおかげで釈放されると、彼はすっかり別人のようになっている。宮廷オルガニストとして返り咲き、王侯君主の情婦たちの面前でみごとなオルガン演奏を披露する。君主の寵愛をたっぷり受ける。君主の希望により宮廷の内帑金《ないど》を稼ぎ出すために新聞発行を続けるが、しかしその新聞の内容は、神の恩寵の賜物、民衆のために神が据えた指導者にして光明である君主の精神と見解に完全に沿うものだ。地方の名士からの尊敬を一身に集めながら君主の叙勲を受けてのち、ほどなく息を引き取る。

これは、原因と結果の連関《ネクスス》が白日の下にさらされている、人間精神と人間退化の歴史のなかでも数少ない事例の一つである。しかしながらこうした種類の症例は日々起こっていることだ。ビールと煙草のもうもうたる紫煙が臣民どもの脳髄に有害な作用を及ぼすのは、いまでもなお続いていることで、いましがた言及した例が別れを告げつつあった十八世紀という時代になにもかぎった話ではない。もっとも、かくも燃え上がるような精神、詩才、法外な妄想というだけで、かならずしも新聞の見出しに躍っているような犯罪がすぐさま助長されるわけではない。にもかかわらず、専門鑑定家諸兄にとって肝腎なことは、臣民の抱くさまざまな思惑が、たとえ本来の気質から受ける影響がとくだん強まらずとも、ある程度独立して徐々に躁病じみた屁理屈を捏ねるようになるのは、いったいいつの時点からなのかを知っておくことだ。長いあいだぬくぬくと自由に甘やかされていたせいでかえって危険思想になりかねず、あげくの果てに、精神病院の壁の外で許される精神の自由の限度を踏みはずしてしまうのだ。

当該のシューバルトの例にあって一つだけ遺憾なのは、当時の状況ではしみったれた従僕根性＝臣民の悟性に許容される範囲が今日よりもはるかに寛大に線引きされており、ジャーナリズムにせよ、不敬罪に相当する発言にせよ、精神病のあからさまな発症が見られても隣国との引き渡し条約に不備があったために患者の身柄を拘束するのがかなり困難だったことだ。

いずれにせよ専門家諸兄は歴史上であまねく知られている以上二つの例証からじつに多くのこと

を学ばれることだろう。それだけに専門家が予防措置を講じる上でまさに気づいておくべきなのは、宮廷に対して一部の臣民どもが抱いている、過大かつ過剰にしてあまりにも無遠慮で過分な思惑の数々が、いったいいつの時点で芽生えるのかということだ。この時機がわかれば、犯罪精神病を二分する躁病性の亢奮と政治的躁狂のいずれかが発症したその初期段階で患者は逮捕されることだろう。これはまさしく、宮廷と人間社会を犯罪精神病者から守るためであるとともに、患者自身を快癒に導くためなのである。

第三の犯罪精神病態としてのメランコリア――憂鬱《メランコリー》

憂鬱、これこそはまぎれもなくドイツ病だ！　勿忘草《わすれなぐさ》病――「ちいさな、ちいさな、紅い薔薇」病〔ヴェルナーやシューベルトの歌曲で有名なゲーテの詩「野ばら」の一節〕――碧眼病だ。――

この精神病は心のもっとも甘美な秘密にまで侵蝕している。憧憬のすべて、愛のすべて、自分のいない場所にきまって漂っている失われた幸福への悲嘆のすべてを、この病いは吐露している。また、歌謡、詠唱、口碑、最愛の「ロザーリエ」や「バルバラ」への恋い焦がれた思い、「誉れ高き英雄［helden lobebæren］」の歌〔『ニーベルンゲンの歌』の冒頭の一節〕、「青い花」や彼岸への切望は、いずれもこのゲルマン人のメランコリアに発しているのだ。ゲルマン人は、この地上でもっとも瞑想的で憂鬱な民族なのだ。憧憬にともなう苦悩や感情の深さはその瞳を一目見るだけですぐにわかる。

憧れというものはとどまるところを知らぬがゆえに、ゲルマン人には他国の政治状況への憧れがある。なんともはや、畜生め、政治状況にいったい何の関係があるのか？　他の国々の政治状況に御執心とは。イギリス憲法史[19]、フランス革命[20]、ローマ史[21]については、これまでこうした国々が満足するほどドイツでは書かれてはきたのだが、しかしドイツの政治状況はドイツ人にどんな関係があるのだ？　わかっていないのだろうか、この政治状況が恒久的に君臨すべく神により指名された君主によって制禦されていることを？　そして、こうした君主たちがのべにしてもう八百年も統治しかく、かくも久しい統治期間を大義名分にしていることを？　かく、かくも久しい時間を経ても何の変化も起こっていないことを？

八百年間統治している者たちは八百年を楯にとる。六百年間統治している者たちは六百年を楯にとる。五十年間統治している者たちは五十年を楯にとる。十年間統治している者たちは十年間を楯にとる。――かくもいいいい久しい時間を閲《けみ》しているではないか、と！――

それなのに、つい一昨日《おととい》かそこらに生まれたばかりの思想の持ち主がこれに張り合おうなどとは！――まさに「憧れる」べきものが皆無なところで「憧れ」にしがみついているのだ！――八百年間統治している「先祖代々の王家」が、さらにもう八百年間統治し、その後さらになお八百年間統治し――それからおまけにあらためてもう八百年間統治し――それからまた何度も繰り返し八百年間統治してどうしていけないのか？……

よろしい、ではいったいどれだけの期間ならばいいのか？

いつまでも、いつまでも、いつまでも、いつまでもだ！――ある一王家が八百年間の四倍、つまり三千二百年間統治していたとしても、結局「憧れ」は捨てないつもりなのだろうか？――菫《すみれ》に憧れ、美少女に、体操選手の試合に、聖歌隊に、軍事演習に憧れ、これにはべつだん異存もないが、神に、天と地に憧れている。ところが、新たな政治形態への憧れはかなぐり捨ててしまって、この方面での判断力をろくに持ち合わせもせず、とことん無定見を決め込んでいる。(22)

そこでこれをけしからんとする騒動が起こり、たとえばこんな莫迦げた御託が聞こえよがしに喚き立てられる。「たかだか王家の紋章を刺繍した鞍飾りを持っているぐらいではおよそドイツ人を統治するには足るまい！」と。――これを逆手にとってこう申し上げよう、王家の紋章を刺繍した鞍飾りを持っているだけでドイツ人を統治するには事足りるのだ！と。これでも腑に落ちない人間、ドイツ人の心の奥深くに横たわる「憧れ」なる現象を信じて目を潤ませ、何をするにつけてもため息ばかりついて憂鬱になる人間、これは犯罪精神病を患っている。なぜなら憂鬱や間違った憧れ、つまりお上が煙たがる憧れは、犯罪精神病の持ち前であり症候だからだ。なにも革命的行動をしでかさなくてもいい。「紋章刺繍入りの鞍飾り」から誰かを引きずり下ろさなくてもいい。悲痛な叫び声をあげなくてもいい。忌々しい憧れなんてもうたくさんだ。先に国王陛下万歳が叫ばれることもなく「チュートン」なる名がへんに強調される、度を超えた愛国歌を歌うのはもううんざりだ。自由の歌――「自由」とは何ぞや？――を謳歌し痛飲するのも、神に思いを致さず最初の盃も捧げずに婚礼を挙げて興じるのも――そのどれであっても私には虫唾が走るようなことであり、こんなことはみな精神衛生上、異常な徴候なのだ――やれやれ、（まさにいまわれわれが憂鬱を論じている）本章を読んだからといってなにも騒ぎ立てることはないのだ。注がれたビール・ジョッキを前にぼんやりと腰掛けて考え事をしながら――いったい何を考えるのやら――ぶつぶつ呟いていればいいのだ。

自由こそ我が想い
甘美なる天使の像よ……〔マックス・フォン・シェンケンドルフ（一七八三―一八一七）の詩による愛国歌の一節〕

さよう、病人よ、おまえはいったいどんな自由を想っているのか？

精神病院についてすこし語るとしよう。

ドイツ史全体のなかでも、ドイツ同盟設立から一八四八年までの時代ほど、精神病院の要望が高まった時期はおそらくなかっただろう。当時の人たちが射撃競技大会や体操競技大会で、大学生や教授たちがヴァルトブルクの祝典（一八一七年）で、自由主義者や民主主義者がハムバッハの集会（一八三二年）で、ともに「憧れ」、ともに歌い、ともに体操をし、ともに声をあげた内容は、一部には躁病じみた行動に駆られてのことではあったにせよ、いずれもメランコリックなお喋りだった。こんなお喋りは、合理的な管理が行き届いた隔離施設の冷たい廊下や快適な浴室でやったほうが、参加者にとっても観衆にとっても、ずっとずっとましだったことだろう。こんな連中はこぞってドイツの統一を、自由を、同胞の契りを求め、その「勿忘草《わすれなぐさ》の憧憬」に耽ってはたがいに抱擁し合い、「青い花」なる神秘の象徴の下でその魂を溶け合わせていた。――だが彼らは、こうした一切合財をドイツ領邦諸侯の手を借りずにやろうとしたのである。ドイツ人の愛国心を見守るために神が指名した、かのドイツ領邦諸侯の手を借りないとは。

　領邦君主どもは国からとっとと出て行け、
　いまこそ民衆の宴が始まる……〔一八三二年のハムバッハの祭典で口ずさまれた歌〕

神を冒瀆するような軽佻浮薄な詩とはこんなものだ（というのも、領邦諸侯を蔑《なみ》する者は、諸侯を

任命し給うた神を冒瀆するからだ)。あるいはまた、

領邦諸侯よ、そのご立派な
緋衣をよこせ、
その生地で自由軍兵士の
ズボンをこしらえてくれるわい……!!〔右同〕

これこそ精神病院の詩だ。こうした詩の特徴は、最近になってロンブローゾ〔35〕やデュ・プレル〔36〕が精神病院の神秘に関する研究のなかでようやく詳らかにしたものである(23)。序文ですでに申し上げたように、もしかりにフランクフルトからカールスルーエまでのあいだに程良い規模の精神病院があれば、ドイツ諸侯の守護神《ゲニウス》がみじめにもその松明を下ろしてしまうような、かくのごときまことに嘆かわしい運動の芽を摘み、これをドイツ史にではなく、人道的な管理の行き届いたどこぞの州立精神病院のカルテに記入したことであろう。残念なことに、当時はまだ犯罪精神病の症例がさほど研究されていなかったし、自分が不可欠の存在であり神の恩寵の賜物であるという点について、ドイツ諸侯がまだ今日ほど胸を張って自覚するにはいたっていなかったのである。

手元にあるあの時代の厖大な患者資料のうちから、もっとも特異な数例だけをここに挙げておこう。さぞやこうした症例は若い医者や若い行政官の記憶に残るにちがいない。

観察3　パラノイア的気質。妄想に駆られて昂揚する人格の土台となるガリ勉式の独学者気質。狂信、瀆神。再洗礼派らしい態度。牢獄。やがて急速な精神疲労ののち没す。――ドイツのあらゆる靴職人ならびに仕立職人とひとしなみに、不可解にも神の聖なる玉座の前ですらとどまることを知らぬ神秘的な思弁の衝動に左右される仕立職人ヴィルヘルム・ヴァイトリンク。各地に転々と遍歴を重ねた末、益体《やくたい》もない知識を頭にすし詰めにして、ジュネーヴで齢三十八にして典型的なパラノイア気味の幸福論を講じはじめる。よくあるように――キリストが税吏、漁師、娼婦たちに支持されていたという前例を見よ――この学説には暗示にかかりやすい無知で貧血気味のプロレタリアどもから共鳴者が出てくる。――著書のなかで彼はたとえば次のように書いている。

「同胞精神は、仲間同士のくだけた口調に改め、どんな侮辱も許す訓練をし、いかなる微罪も病気とみなす癖をつけることで培われる[24]……

「いまこそできるだけ重荷も享楽もほどほどの節度を守るべきだ。なぜならそうすることによって、富や名誉にまさる健康という名の宝を失わずに済むのだから……

「たとえ一片の真実があるにせよ、いかなる密告も密告者を恥じ入らせることによって封じるべきだ。同志の誰かの品行にどれほど不満を抱いたにせよ、当人に内々で直言すべきで、先に他人に口外してはならない。したがって、公衆の面前でわれわれを侮辱したり罵ったりする者は誰であれ、即座に自制の利かない病人とみなされる。同様に、いかなる犯罪者であれ、したがって監獄刑やこれに類する重罪判決を受けた者であれ、何人《なんぴと》も蔑んではならない……[25]」

何をどう語ってもナンセンスなことばかり。思想という思想がほとんど反体制的だ。病人はすぐにも詩篇もどきの言葉で語り、キリスト気取りの美辞麗句をひけらかしはじめる。

「諸人こぞり来たれ、汝ら、労働に勤しむ者たち、辛酸を嘗め、罪を背負い、貧しく蔑まれ、嘲笑され、抑圧されている者たちよ。万民に自由と正義を欲せば、かかる福音が汝らの勇気を新たに鍛え直し、汝らの希望に若々しい花の蕾をほころばせることだろう……[26]」

「不安で蒼ざめた頬をふたたび紅く色づかせ、苦悩する瞳に希望の美しい耀きを投げかけることだろう。

「憔悴した弱き心を強め、懐疑家の頭に信念の力を注ぎ込むことだろう。

「犯罪者たちの額に宥和の口づけを施し、彼らが閉じ込められている牢獄の暗い壁を希望の光で照らすことだろう[27]」。

ついに政府当局は、こうした犯罪の美化やごてごてしたシラー流の装飾過多の文体に対抗手段をとった。ヴァイトリンクは神の冒瀆と財産権侵害の廉で投獄されたのである。が、時すでに遅し！　というのも何年にも及ぶ煽動活動のあいだに、自信満々のこの仕立職人によって数千人が感染してしまっていたのだ。ヴァイトリンクがルターやカールシュタットやトマス・ミュンツァーを引き合いに出していたのは、さもありなんと頷ける。こうした輩は、目覚ましい進歩を遂げた科学によっていまではとうに精神病者とみなされるにいたった人物たちなのだ。ヴァイトリンクの投獄中の成果たる、お涙頂戴のひねくれた奇想で埋めつくされている厖大な草稿の山——こうした連中はいったい何に涙するというのか？——は、プロイセンの勲章をただの一つも授与されないまま没した革命家ハイネその人の版元として有名なハンブルクのホフマン・ウント・カンペ社から刊行された[28]。ヴァイトリンク自身はその後まもなくアメリカへ逃亡し、かの地で遅ればせの精神の死に突如見舞われた。——奇妙なことながらヴァイトリンクは百科事典にいまなお名を列ねている。だが、そもそも彼の名が刻まれるべきは百科事典ではなく専門書なのだ[29]。

ヴァイトリンクの場合は、感情をすり減らしてはいるものの、水色に澄んだ祖国愛を抱く芯の細い仕立職人であったのに対して、次にお目見えするのは、大酒飲みで血の気が多く、肩幅のがっしりした反骨の士である。激越なパトスで胸を躍らせながら、この人物は、おのが町の地方裁判所の条令ではなく、「祖国に、愛する祖国に従順たらん」とした。粗暴な身振りで目玉をぎょろつかせ、声は説得力溢れる野太い低音で、巨魁然と肩で風切ってのし歩くたぐいの黒胆汁質《アートラ》で無動性《アットニタ》の憂鬱症《メランコリア》は、あの水色めいた神経のかぼそい繊細《スブティイリス》で感傷的《センティメンタリス》な憂鬱症《メランコリア》に負けず劣らず危険度が高い。後者が体制寄りの臣民どもの心情にささやかな懐疑を耳打ちしながらヘルンフート派の仔羊のごとき甘言で忍び寄ってくるとすれば、前者はシラー流のパトスに駆られた流血の衝突や雷鳴轟くばかりの弁舌の迫撃砲で一瞬にして聴衆をなぎ倒し、お粗末な投票用紙を彼らの手にこっそり握らせる。いずれの場合にもこうした審美家どもにとっての唯一の救いは精神病院しかない。後者の場合なら、仕立屋を比較的静かな病棟に、前者の場合なら、革鞣《なめし》職人、肉屋、金具職人、その他、誰であれそんな手合いを騒がしい病棟に。いまここで取り上げる次の症例の主人公も、拘禁されないまま治療を受けなければならなかったため、ほどなくオーストリア近衛兵の銃火を浴びて血だるまになるはめになったが、それにいささかも不思議はない。

観察４　熱狂的祖国愛（patriotismus exaltans）。誇大妄想のなせる愛国主義の形成（megalomania patriotica）。疲労困憊の末に当局の手による殺害。――ローベルト・ブルーム、四十一歳、生来の素質はすこぶる折り目正しく人柄はいたって温厚。しかるに演劇や空想の世界に足を踏み入れることで、遊び半分のほんの軽い気持ちで政治事件や国家的行動をしでかそうと思いつく。自己批判の欠如。観照に耽る生活。ケルンからライプツィヒに移住して文学サークルに入ると、弁論家と作家の抜きん出た才能をバネにして思想を現実に転化することがいかにたやすいかを悟る。かくてすっかり誇大妄想に陥り、溢れんばかりの愛国心による陶酔気分のままに、「祖国新聞」、「祖国協会」、「祖国便覧」を創設する。常軌を逸した昂揚ぶりが当局の注目するところとなる。頼むに足る精神医学の教程書がなかったため、政治の色眼鏡ごしに眺められ、制定された「法令」下で遅かれ早かれ逮捕されることになる。みずからも病んでいる判断力のない有権者層によって送り込まれたフランクフルト国民議会では、彼のせいで、高潔な倫理観で審議に臨んでいた議員たちは、つい軽はずみな決議に走るはめになり、国家という船の存亡を揺るがせかねない危険な舵取りに翻弄されることになった。ウィーンに全権使節として派遣されると、途方もない熱狂ぶりでこの使命に邁進し、オーストリアの善良な市民たちをその高貴なる君主の家系から遠ざけ愛する祖国に結びつけようとした。かくしてこの症例は、黒い憂鬱症［melancholia atra］と複合型躁病［mania complicans］の境界例になる。やんごとなきヴィンディッシュ＝グレーツ侯〔Alfred Windisch-Graetz (1787–1862). ウィーン十月蜂起を鎮圧した陸軍元帥〕は、感化されやすいウィーンっ子たちのあいだに狂気と祖国同盟があまねく蔓延する前に、占拠された都市をすみやかに制圧することに成功した。当の病人はさる旅籠に疲労困憊しているところを逮捕され、急ごしらえの領邦国令の一項に該当するとされ絞首刑を宣告される。ここでもやんごとなき侯爵は寛大に取り計らい、おそらくその病状に鑑みてのことであろう、病人を銃殺刑に減免したのであった。一八四八年十一月九日刑死。埋葬をすみやかに済ませるために死体解剖はできなかったが、解剖されていれば間違いなく、脳の膨腫、ならびにそこから必然的に生じる頭蓋骨と脳膜の癒着が判明していたことであろう。

反政府型の繊細な憂鬱症《メランコリア・スプティリス》と黒い憂鬱症《メランコリア・アートラ》については、以上二つの症例で事足りよう。物わかりのいい読者ならば、できるだけ早期の段階でこれら重症の国家精神病患者の初期症状に気づくことが、まさしくいまいかに肝要であるかがおわかりいただけたであろう。罹病した者どもが古い政治形態の弱体化や神に任ぜられた君主たちの無用論を云々したメランコリックかつセンティメンタルな文書や印刷物を公にしないうちに、なるべく早く手を打たなければならないのだ。一八四八年およびそれ以前の時期には、こうした反国家的脳疾患の症例報告の題材がところ嫌わずごろごろ転がっていたというのに、残念ながら大学附属病院でも精神医学の講堂でもいまだ十分に活用されていない。

そのため、この政治的病態についての先生の御所見を伺うことはしばしば学生には困難で、時折教授のボタン穴の蔭からちらりと顔を覗かせるだけになっている。とくに一八三〇年から四〇年代の抒情的な異常心理にあっては、反政府主義に開眼したり、君主への不平を漏らしたり、（誰も結婚できたためしがない）商務顧問官の子女らに対して不埒な感情を抱いたり色情的な吃《ども》りが発せられたりしていた。かかる異常心理やこれに類する不当な厭世感《ヴェルトシュメルツ》、あまつさえ精神錯乱とともに併発する現象の数々が、玉座を揺るがし君主の寵姫たちを不安にさせるほどの病因とみなされ認知されるようになってからまだまだ日が浅い。そしてまさしくこの点こそ、若き医師たちや駆け出しの郡医官を手取り足取り厳しく指導することがことのほか肝腎である所以なのだ。とりわけ今日、君主を軽侮するきらいのあるきわめて嘆かわしい御時世にあっては、一八三〇年代、四〇年代のような躁病《マニア》がたやすく再燃しかねず、これが蔓延すれば、その病んだ精神が、おのが主君――あるいは君主たち――を恃んで仰望する忠誠心篤き民衆に信じられないような速さで伝染してしまう。そうなってからではもはや手遅れなのである。

犯罪精神病の最終的な発現形態としてのパラノイア―狂気

ドイツ精神史は精神医学教本のパラノイアというかなり長めの章のほんのごく一段落にすぎぬ、とはよくいわれるところである。――まさにそのとおり。ドイツの不滅の精神は病んだ狂気の精神なのだ。しかしここではそのことが問題なのではない。ここで問題なのは、神がドイツに配した君主制の原則にしたがって――イギリスでなら女王陛下の御心のままに《アット・ハー・マジェスティーズ・プレジャー》というところだ――この不幸な民族の一人一人を法廷《イン・フォーロー》に引っ立てて、心に深く巣喰いそれゆえにまた癒しがたい極悪で許すべからざるある特異な狂気の罪で咎め、そしてこの狂気をしかるべく封じ込め収容することなのだ。

頑なに心を閉ざしたパラノイア気質というこの狂気は、本書で扱われる犯罪精神病に数え入れられるべきものだ。

「広汎にわたるこの症候群（パラノイア）の根幹は、自我群が統覚のアレゴリー作用によって抑制されたり促進されたりすることで惹き起こされる想念の生《フォアシュテルンクスレーベン》における初期障害にある」とシューレは指摘している。[30]――御名答！　連中はおのれの自我をいったいどうしようというのか？　そんなわけで、州議会や国民議会でも、射撃大会に出場したりビアホールに腰掛けながら談笑していても、この自我なるものがひっきりなしに助長され燻《くすぶ》りつづけ際限なく急き立てられてしまうのである。おまけにこの自我の分の手当の上乗せまで請求して――あげくの果てに連中はもはや――統覚はいうまでもなく——まともに知覚することすらできなくなり——「至高の自我」だの、「至高の民族」だの、「母なるゲルマニア」だの、「世界に冠たるドイツ《ドイチュラント・ユーバー・アレス》」だのと、根も葉もないアレゴリーをでっちあげるのだ。しかも、申し分のない統覚さえ具わっていれば形成されてしかるべき一群の至上の理念、つまりは「神」、「君主」、「王の赦免権」、「国権」、「王権神授」、「貴族叙階制」、「宮廷用郵便小包料免除」等々の理念が欠落しているのである。むろんこの種の手合いは君主制下の外界でどの道を進むべきかもはや皆目見当がつかず途方に暮れている。とすれば、こうした重症の落伍者をなるべくさっさとどこかの保護施設に引き渡すしか手がないのではあるまいか？——

「患者は内側から膨れ上がる個人的自我だけにとどまらず、そこから客観界へと跳躍する。だが、このように内在因を外界に求めている点で、患者は大きな誤謬を犯しているのだ。[31]」——またしても御名答だ！　病めるドイツ人が外界に求めるべきものはいったい何か？　外界では税金を納めたら、財務局からぶらぶらと機嫌よく帰宅するがいい。病んだドイツ人はその内面を一切客観化してはならぬ。精神の在処である内面は、神聖ローマ帝国時代にはとうにドイツ人の手に負えなくなっていた惨憺たるありさまだった。ドイツ人はこの寄るべない不幸を胸のうちに抱えたまま黙っているがいい。自己の病んだ内面を介護し、おのが精神にむせび泣きながらすがりつこうとするなら、ドイツ人は、まだ夜露が野原に残る朝まだきに外に飛び出し、「童《わらべ》は見たり、野中の薔薇よ」と口ずさみながら勿忘草《わすれなぐさ》を摘み、ひばりの囀りや小川のせせらぎに耳傾けるがいい。だがひとたび国王陛下という御天道様が空に昇るや、病めるドイツ人が外界に求めるべきものはもはや何もないのであって、おとなしく自分の仕事に精を出すよう努めねばならない。自己の内面という、このドイツ精神には錠を下ろしておきたまえ。このドイツ精神とやらは狂っており、救いようのないつまらぬ代物、憧れで恋い焦がれる物悲しい亡霊であり、びくつくあまり行動を渋るのだ。内面がその神秘に充ちた殻から公衆の面前に躍り出て姿を見せ、客体として自己顕示し、外界になり代わろうとする場合、この亡霊、この精神は、「錯覚」として、「妄想」として即座に片づけられなければならない。逮捕し投獄し処罰しなければならないのだ。なぜならドイツ精神の本質とは——あくまでも精神にとどまり、けっして行動に出ないことだからだ。

さてここに若き医師、法曹界、警察官僚にとって大事なことがある。君主制国家にとって最大の危険であるこの種の個人主義者、この種の「拡張された自我」、この種の精神中心主義者の、外見ならびに心理構造全体をきちんと認識しておくことだ。一八四八年の「しぶとい民主主義者たち」の人相は、彼らの精力的な髭、露天商帽、癪にさわる胴衣《ヴァムス》〔一昔前の服装〕、ときには「チュートンの若造」風の捲毛など、ほとんど変わりばえしない風采によって、いまもなお記憶に新しい。もっともいまや、それぞれ独自の相貌を帯びている二面性が絡み合っているのだ。つまり、一方では、鍛冶屋の頑固な眼色、指物師の狡猾な面構え、仕立屋のとびきり聡明な容貌などを見せるプロレタリアの職人たちで、むやみやたらに片っぱしから乱読しまくって一八六〇年代の唯物論全般に通じている。それから他方では、落魄の博士、教授、ジャーナリスト、編集者、在野の学者たちで、こちらは自分のインク壺のなかに一つの完璧で新しい哲学体系もしくは経済的世界秩序がひそんでいると思い込んでいる。——裁判官の前に出ればどいつもこいつもまるで一つ穴の狢《むじな》だ。こういった連中は、葬儀に参列するようなほとんど非の打ちどころのないスーツ姿で現われ、実直な男ぶって、なにがしかの観念論の体系——カント、ルター、ヘーゲル——を楯にして、これをクサクサ洞窟〔37〕のような巨大な胸深くにかたく隠し込んでうとうととまどろみ——息つぎを間違い、言い間違い——ドイツ語のシンタクスをめちゃめちゃにし——長官閣下に話しかけられるとぶるぶる身を震わせ——それでいて自分が病気であることにとんとお気づきではない。王宮府長官筋からほんの一言——「陰謀《ドールス》だ！」——と発せられれば、大学の講壇やビアホールのベンチでここ数十年がところ磨きをかけ伝承されてきた彼らの観念論的構築物は、陪席した王宮顧問官閣下のあざけり憐れむ叫喚の下にひとたまりもなくみじめに瓦解するのである。——一目瞭然のとおり、当初これらの被告どもは観念論を山積みに満載して乗りつけ、そのたびごとに——歴史、文学、宗教改革、国民経済学と——新製品を続々と搬入してくる。——自分たちが不正を犯しかねないとは夢にも思わず——王宮府長官閣下が唇をひくりと曲げるだけで、皇帝の寵愛の光に照らされた閣下の御尊顔とその耀かしい知性の光耀を一瞬浴びるだけで、彼らの異議申し立ても氷でこしらえた積木細工も、国王陛下という陽光の威容にさらされた春の雪のようにみるみる溶けうせてしまうのだ。

こうした人々——被告たち！——の犯罪ではなくその病気を立証することこそが重要である——ここでわれわれは人道主義《フマニテート》の極みに達するわけだ。プラトンからスミスにいたるまでのなにがしかの——リストやラッサールの——カンパネッラやマルクスの——観念に基づいたり観念を楯にしたりして、神が永劫の昔から定めた〈神みずから〉の配剤によるドイツ君主制（リヒテンシュタインをも含む）を制限し過小評価し貶下《へんげ》する者、あまつさえその無用論に帰着する者は先験的《ア・プリオリ》に病んでおり、この者は叛逆陰謀罪［dolus criminis laesae majestatis］を肉体にささる棘〔コリント後書第十二章第七節〕のようにそれと気づかず隠し持つことになる。こうした結論そのものからすでに――王宮府長官閣下がたとえ何も仰せにならずとも――この者は犯罪者なのである。しかし世紀末も押し詰まってくると、近代国家は、観念を顧慮して――ただし当の観念がはたして（領邦君主たちの王権神授説も起源とする）神に由来するのかがいまだ判然としないままに――こういった連中を保護施設《アジール》に、病院に、精神《イデーン》保養所《アンシュタルト》にぶち込まんとしている。そして若い医師や警察官吏にとって大事なことは、この目に見えない有害で犯罪的な――概して書物を介してこっそり伝わる――精神状態をできるだけ早急に認知し、承認薬だの排除措置だの冷水療法だのに頼って手をこまねいておらず、さっさと州立精神病施設の隔離棟に閉じ込めて病める精神を静養させることだ。

法廷《イン・フォーロー》でこういった手合いに罪を自白させるのはかならずしも容易ではない。有害な知識で脳天をぎゅうぎゅう詰めにして、彼らはしばしば裁判長閣下をプラトンの『饗宴』や『ウパニシャッド』の引用漬けにし、しまいには閣下の気分を心底げんなりさせてしまうかもしれない。ムキウス・スカエウォラ[38]やヴィルヘルム・テル[39]のような人がいたのだから、シラーが『群盗』を書いたのだから、俺たちだってどんな思想を信奉しても許されるんだと彼らは本気で信じ込んでいるのだ[32]。そのような場合には裁判長が、刑法典の条項に含まれていない書生風情の無駄なお喋りをさっさと却下し、君主制の思想信条について被告に審問するであろう。在郷軍人会のことも予備役将校のことも知らず、熱狂的な万歳の声をこれまであげたためしがない――地元警察当局の応援を借りればこうした情報は被疑者の前歴から容易に割り出せる――となれば、誰でも即座に事態の真相と心の奥底を見究めるだろう。被告の持ち前の思想基盤である大脳神経組織に君主制支持の欠落がひとたび認められれば、いざ標的に向かって一目散だ。こうした手合いはかならずどこか歪んでいるものだ――交互尋問ではふだんどれほど毅然とした態度をとっていてもだ。髪をきちんと梳かしてないとか、髪の分け目が曲がっているとか、上着の縁がほつれているとか、上着のボタンが古く摩耗しているとか――でなければねじ切れているとか（ドイツの教授連中にはこれがたいそう人気だ）――眼鏡レンズの研磨が左右ちぐはぐで、硝酸のようにある種の権謀術数《マキアヴェリズム》を発揮させるひどい寄り目になっているとか――耳たぶが膨脹していたり、シラー風の鼻がその元の持ち主のように顔の真ん中で斜めにかしいでいたり――ロンブローゾ〔三〇五頁訳註35参照〕はこうした症例にあたるこの種の諸症状をおびただしく列挙しているが――君主制に敵対するなにがしかの退化《デゲネラツィオーン》の徴候がかなりの可能性できまって見つかるだろう。また、事象そのもの《エ・レー・イプサ》からでだめなら、有効性《エクス・アドユウアンティブス》から判断すればいい〔一般に、治療に効能があったかどうかで病理学的な仮説の正しさを確証する診断のことを criterio ex adjuvantibus と呼ぶ〕。元々とはいわないまでもどのみちすでに具わっている、この不滅のドイツ精神の狂った素質についてはもっと前のところですでに述べた。犯罪精神病が成立するための諸条件を司法上の既定項目とみなし国立救護施設に送致させるには、ある一定の狂気が認められる必要がある。かりに教授に、私講師に、思索に耽るプロレタリアに、しぶとく頑迷固陋な民主主義者に、指を噛むジャーナリストや作家に、自由思想の神学者に、こうした傾向が見つからないとしたら、そのほうがかえって妙なことになるだろう。

観察5　神学に基づくペシミスティックな気分。哲学への転向。ヘーゲルに基づく誇大妄想的「自我」の過飽和。自分を大きく見せたがる度しがたさ。若くして消耗したあげくに（政府が介入するまでもなく）完全な倒錯状態に陥って没す。マックス・シュティルナー、齢三十九歳（享年は四十九歳）、素養はまずまずといったところ、バイロイト出の君主制を支持する由緒ある一家の息子であったが、どうやらプロイセン王国領からバイエルン王国領内に突然移住したのをきっかけに彼の君主制支持の考え方に急激な方向転換がもたらされた結果、心底、深刻なショックを受けたものであろう。すくなくともこの時期を機に、この若き神学者は「王権神授説」や「仔羊の血」に対して懐疑的になりはじめる。――彼は哲学に転向し、いまや見境がなくなったこの男はいわゆるヘーゲル左派の急先鋒となる。さる哲学的著作を公刊するが、これは今日ではまったく忘れ去られており、目下のところ題名さえ想い出せない。シュティルナーは、シューレが的確にも「自我群の促進」、「個人的自我の拡大」と名づけた、あの想念の病いの好例である。シュティルナーの本には次のような表現がある。

「私は、私自身からあらゆる法と権限を導き出す。私はあらゆるものに権利があり、あらゆるものをほしいままにする。私は、もし可能とあらば、ゼウスもヤハウェも神など（「その他もろもろ」！）も打倒する正当な権利を有している。……

「私は独断で法をやりくりしている。しかも、いかなる上位の権力に抗おうと何らの痛痒も感じない犯罪者なのだ。私の法の所有者にして創造者たる私以外のいかなるものにも――神にも国家にも自然にも「永遠の人権」を有する人間にすら――私は法の源泉を認めはしない……

「神に関することは神の問題であり、人間に関することは「人間」の問題である。私の問題は神に関することでもなければ、人間に関することでもなく、真でも善でも法でも自由など（「その他云々」!!――）でもなく、もっぱら私の問題であり、それは普遍的なものではなく――私が唯一であるように唯一的なのである。――私にとって私にまさるものは何もない。[33]」――

この狂人は〈おのれ〉を誇大に書き立て、「かくもあちこち飛び回っている思想があるとすれば、それは法の保護外に追放された《フォーゲルフライ》思想ではなく、私の思想だ」とすらいっている。――臣民たるべき自我がここまで拡張してしまうと、君主ならびにその神聖なる法が割を喰うはめになることは火を見るよりも明らかだ。――こうしたたぐいの人間のためにあるべき精神病院は当時はまだ存在せず、精神医学の進歩も万全には程遠かったので、このいわゆるヘーゲル派左翼をはじめからそっくりそのまま、かの有益な州立精神病院の附属施設に改装するほうがよっぽどましだという主張が認められるにはいたらなかった。ブルーノ・バウアーならびにエドガー・バウアー、アルノルト・ルーゲ、ダーフィット・フリードリヒ・シュトラウス等々といった手合いが過激な詩や不敬罪にあたる感情をあけすけにぶちまけても、人々はいわゆる哲学や「思想の自由」への間違いだらけの尊崇の念からこれを野放しにしてきた。さよう、シュティルナーは一時期であるとはいえ女学校の教師までしており、一部は将来宮廷入りすることになるこうした愛らしい娘たちの精神に無礼きわまる感情の種子を植えつけたのだ。しかし火山は結局おのずと鎮火した。倒錯せる自我拡張と冷えきった大逆思想のみじめな溶岩の海を死が堰きとめたのだ。かくて一八五六年六月二十六日ベルリンにおいて、いかなる鷲勲章〔プロイセンの勲章〕にも飾られぬ破廉恥な思想家の亡骸に死神は接したのであった。

右に二、三名を挙げたとおり、一八三〇年代、四〇年代の病める思想家たちの数は異常なほど多い。まっとうな精神病院が不足していたために国家は彼らを取り締まり、城砦監獄にぶち込んだり絞首台に送ったりせざるをえなかったのだ。なかには「最高に耀かしい」名前さえある。ということは名前と名前の持ち主が公衆の目には思想の明星のように「耀かしく」見えたということだ。それというのも国家がその犯罪的な考えを適当な時期に断ち切っておかなかったためだ。つまり、いったん感染して民衆を侵蝕した思考の働きがそこでじっくり考え抜かれて観念が顕在化してしまうと、民衆だけでは——大量処刑でもしないかぎり——その犯罪的な考えをもはや根絶できない。それどころかかえって、観念は脳の生得的機能であるだけに至極当然ながら民衆にそれ自体根づいてしまう。だからこそ、こうした思想犯と最初に接触する医師、法律家、精神医学者、後見人、行政官、大臣のような人たちにはまずもって見解をあらためてもらう必要がある。すなわち、あたかも考えるということが「何か特別のこと」で、これには敬意を払わなければならず、ひょっとしたら私利私欲を交えない理想性を追求しているのではないかといった留保が当然つけられてしかるべきだ、といった見方は捨ててかかる必要があるのだ。勘違いも甚だしい！　思想というのは鉄兜《ラウペンヘルム》か制服のようなものだ。撤廃するか、禁止するか、色をつけるかだ。思想は臣民の思想と支配者の思想に二分される。そして各自の身分に見合った思想が与えられるのだ。ことさら思索に取り組む個人が（自分は臣下なのに）支配者の思想を胸に抱き、そのような思想を自分と同等の民衆のあいだに広めようとしているのであれば、彼はまぎれもなく「拡張された自我」（シューレ）という病気を患っているのである。いずれにせよ、この病人をまず観察対象にすることだ。「客観界への跳躍」、「内面の外界への客体化」（シューレ）にまで彼の病気が進行し、現状の「ドイツ諸侯（リヒテンシュタインをも含む）の王権神授説」の顚覆をめざす反君主制的な性格を帯びるならば、これが犯罪精神病であることは明白である。この病気に該当する者が今後ものうのうと執筆し本を上梓しつづけていくことなど――民衆の道徳心を深く傷つけたくなかったら――これ以上断じて許されない。犯罪精神病者は――その名がよしカントにせよ、ラッサールにせよ、ブルーノ・バウアーにせよ――行き届いた管理の下で運営される国立精神病院施設の適温の浴槽に浸け、現行の政府形態が続くうちはそこから出られないようにしておかなくてはならないのである。(34)

結語

以上に具申したまったく新しい視点の数々が政権上層部や敬愛する同学の諸氏に即座に受け入れられようとは、まず期待できない。真に新しいものは一定の抵抗をつねに覚悟しないわけにはいかないからだ。しかも——なんとここ十年来というもの、われわれは新種の病気、新型の細菌、新規の免疫血清療法に心を煩わす必要がなかったのだ！　だから私の基本理念がさまざまな疑念にさらされ、もしかしたら鼻先であしらわれるような目に遭うかもしれない可能性を、こちらとしても予想しておかざるをえないのである。とくに国民自由党寄りの精神科医たちには私への異論があるだろう。曰く、特定の観念なり観念群なりについては、民衆、すなわち被支配者集団が率先してこれを掲げている可能性も当然あるのではないか、と。この異論にいまは抗弁するつもりはない。私にはこうした異論が正しいとは思えない。いずれにせよ、かりにこうした異論が出たとしても、すくなくともここ百年来わがヨーロッパに巣喰ってますます蔓延する一方の、一つの特殊な病態に対して警鐘を鳴らしつづけることを私はやめないだろう。

政治の混迷と革命家気取りのごった煮からこの新型の心的頽廃をいまやようやく類型《タイプ》化し摘出せざるをえなくなったこと、これは私にとって学問的信条に不可欠の要請であり、また孜々《しし》営々たる多年にわたる研究と時代の流れの綿密な観察の賜物なのだ。鋭敏な感覚に欠け分類に必要な弁別能力に乏しいために、またとりわけこの病気がまだそれほど頻発していなかったために、数世紀の長きにわたって、多種多様な症状が一緒くたにされ混同されることが間々ありがちだった。私がいま想い浮かべているのは、狂人たちの全身麻痺、脊髄癆《ターベス・ドルサーリス》〔梅毒に感染して十―十五年後に発症する脊髄後根や後索の変性〕、痙性脊椎麻痺、神経衰弱、多発性硬化症、ある種の眼病等々、いずれも今世紀になってはじめて認知されるにいたった疾病のことだ。ところがその後、ある一つの病気が以前にもまして頻発し、ある種の症例が何度もくりかえし報告され集積してくると、そのタイプがいまや突然、鮮明に浮かびあがり歴然たるものになるのである。

犯罪精神病とはそういうものだ。それは犯罪的な理性の形態であり、一種の思考のインフルエンザであって、昔なら何人かの数少ない個人の頭脳、すなわちアルナルド・ダ・ブレーシャ〔三〇二頁訳註20参照〕、修道院長ヨアキム〔中世イタリアの神秘思想家フィオーレのヨアキム（一一三五―一二〇二）のこと〕、サヴォナローラ、ニクラスハウゼンの笛吹き〔牧人で楽士でもあったハンス・ベーム（一四五八？―七六）のこと。幻視をきっかけに説教をはじめニクラスハウゼン詣でを創始した。〕などのような特異な人物にだけ発症するか、さもなければワルド派〔十二世紀にリヨンの商人ピエール・ヴァルドーによって創始されたキリスト教の異端派〕、ベガルド会〔十二世紀にネーデルラント地方で盛んになった在俗の女子修道会ベギン会に対応する男子修道会の名称。男子ベギン会とも呼ばれる〕、タボル派〔異端の罪で処刑されたボヘミアの宗教改革者フスの教説を継承したフス派の急進派。呼称はその闘争の拠点とした城塞都市の名に由来する〕その他の、かなり小規模の分派《セクト》の流行性疫病として姿を見せるかだ。人々は、彼らの思想こそが思想そのものであり、生そのものであり、そこには普遍的妥当性がある、と思い込んでいた。――ところが、病気がそれ以上は蔓延せず、病原菌が絞首台の――より慎重を期すなら火刑台の――露と消えた人々の頭脳のなかで死滅したものだから、いくどとなくその徴候が看過されてしまったのだ。まずは十六世紀のドイツを皮切りに、ついで十八世紀のイギリスで新たに症例が追加され、ついに前世紀末のフランスで同種の流行性疫病が瀰漫することになった。そこでいまや医師たちはこの現象にいっそう本腰を入れて取り組み、その病因を詳細に探り、病因各種のタイプをつきとめることを余儀なくされたのだ。

　たとえば中世では、神に任ぜられた君主が持つ、その臣下の身体、生命、思想に対する自由処分権に疑念を差し挟むことなど、誰も想像だにしなかったであろう。[35] 迷える精神が現われれば、一人ずつただちに処刑され斥けられた。だが二百年前にイギリスの自由思想家《フリーシンカーズ》たちが——自由思想家とはまた何という言葉だろう!!——敵意たっぷりの精神活動を開始してからというもの、より正確を期すなら、彼らの思想の産物が踏まえられた上で、ヨーロッパで実際に君主が廃絶、つまりは斬首の憂き目に遭ってしまってからというもの、要するにチャールズ一世の処刑の日以来、この放縦な煽動思想は以下のような命題に集約されることになった。すなわち、君主権とならんであたかも「人権」——むしろ臣下権といおうか——がある、とでもいうがごとき命題だ。こんな命題は、まるきり妄想で軽薄きわまりない思想の産物であり、そのような結果をもたらしたのは、それこそあのイギリスやフランスの思想家ども、はたまた癲狂院《ルナティック・アサイラム》やバスティーユ監獄に抛り込む潮時を見誤ったか、でなければそこに収監されたものの保釈されてしまった無軌道なごろつきどもなのだ。

　君主制に敵愾心を抱くこうした病的な思想形成がいったいどのような状況下ではびこり侵蝕を拡げていくのか。こうした経緯が認知されるようになったのは、ひとえに暗示力や心的伝染病に関する今日の精神医学や学問研究の賜物である。ドイツの王族たちを脅やかすさまざまな危険や好ましからざる思想の寄せ集めを一掃するには、ぜひとも医師や管轄当局がただちに介入しなければならない。

かくして今日、犯罪精神病のタイプはようやくはっきりと揺るぎないかたちで規定されることとなった。

犯罪精神病はきわめて多種多様な徴候で発症してくる。わかりやすさを考慮して本書ではこうした徴候を慣例どおり、脳軟化症、躁病《マニア》、憂鬱症《メランコリア》、狂気といった病態の分類項目を立てて記述してある。さらにこの犯罪精神病の諸症状は、とりわけパラノイアという病像を形成しつつさまざまに進展している。

心情の吐露というものに総じてありがちな、風や息のようなかすかな雰囲気に騙されてはいけない。さもないと、当該の病原菌がすこぶる感染力が強いものであることがともすれば見過ごされてしまう。それこそが危険なのだ。危険は差し迫っている。おまけに、ヨーロッパでは政治家の脳疾患の病状経過がますます進行しつつある。こうした情勢にあっていよいよわれわれは、目下もっとも危険かつ重大な集団疫病に直面していると、にわかに気づきはじめるだろう。だから、いまこそ君主たちに呼びかけなければならない。「**ヨーロッパの君主たちよ、いざ汝らのもっとも神聖なる財宝を死守せよ！**」と。

天才と狂気

一八九一年、ミュンヘン
ミュンヘン商業印刷ならびにM・ペッツル書局

ご列席の皆さん！　皆さんもご存じのように、精神病理学は今日、戯曲や物語の分野で抜きん出た地位を占めております。そのことを納得していただくには、先日の晩にこの会場で催された公開朗読会の折に披露されたオーラ・ハンソン[1]の小説『母親殺し』を想い出していただくか、イプセンの名を挙げるだけで十分かと存じます。こうした文学作品全般を貫いている主たる命題は、人間とは、自分の遺伝に基づいて、あるいはもし遺伝というのに差し障りがあるなら、自分が抱えている負荷に基づいて行動するように行動**せざるをえない**ものだということです。文学にとっては、この命題を発見し利用しつくすことが、ことさら重要な出来事だったのです。刑罰に関する厖大な資料によって、こうした作業に取り組むための題材がすでに向こう数年分ほど御膳立てされております。――ですが、忘れてはなりません、いまや社会のなかで焦眉の急の問題となっている、この人間の不可避の行動という主張は、法廷や精神病院にあってはつとに自明なことであり、とうの昔にいわば定着しているのです。すでに一八七〇年代初頭にベネディクト[2]――ガル[3]はいわずもがなですが――がその著『犯罪者の脳』のなかでかかる見解を述べております。そればかりか彼は、病的な行動が病変した器官に起因する可能性があることさえ証明しようとしております。その上、この病的な行動が「きわめて遠い地域や時代にまで波及していく動き」を見せていることが予言されています。いまや裁判官なら誰でも知っているように、人間、とりわけ犯罪者は、状況次第でさまざまな強迫行動をしでかします。ですから今日なら、精神科の専門医に十分に相談しなくとも、おそらく無罪判決が言い渡されることでしょう。――その意味では法律家や医師のほうが詩人たちの予言能力に先んじてすらいたのです。だからといって、こんなにも大勢の教養ある方々がこの興味津々たる問題に関心を寄せているいま、これに関連するあらゆる問題をあらためて篩《ふるい》にかけないわけにはまいりません。いずれにせよ、たいへん有意義なことにはちがいないのです。

ことほどさように、われわれが今晩まったく異なる部類の人間を話題にしようとも、おそらく皆さんは嫌な顔一つせずに快く耳を傾けてくださることでしょう。犯罪者と同様、こうした人間について以前から指摘されていたのは、彼らが自分の作品を生み出すときに、何かをせざるをえないという不可避の強迫にひどくさらされるということです。ですからこうした人々も当然ながら犯罪者と同じく病気の範疇に含まれていました。しかも、ここでは心的な事象の問題なので、精神病や狂気の範疇に入ります。――この人々とはすなわち、天才たちのことです。――それゆえ今晩われわれが取り組むべき問題は、天才、ならびに天才の精神状態のありよう、天才と精神病の類似性ということになります。

天才という言葉は時代ごとにじつにさまざまな意味で理解されてきました。一七七〇年代には、いわゆる大天才《クラフトゲニアリテート》、もしくは真の天才《ウア・ジェニー》なるものの時代がございました。この当時の人間の理想像における新たな要求を一身に背負い、ある種の情熱をもって弁じたてる、いささか無鉄砲な人間なら誰しも天才と呼ばれたのです。ユーリアン・シュミット[4]著『ドイツ精神生活史』のなかに、なかんずくその頃の時代を目してこう書かれております。「かなりの数の血気盛んな若者や天才たちがフランクフルトで「ゲッツ」の詩人〔ゲーテ〕に味方した……。」やや後のフォークトやビューヒナー[5]の時代と同じように、有象無象《うぞうむぞう》を見下し自分を「自由精神」と公言しはじめたくなる欲求を感じていた青年は誰でも、当時、上昇志向の人々にとって解放を意味する語であるところの天才なのでした。また私が思うに、ヨハン・ゴットフリート・ヘルダーはこのいかがわしい党派意識を自分に寄せつけたくなかったせいか、かつてこう書いています。「私のことを天才と呼ぶやつにびんたをくれてやりたい。」――

そのうちに心理学によって天才の概念はかなり限定されました。すでに衆目の一致するところでは、天才的な作品とは、知性とは反対に、想像力《ファンタジー》、すなわち直観力の自発的な活動です。そして十八世紀にあって直観力はいわば「下位の精神力」に属するものとみなされていましたから、理の当然としてアーデルンク[6]はすでに天才を「下位の精神力の桁外れな発達」（『ドイツ語文体論』一七八五）と定義しております。カントは、天才にとって本来の領域は構想力《アインビルドゥンクスクラフト》である、なぜなら構想力だけが創造的であるからだと述べています（『人間学』〔『カント全集 第十五巻』渋谷治美・高橋克也訳、岩波書店、二〇〇三年、一六七頁〕）。ショーペンハウアーは天才についてかなり立ち入って語っています。彼によれば、天才の本来の仕事はまったく自発的に起こります。一つの芸術作品についての天才による内的把握は、意志から独立している上に、意志に対立すらしており、それゆえに選択意志《ヴィルキュア》による行為ではなく、われわれの好むと好まざるとに頓着しません。むしろ、それは直観的な脳活動の極度の亢奮なのです。能才《タレント》はその素材を自由な意志活動によって把握します。その思考は、他の人々に較べてはるかに迅速・確実でなおかつ正しいのです。しかるに天才《ジェニー》はこれに反して、他の人たちの誰とも異なるもう一つの世界を眺めているのです（『意志と表象としての世界』〔『ショーペンハウアー全集 第六巻 意志と表象としての世界 続編（II）』塩屋竹男・岩波哲男・飯島宗享訳、白水社、一九七三年、二九〇—三二三頁、第三十一章「天才について」、ならびに『知性について 他四篇』細谷貞雄訳、岩波書店、一九六一年を参照〕）。ユルゲン・マイヤー〔7〕はこう申しております。才人はおのれを知っている。自分がある特定の見解を抱くにいたった理由を才人は心得ている。ところが、天才にはそれがどうにもわからないのだ。天才は何か抗うことのできない衝動に駆られている。天才のアイデアほど予測不能で恣意的なものはない！（『天才と才人』）ヘンリー・モーズリー〔8〕ならびにエードゥアルト・フォン・ハルトマン〔9〕の考えるところでは、天才的な発想はまず無意識に起こって、それから忽然と現われるので、これを考えついた当人が驚愕で目を瞠《みは》ることになります（『生理学と精神病理学』、『無意識の哲学』）。ジャン・パウルは霊感の動因をそっくりそのまま夢遊状態に譬えています（『美学入門』〔第五十七節、古見日嘉訳、白水社、一九六五年、二四二—四三頁〕）。ヴィルヘルム・フォン・フンボルトもまたこう記しています。「芸術家の想像力がイメージを胚胎するあのかけがえのない瞬間、たとえ彼の手がその瞬間こわばっていたとしても、傑作は完成している。実際の表現はあの決定的な瞬間の余韻にすぎないのである。」〔10〕——こうした発言のいずれからもおわかりのように、天才的な瞬間の発生は、これまでにない何か異様な突発事、通常の思考とは根本的に異なるものと解されています。天才的な閃《ひらめ》きは、当該の精神的な天分にすすんで授けられる贈り物であり、受け取った本人すらびっくりするほど無媒介かつ偶然に、外部から不意に到来してくるのです。ラテン語の息を吹き込む《インスピラーレ》を語源とするインスピレーションという古式ゆかしい表現からしてすでに、昔日の天才が自分たちのアイデアを外からやってくるものとみなしていたことが窺えます。太古のいかなる民族にあっても、文芸は神性が吹き込むものとされていました。**ゲーニウス**という表現が天才を意味するとともに、来世から遣わされた翼ある使者をも意味しているのは、あながち偶然ではありません。後代になると、文芸を授ける神々しい存在との結びつきが文芸からだんだんと薄れていきましたが、その時代にも、ヨーロッパ最古の詩人たるプロヴァンスの吟遊詩人たちは、イタリア語の見出す《トロヴァーレ》という動詞に由来するトロヴァトーレ、トゥルバドゥール、つまりは見出す人という名で呼ばれていました。見出すという考え方は、またしても見出されるべき対象が詩人たちの精神の外部に位置することを意味しています。——天才的な閃きを生むのは直覚すなわち心的直観力であり、天才自身の精神的な天稟《てんぴん》の予想もつかない自発性の働きである、と主張する点で、いまや心理学と哲学はおおむね合意しています。それにひきかえ才気はむしろ、はるかに演繹的な作用で、目的意識を志向することによってそのアイデアに辿りつきます。ですから、出てきた成果は才人の刻苦勉励の賜物なのです。われわれの抱いている想念の一部が無意識のまま推移することもある、と自覚されるようになってからというもの、天才的な閃きがだしぬけに湧いてくる仕組みは、以前よりも説明しやすくなりました。すなわち、一連の無意識な想念作用のあとで、藪から棒に天才的なアイデアが意識に具現してくるのですが、当人にはいったいこれがどこからきたのかわれながら怪訝に思わずにはいられないので、これを閃きと呼んでいるのです。閃き《アインファル》という語は、外部から落ちてくる《ヘラインファレン》ということですが、じつは起こった出来事の原因を外部に移しているのです。以上が一つの説明の仕方です。もしその説明が間違っているとすれば、天才には二重人格といわれているものが絡んでいます。つまり、意識や意志が多少なりとも眠りかけてくると、夢を見ているときと同じように、構想力が全力で本領を発揮しはじめるのです。かくして天才的な閃きは、夢の幻像の異形な姿で迫ってくるのです。ただし、これが夢と違うのは、眠っている人が夢には無力でどうすることもできないのに対して、天才のほうは、夢のように浮かびあがってくるその衝動をじっくり吟味し、意志によって制御できるという点です。その意味で、ジャン・パウルがインスピレーションを受けた瞬間の天才を夢遊病者に譬えたのは、まさしく正鵠を射たことだったのです。伝記によると、大多数の世の偉人は夢遊病者のような行動を定期的に繰り返していたようです。ベートーヴェンについて知られている有名な逸話によると、彼はウィーンの街を散歩している途中で突然立ち止まることが度々ありました。それもしばしば車道のど真ん中で。全体的な外見から察するに、彼は内心ではひどく亢奮しているような様子で立ちつくしていました。目を爛々と耀かせ、凄まじい情動にいきり立った人間よろしく、鬼火のように落ち着きなく右往左往していたのです。そんなときの彼は、周囲の出来事にまるきり気づいていませんでした。「そこをどけ！」といった叫び声などまったく耳に入らなかったのです。それどころか、たぶんこういうときに備えて肌身離さず持ち歩いていたであろう紙と鉛筆を折にふれて懐から取り出しては、音符を数小節ほどメモ書きしていました。そしてこれがひとしきり済んでしまうと、平静を取り戻し、またふだんどおりに散歩を続けるのでした。――したがって、ある幻像なり思念なりが出現してくる生得的な素地こそ、天分豊かな天才のための条件なのです。いまこの会場のなかでふと目についたものを例にとって説明してみましょう。かりにこのホール内の気温や室温がいきなり危険な温度にまで上昇したと仮定してみてください。暖房用配管が破裂するといったような何かごくささいな出来事のために短時間のうちに周囲の空気が、ちょうどインドの大暴動の際、暴徒の手によって百余名のイギリス人男女が狭い檻房に押し込められ、もっぱら外気から遮断されたために窒息死してしまった、あのカルカッタの「黒い穴《ブラックホール》」のような様相を呈してきているると想像してみてください。[11] おまけに条件をつけさせていただくならば、唯一の逃げ道は、あの中央扉しかなく、ところが内開きのドアなので、外へ出ようと押し合い犇《ひしめ》き合う人混みに塞がれてこれを開けることができない、としましょう。その上、こんなふうに仮定してください。まさにこの絶体絶命の瞬間に、誰かがビールジョッキを咄嗟に摑んで、天井に届かんばかりの高い場所に取り付けられたあの大きなガラス窓めがけて投げつける、すると、新鮮な外気が吹き込んできて、この危機的状況が間一髪救われることになる、と。――そう仮定すれば、この咄嗟の機転は天才的な閃きということになるでしょう。ただし、これには条件がつきます。つまり、このビールジョッキの投擲は、じっくり話し合った上で出した決断ではないということです。そもそもそんな相談は、この大混乱のどさくさのさなかでは望むべくもありません。むしろ、ビールジョッキが窓ガラスに向かって空中を舞い、ガラスにみごと的中して粉々に砕け散り、そこから涼しい外気が渦を巻きながらどっと侵入してきて、まるく開いたガラス窓の穴のまわりに鋭利な破片がギザギザと突き立っている、といった具合に、投げつけた当人の心眼には、こうしたイメージが次から次へと通り過ぎていったのです。そして、内心の目で目撃したこうしたイメージを、突発的な衝動に駆られたかのように、彼は実行したのです。――さて、これとは対照的に、もう一つ別の状況を仮定していただきたいと思います。すなわち、主催者か、さもなければ、こうした状況をつぶさに察知した別の誰かが、塞がれていた中央扉から人だかりを遠ざけるべく誘導しようと、その脇にある小さめの扉に駆け寄ったとしましょう。このドアは、先に断った条件どおりならば、鍵がかかっていて開かないはずなのですが、なんとその人は「ここが出口だ！」と叫ぶのです。すると、この陽動作戦にひっかかって、殺到していた人だかりはまんまと中央扉の前から潮が引くようにいなくなり、中央扉はいまや開けられる状態になるのです。してみると、これはどちらかといえば、臨機応変に冷静に対処できる抜け目のない有能な頭脳のなせる業ということになるでしょう。有能な才人には、自分が何をしようとしているのか、打開策をどこに求めるべきかが生まれつきわかっているのです。ところが、天才には、不安な気分を味わうばかりで、自分が何をしようとしているのかはわかりません。むしろ天才には、解決策がいきなり完成形で脳裡に浮かんでくるのです。――戦いに備えて楯と槍で完全武装しゼウスの頭から飛び出してくるパラス・アテナは、天才的なアイデアが結実するための幸運の象徴です。また、数学問題の解にびっくりして浴槽からいきなり飛び出し、素っ裸で「われ発見せり《エウレーカ》！」と叫びながらシュラクサイの街中を駆けずり回ったアルキメデスは、天才的な頭脳が見せる自発的な働きにとっての幸福な理想像なのです。――先に挙げた心理学的な定義にしたがうなら、天才に具わった天分はむろん、われわれが敬愛の念を込めて天才と呼びたい人々、つまり大詩人、芸術家、学者といった人たちだけにかぎられるわけではありません。分野や性別を問わず、誰しも天才的な閃光に震撼することがあるのです。十八世紀にイギリスの銀行がまことに奇怪な前代未聞の手口で盗難に遭ったことがあります。さる目端の利く男が、窓一つない、ただ巨大な壁面で四方を囲まれているだけの、この地上でもっとも安全な難攻不落の建造物の襲撃にまんまと成功したのでした。男は銀行から数百歩ほど離れたところに目立たない家を一軒買い、その地下室から何ヶ月もかかって銀行社屋直下の地表付近までせっせとトンネルを掘りすすめたのです。そしてある晩、いよいよ最後の地層を掘り抜いて、くだんの銀行の金庫から莫大な額の紙幣を盗みとったのです。――あるいは、あの大財閥の巨万の富の礎を築いたマイアー・アムシェル・ロートシルト〔12〕のことをお考えください。ロートシルトは、ワーテルローの会戦後、乗組員用の船載短艇《ボート》で命からがら運河を渡り、ロンドンで大暴落した有価証券を買い占めて、〔イギリス・プロイセン連合軍の〕勝利の第一報が届いてから膨れ上がった莫大な差額をせしめたではありませんか！――それにちなんで、スウィフトが自作の主人公たる船長を小人国《リリパット》に赴かせた別の幻想旅行のことも忘れずに勘定に入れるならば、〔強盗、銀行家、船長という〕上記の三つの作戦行動《オペレーション》のうち、いったいどの例がもっとも独創性に富むという栄冠にふさわしいのか、迷わざるをえないでしょう。われわれ人間の判断図式《シェーマ》だのお粗末《メスキーノ》な区分だのについて自然がいったい何を知っているというのでしょうか⁉　有用な天才と有害な天才というわれわれ人間の区別について自然がいったい何を知っているというのでしょうか⁉　今日には詩人の頭が月桂冠で飾られ、明日には犯罪者の首が刎ねられたとて、自然にいったい何の関係があるというのでしょうか⁉　自然の懐では薔薇も毒人参もなんら分け隔てなく愛情を注がれて養い育てられているではありませんか。自然は、天才的な衝動の火を吐くような閃光を、今日はこの人の心に、明日はあの人の心に、と代わるがわる投げかけてくるのです。――ですが今日のところは、人類のかぐわしい可憐な花、薔薇のそばから離れないようにしましょう！

何が天才的で何が天才的でないか、その決め手は、もちろんその当事者たる芸術家ではなく、芸術作品の鑑賞者です。多くの場合、勘を働かせれば、芸術家がその想像力に一回だけ唐突に手を伸ばしたにすぎないこと、芸術作品、なかんずくその最初のスケッチが、芸術家の精神生活という幸運に恵まれた星座のほんの瞬間写真《スナップショット》にすぎないということは、われわれにもすぐにわかります。たとえばガブリエル・フォン・マックス[13]のような画家を想い浮かべてください。造形芸術作品を鑑賞したり評価したりする訓練をいささかなりとも積んだ人なら、マックスがその絵のなかでしばしば見せているものは彼の心情の瞬間的衝撃にすぎないと結論づけることでしょう。目下展示中のクリンガー[14]の作品についても同じことがいえます。こうした作品の一部はあまりにも突飛すぎて、一人の芸術家の精神に長いあいだとどまっているわけにはいかないのです。これに対してヴォティエ[15]やメンツェル[16]のような人の作品をぜひご覧になってください。こちらの場合にはむしろわれわれが受ける印象は、題材をまず悟性によって把握し、それから愛情を込めて構想を孵化させ、あれこれと思案しては入念に手直しし、自然研究に没頭しては励まされ、こつこつと最後の仕上げをしているといったものです。前者のマックスやクリンガーの作品では、われわれの心に与える衝撃ははるかに強いです。かたや後者のヴォティエやメンツェルの作品では、あの悟性が何のためらいもなく驚嘆という高い代価を支払っています。前者は後者に較べてはるかに詩人で、彼らの手にたまたま握らされたのが鉛筆や絵筆だったのです。創作の源泉はその目のはるか背後にひそんでいます。いいかえれば、創作された作品はある特定の精神的気質の結果なのです。しばしば衝動やその炸裂があまりにも激しすぎて、手が追いついていけないほどです。ヴィジョンの一部を犠牲にするくらいなら、むしろ形式がなおざりにされるほうがよっぽどましなのです。——一方、これに対して後者のほうこそ本来の芸術家であります。鉛筆を握るしか能のない彼らの目にこそ創作の重心があるのです。芸術を生み出すとき、彼らの心情には一言も口を差し挟む余地が残されないので、あたかも心が貧しいような印象を受けます。しかし、それだけになおさら彼らの自然観察の土台が無尽蔵なほど豊潤だということなのです。しばしば題材は瑣末でつまらないものですが、フォルムは隅々にいたるまで綿密かつ入念に仕上げられています。——私がここであえて第一級の名前だけを挙げたのは、天分のほうが才気よりもまさっているかのような、あるいは、才気を並はずれて改善したものが天分であるかのような誤解をすぐにも蹴散らしておくためなのです。天分《インゲーニウム》と才気《タレント》は程度差の問題ではないのです。両者はたがいに無関係な二つの別々の種なのであります。二つの兵科のように違っているのです。砲兵は歩兵より上だといえないように、天才《ジェニー》は才人より上だともいえないのです。この精神的兵法のどちらも独自の作戦行動を実行しているのです。どちらのほうに分があり、どちらのほうが凱歌をあげるかは、そのときどきの状況しだいです。天才は容易には世に認められず、往々にして黙殺されてしまいます。天才に較べると才人のほうがずっと許容されやすいのです。たとえばベルギーの画家ヴィールツ[17]を取り上げてみましょう。ヴィールツの作品は売り物にならず、とうとうブリュッセルの自分の美術館に一堂に集められたのですが、このコレクションはいまもなお一見の価値が大いにあります。ここにはまぎれもなく一つの天分が宿っています。もっとも、描き方も題材の選択も、突拍子がなく、怪奇かつ不条理で、到底世間の嗜好に合いません。あるいはジャン・パウルのことをお考えになってみてください。これこそ突飛なほど独創的な芸術家です。生前は、雨霰とばかりに称讃を浴び、ゲーテやシラーと同列に並べられていながら、今日ではほとんど見向きもされず、どうやら世の大半の記憶から完全に葬り去られてしまったようです。あるいは、斬新奇抜な不世出の頭脳を持つあのラブレーのことを想像なさってください。そんなラブレーもフランスに根を下ろしたためしはついぞありませんでした。なんとかラブレーに親しんでもらおうと一般読者に訴えてみたり、ラブレーを文学史に組み込もうとしたりする試みは、ことごとく水泡に帰しました。ラブレーは孤立し見捨てられています。――ついでながら、この機会にかの偉大なディオスクーロイ[18]の双生児ゲーテとシラーについて、若干附言させていただきたいと思います。シラーとゲーテをにべもなく「天才」の一言で片づけてしまうのは、私には、因襲にとらわれたありきたりな考え方にも、ずいぶんとぞんざいな言い方にも聞こえます。彼らの一人が天才だったとすれば、もう一人はきっと天才ではありません。なぜならこの二人の偉大な精神ほど、その根本にまでかかわる本質的な相違というものは、まず考えられないからです。かくのごとき二人の人物を一つの概念に包摂しなければならないとしたら、それこそ言語の貧困というものです。しかし、二人のうちどちらが天才かとなると、それは間違いなくシラーであります。顔が骨ばって頬が削げ落ち、小生意気でほとんど傍若無人といってもよさそうな横顔を見せるこの青年、息を切らしながら、肺病病みによく見受けられる精神のめざましい昂揚を遂げているこの青年。この青年がもし何某かであるというならば、毛根の奥という奥にいたるまで、一つの天分であります。『群盗』をお読みになったときの皆さんの感情に私は訴えます。世界の文学のなかでも、おそらくこれほどまでに大胆な作品はないでしょう。このようなものを思いつけるのは、精神が焔と燃え立つ若者だけです。通常の人間、いやゲーテのような才人でさえも辿りつけない扉をノックしている箇所がこの若書きの作品のなかには見出されるのです。——これに対してゲーテの『ヴェルテル』のことを想い浮かべてみてください。たしかに『ヴェルテル』は、『群盗』と較べるのにふさわしいとはいいたくありませんが、比較するだけの価値のある作品ではあります。悲劇的な感情がわれわれ読者の紅涙を絞ることをいったい誰が疑うというのでしょうか？　感動に揺さぶられ心を浄められてみずから命を絶たないとでも？　しかし所詮はそれも浮世の出来事にすぎません。そんじょそこらによくある恋愛沙汰です。ただそれが人並はずれた名人芸で披露されているだけです。同時代の批評家ラ・アルプ[19]は、ドイツにおける『ヴェルテル』の大成功はフランス人には理解できないと当時述べています。彼曰く、むべなるかな、語り口のうまい恋愛小説なら、あの国ではかならず人々の心情に根強い影響を及ぼすこと請け合いなのだ。そんなものなら自国にだってある。たとえば『マノン・レスコー』だ。——よろしい！　ですがフランス人には『群盗』はありません。ここでは『ヴェルテル』のように幸福そうに描かれた民衆のたぐいは重要ではありません。それどころか『群盗』のフランツもカールもアマーリエも、ほとんど実在する人物とは思えないほどねじりあげられた虚像です。『群盗』の持つ超越論的な内実は世俗的な関心をはるかに踏み越えているのです。シラーの理想に対する過度の欲求は、障壁という障壁を突破し、天国と地獄から引き剝がしてきたかのような人物たちを創り出したのです。以上のことに鑑みて、われわれはシラーのこの若書きの作品を天才的と称しているのです。——こうした説明に際して、私は美学者や文学史家の見解を参考にしておりません。むしろ、一般大衆の芸術的な直観を後ろ楯にしております。大衆というものはつねに、日々の仕事の域からもっともかけはなれたところに自分たちを誘ってくれるような芸術作品を見たとき、もっとも賑々しい歓声をあげるものなのです。円形演技場の中央を跳び越えて別の馬に乗り移るサーカスの騎手が、首や脚をへし折る危険をものともせずにこの曲乗りの妙技を堪能させてくれるとき、かならずや一般庶民は最高潮にどっと沸くのです。何もかも馬術の規則どおりに軌道を測る折り目正しい調教師に、大衆はさして興味を惹かれません。その道の専門家ならばなおさらです。——とどのつまり、民衆の目にはいつも、シラーは落馬をも恐れぬ命知らずの騎手と映ったのです。そしてドイツ人はシラーの天才的な勇猛果敢さのなかに自分の化身をまざまざと見ているのです。ドイツ人は天才の筆頭に誰よりもまずシラーの名を挙げます。なぜなら、芸術の至芸というマントにどれほどくるまれていようとも、感傷よりは無鉄砲な突撃のほうがドイツ人にはやはり身近だからです。——有名なアメリカの作家クーパー[20]は、風雅なお茶会ならどこでも、ことによるとゲーテのような機知に富んだ男が出没することはありうるが、シラーの魂を創ることができるのは神だけであった、と評していますが、われわれはこういう判断にはすぐに飛びつかないように用心しましょう。とはいえ、シラーを断乎として天才とすべしとする要求が、ゲルマン的感性を持つこのアメリカ人の先ほどの判断には顕著に表われています。——ぜひお耳を拝借して、さらにここでもう一言補足したいと思います。つまり、天才の片鱗をうかがわせるものにはすべからく断乎冷遇すべしとする悪しき風潮が人間社会をあまねく覆っているということです。広義で保守派と呼ばれている人々、あるいは、運よく手に入れた地位にしがみついてぬくぬくと安逸をむさぼっている人々は、すべて例外なく、雄邁なる革新派のふてぶてしい扉のノックの音で自分の人生をかき乱されるのがどうしても許せないのです。こうした手合いにとってシラーの『群盗』のような戯曲は、今も昔も身の毛もよだつほどいやなものです。かたや、彼らにとって芸術の最高峰と思われるのは、独立不羈のゲーテのごとき高尚な芸術なのです。——ご来場の皆さん、われわれが今日置かれている現状に目を向けてみてください。世の多くの人たちはイプセンのことを何一つ知ろうとしていません。なぜならイプセンはその人たちの日常生活を狂わせてしまうからです。細君や娘と連れ立って晩に観劇に出かける商人は魅惑的な情感に浸りたいと思って劇場に通っているのですが、芝居がはねたあとは夕食をとって安息と秩序の世界に戻りたいのです。ところが、イプセンはこうした人々を、週のうち何日間かは、住居や屋根裏部屋や店の帳場《コントワール》にまでずっと追いかけ回してくるのです。そんなことは堅実な男には我慢なりません。彼は芸術を娯楽という面から知っているだけなのです。それなのにイプセンというやつは、ずいぶんとひどい目に遭わせるじゃありませんか！——ドイツならばベックリン、クリンガー、ニーチェ、アメリカならばポー、イギリスならばバイロン、このような面々が名ばかりの評判すら得られなかった原因を知りたければ、天才に対するこの風当たりのことを忘れてはなりません。——今日、ゲーテは偉大な巨匠となっています。それは、とりわけ学者たちによって祀りあげられたおかげなのです。彼らは当然ながらいずれも保守反動的で、その視線はもっぱら背後にのみ注がれています。かたや、シラーを今日の地位にまで押しあげてきたのは、ほとんどもっぱら彼のことを気に入った民衆の支持なのです。ゲーテの『タッソー』や『イフィゲーニエ』についてはきっとシラーの『たくらみと恋』の百倍以上論評されています。ですが『たくらみと恋』を上演させてご覧なさい。平土間席から天井のシャンデリアの付け根まで、どの観客も感動に胸が打ち震えることでしょう。——私はゲーテの持つ意義に難癖をつけるつもりなど毛頭ありません。皆さんが私の説明を曲解して、私がまるでゲーテを貶めようとしているかのごとき感情をそこから汲み取るとすれば、私にとってこれほど嘆かわしい考えはございません。それにしても、シラーという、この痩せぎすの結核患者、頬が突然紅潮したかと思えばすぐに死人のように顔面蒼白になる、このやつれ果てた英雄の勇姿は、とにもかくにも、血を流すような憧憬の権化となっているようです。死の萌芽がすでに胸に巣喰っているにもかかわらず至上の栄冠を摑み取ろうとする、このドイツ人特有の憧憬の念は、『魅惑の薔薇』の詩人エルンスト・シュルツェ[21]にもまた表われています。ところがこれにひきかえ頑強で健康的なゲーテのほうは、官能的でときとして上品な色気を漂わせはするものの、ある種のアカデミックな品位と堅苦しい高潔さを拭えません。ドイツの民衆になじまないのはそのせいなのです。——

　皆さんにもうすこしだけご辛抱願えるなら、私はよろこんで、天才と才人の違いを鮮明に照らし出すような例をまだいくつかお目にかけたいところです。では、**線描画家**や**挿絵画家**の分野に限定して例示してみましょう。まずはやや古いところから。私が思いつきで、たとえばホドヴィエツキ[22]を天才と呼ぼうとしているなどと、どなたもおよそ予期しないでしょう。彼においては、緻密な自然観察者や勤勉な芸術家の顔があまりにも表に立ちすぎています。ホガースはこれとは違います。この人にはまぎれもなく天才的な瞬間があるのです。寓意風のあてこすりを積み重ねながら、彼は、しばしばたった一枚の紙の上で、根っからの独創的な頭脳だけが按配できる発想をわれわれに吹き込むのです。しかも、そうした発想はさしあたり自然観察とは縁もゆかりもないのです。教会堂内部を描いたあのみごとな一幅の絵を想い出してください。そこに描写されているのは、説教者から聖堂の扉際にいる不具者にいたるまで、聴衆各自の考えていることが、突如として動作で描かれ、これがぞっとするような真実の姿に縮写されて眼前の祈禱台の上に配されているという光景なのです。まずこれは自然観察ではありません。なぜなら自然のなかではよもやこんなことは起こらないからです。それはむしろ、人間の心の最深部に横たわる目に見えない真実を追求し、たったいま準備できたばかりの手段でなんとしてもこの真実を白日の下にさらそうとする、芸術家の魂の衝動なのです。――独自の個性を何も付け加えずに、ただひたすら自然を模倣し再現することしかできない人間は、たとえ人を欣ばそうが、自分の仕事に満足しようが、他人から評価されようが――誰もその人のことを天才とは呼ばないでしょう。

　多くのロマン主義者や「ナザレ派」出身のグループのなかから何人かを択んで名指すことが許されるならば、われわれが「天才的」と呼ぶ、あの強烈きわまりない印象を残す《死の舞踏》を描き上げた画家レーテル[23]の名前をたぶん挙げることでありましょう。一方、フューリヒ、ファイト、シュノル・フォン・カロルスフェルト、ゲネッリ、プレラー[24]は、むしろ別の陣営に位置づけておくほうがいいでしょう。むしろここで列挙した画家たちの誰よりも、レーテルと一脈通じる共鳴音《エコー》をあらためてわれわれの心に響かせるのは、シュヴィント[25]です。偉大なるコルネリウス[26]の作品にあっては背筋が寒くなるほど冷徹な悟性にしばしばたじろがずにはいられません。またカウルバッハ[27]の作品となるとまたしても皮肉たっぷりで、うかうかと彼に身を委ねるわけにはまいりません。――ごく最近の画家からなお二、三の名前を追加してほしいというのであれば、誰よりもまず指名したいのは、わが国でもよく講読されている『娯楽紙《ジュルナル・アミユザン》[28]』の二人の漫画家扮するところのあの風変わりなでこぼこコンビ、ストップとマルスの筆名《ノム・ド・ゲール》で呼ばれているあの二人組であります。天才《ジェニー》と才人《タレント》との相違を物語るうってつけの例は、いまや鉛筆とコンテの分野では滅多にお目にかかれないといっていいのです。非の打ちどころのない線描画家マルスは、パリのブールヴァール暮らしの悲喜こもごもをしばしば辛辣すぎる皮肉を交えて活写し、フランス国外でもその名を轟かせました。絵の出来映えには惚れぼれするばかりです。生まれついての素描の達人《タレント》なのです。ひどく陳腐なことすら彼の鉛筆にかかれば拍手喝采の的になるでしょう。彼はとことん皮相な題材しか扱おうとしません。衣服、エプロン、ステッキ、靴、帽子、流行の装身具類がお気に入りの添景《スタファージュ》なのです。ですが、デッサンの腕前で彼とただちに肩を並べるような相手がはたしているでしょうか!?――さて、これに対してストップについて考えてみることにしましょう。素描の技倆にかけて、おそらく彼ほどデッサンの下手くそな画家はいなかったでしょう。いささか皮相な主題や気のすすまないテーマしか描くべき対象が彼に残っていないとき、日曜学校の児童にだって数週間もしないうちにあれしきのデッサンはできる、と小生意気にいえないこともありません。ところが、アイデアの独創性ときたらどうでしょう！　なんというおどけた言い回し！　なんという意表をついた気まぐれ！　彼の心の万華鏡《カレイドスコープ》を覗けば、どれほど人間がこれまで見たことも聞いたこともない種属の化け物に様変わりしてしまっていることでしょう！　さればこそ彼は事実、まったく新しいパロディーの技法の創始者になったのです。つまり、たとえばパリの「サロン」のような油彩画展のホールをぶらついては、歪んだ瓶底眼鏡ごしに眺めるように、陳列された絵に思いもよらないねじれやひずみ、さらには滑稽な場面設定を目聡く見つけてくるのです。もちろんストップにそんな眼鏡は必要ありませんが。そして、この技法は瞬く間に模倣されてしまいました。——でも、デッサンの天才を見つけるためにどうしてわざわざフランスくんだりまで出向くことがありましょう？　自国の壁の内部に自信をもって太鼓判を捺してもいいこの手の画家がせっかくいるというのに——オーバーレンダー[29]をご存じない方はいらっしゃらないでしょう!?　彼の場合には、その天才肌の素質がたまたま高い人気を得て世間にあまねく認められただけのことで、ストップの場合にはこれはあてはまりません。しかし、だからといってこれが評価の尺度になることはけっしてありません。ことほどさように、オーバーレンダーが天才国家の市民と文句なく認められる根拠は、またもや、魂の奥深くにひそむ説明のつかない深層の闇にあり、彼が構想する下絵の数々は、その闇のなかから他の誰一人としてまとっていないマントにくるまって沸きあがってくるのです。オーバーレンダーの素描を前にすると、われわれはしばしば肺腑を抉られて呆然とし、滑稽な光景などまったく目に入らなくなります。彼の絵の陽気な面しか知らない人は、真摯で深刻なこの芸術家のことがまったくわかっていないのです。オーバーレンダーが披露してくれるのはドタバタ喜劇であり滑稽な事件なのですが、そうした出来事が現実に起こるかもしれないと、しばしばわれわれの脳裡をよぎるのです。これ以外の点では、その大胆な構図といい、その奇矯さといい、そのグロテスクさといい、その前代未聞の趣といい、彼特有のものです。したがって、ショーペンハウアーが天才について述べた次の言葉は、オーバーレンダーにこそしっくりくるのです。天才は余人の誰にも及ばぬ別世界を見ている、と。——

心理学的に特種な、ある人間グループのことがまだ検討されなければなりません。というのも、天才と称される人たちの範囲は、目下のところかなり狭く限定されていて、はたしてそのなかにこのグループの人々を含めるべきかどうかがすこぶる曖昧だからです。モレスコット[30]はとりわけその点に注意を促しています。思想家や学者など、幾人かの人々が、ほとんど誰も気づかないような外部刺戟が契機となって、さまざまな推論や結論を導き出したり、難問を発見したり、展望を切り拓いたりすると、モレスコットは、これを天才の証《あか》しとみなします。こうした成果が他に類を見ないほど偉大ですばらしいものであるのに比して、思考連鎖の全体に始動レバーを入れる端緒となった刺戟は、まるでちっぽけで取るに足らないもののように思われます。ことほどさように、たとえばガリレイが振り子の法則を思いついたのは、聖堂の天井から長く吊り下げられた常明灯の鎖がほとんど誰も気づかないほどごくわずかに揺れているのを見たからです。ニュートンが重力の法則、ならびに諸天体とその衛星のあいだの引力の法則を着想したのは、ウールスソープの生家の庭でベンチに坐りながら樹から林檎が落ちるのを眺めたからです。ジョン・ワットが蒸気を動力に利用することを考えついたのは、沸騰しているティーポットの蓋が自然に持ち上がるのを見たからです。フランスの作曲家オベールが彼の歌劇『ポルティチの唖娘[31]』の序曲における有名な行進曲風のメロディーを思いついたのは、髭を剃るためのシャボンを泡立てているときでした。アルキメデスが物体の比重の法則を発見したのは入浴中のことでした。天文学者のルヴェリエは、天王星《ウラノス》の運動の摂動を観測して別の天体が近距離にあると思いつき、その大きさと位置を算定し、これが海王星発見のきっかけになりました。——ここに列挙したのは、ほとんどもっぱら第一級の精神活動ばかりです。しかし、こうした精神活動の生みの親を天才に数え入れるべきかどうかとなると頭をひねらざるをえません。われわれが天才に求めるのは、彼にひそむ天才的なものという点では、彼の同時代人や先人たちと一切結びつかない、ということなのです。もっぱら作家の天才なら、語の連結、文章の配列、発言全体の印象に関しては、これまでにまったく耳にしたことがないはずなのです。たとえばルターやクロップシュトックの言語についてはこれは申し分なくいえます。マカルト[32]のような色彩の天才は、たとえばルーベンスとも、ティツィアーノとも、ヴェネツィア派とも一味違う、彼独特の色調を見出しました。ガブリエル・フォン・マックスの画法、つまり画家にあって筆さばきと称されているものは、一も二もなく斬新で、はじめて目にすると、それがあたかも一つの啓示であるかのような印象を与えます。ヴァーグナーの舞台脚本の才が云々され管弦楽法や作曲法について毀誉褒貶相半ばするとしても、和音構成という領域にはっきりかぎっていえば、主としてそこに彼の真骨頂が発揮されているように思われます。それが証拠に、先に列挙した要素がいずれも欠落してしまうピアノ版で、ヴァーグナーの音楽を演奏してみても、その効果はほとんど失われませんし、和音（旋律ではありません）は依然として彼の面目躍如たるものがあるのです。ヴァーグナーにとって、オーケストラによる重厚感という点ではマイアベーアが、旋律を思いつくという点ではヴェーバーが、因襲的な音楽様式を容赦なく粉砕するという点ではベルリオーズが、互角の、もしくはやや優勢なライヴァルです。ですが、和声を構成するという点、とりわけ異名同音《エンハーモニック》による処理を講じることで音響を形成したり、大胆きわまる不協和音を使用したりしている点で、ヴァーグナーはこれまでに誰一人なしえなかった表現様式を創出したのでした。この表現様式は、その一部だけを分解してくることはできないのであって、彼の名としか符合しようのないものなのです。そのかぎりではヴァーグナーは天才なのです。――

天才的な人間のなかでも、さらにここで考察されるべき最後のグループがまだ残っています。こうしたグループの人々がいま獲得している栄光は、たまたま運がよかっただけだとさえ考えたくなります。普通の人ならば、寄せては返す波のように規則正しく、閃き、気分、亢奮、インスピレーションの反復といったかたちで一生涯にわたって均等に分散されているものが、このグループの人々にとっては、かつてないほどの勢いで突如襲われる精神的な激震のように感じられます。その余震はもはや片時も心を落ち着かせてはくれないのです。たった一瞬の透視力めいたものがその生涯を決定づけてしまうからです。その心的過程が生じるのは、もしかしたらたかだか半時間足らずのことかもしれませんが、これを解明するための研究プランを練るには、半世紀にも及ぶ時間を要するのです。この分野でもっとも注目に値する例はデカルトでしょう。デカルトは、パリ近郊で二年という歳月を完全な孤独のうちに哲学的煩悶で空しく棒に振ったあげく、世界の大問題を解決するには市井の人々と交わらなければならないと考え、いきなり外の世間に身を投じると、折から三十年戦争の只中とあって、ご多分に洩れずバイエルン軍で兵役についたのでした。そしてここノイブルク・アン・デア・ドナウの宿営地で、この若きフランス人は、かの大発見をしたのです――その日を彼は一六一九年十一月十日のことだと記しています――すなわち彼は、哲学と数学のあの独特の関係、哲学の諸命題を幾何学的にとらえるあの独特の方法論を打ち立てたのです。この方法論こそ、過度の懐疑のさなかにあった彼にとって厳密な哲学探究の唯一の救いと思われ、それ以後、彼の生涯の揺るぎない目標となったものなのです（エルトマン『哲学史』第二巻、八頁以下）。考えてもみてください、ヨーロッパ近代哲学全体の最高峰に君臨しつづけるこのデカルトという男、外界とわれわれの思惟のあいだの関係について吟味するというよりも、われわれがいまもなおその途上を歩んでいる道、つまり、思惟する我をその機能に照らして検証し、一種の思考機械を生み出そうと真っ先に企てたあのデカルトのことを、です。彼なくしては、スピノザも、さらに後世のカントも、カントにつながる一切も、およそ考えられません。そのデカルトは、自分の方法論というみごとな道具をバイエルンの軍営地で発見し、この発見を一生涯ついぞ手放すことがなかったのです！しかもデカルトは空想家ではなく、ほぼ醇乎たる数学者でした。これよりはるか以前に同じような出来事がヤーコプ・ベーメにも見られます。ベーメは、陽光に照らされる錫製の食器を眺めているときにはじめて、二年後に彼の決定的な著作となる『曙光《アウローラ》』で公にすることになる着想を思いついたのでした。たしかに錫の食器は、それ自体としては、ヤーコプ・ベーメのような人物の精神の発酵過程にとってはごくつまらない意味しかありません。しかし、ここからわかるのは、天才の頭脳にあっては、色とりどりの思想の小石がある瞬間に突如さっと集合してみごとなモザイクを形成することです。するとそのイメージはもはやその人から離れなくなり、彼は喜色満面これを世に公表するのです。――ここで想起せずにいられないのは、「サウロの回心」の名で知られる、一人の立派な男が精神的なショックに突如襲われたあの不思議な事例のことです。このエピソードをたしかに飾り立てている聖人伝風のありそうもない要素を洗いざらい剝ぎ取ってしまったら、あとにいったい何が残るでしょうか？　人生半ばに達した一人の男が入植してきたばかりのキリスト教徒の共同体を根絶やしにするという、生涯を懸けた狂信的な宿願をなみなみならぬ情熱を傾けて遂げようとしていた、その矢先に、突然思いとどまり、掃討作戦が計画されている街に足を踏み入れると、迫害された人々の味方となり、果たせるかな、キリスト教徒側のもっとも熱烈な擁護者となったのです。パウロ〔サウロ〕が天に何を見たか、あるいは何を見ようとしたかは、どうでもいいことです。それが純粋に内面の過程、魂の葛藤だったのかどうか、それとも、外的な状況、たとえばルターなどのように、雷雨のさなかに奔る凄烈な稲妻といった自然現象が影響したのか、はたまた、それをインスピレーションと呼ぼうが、ヴィジョンと呼ぼうが、ショックと呼ぼうが、それもどうでもいいことです。疑いようのない強靭な精神力を持った一人の男、果敢に突き進むことによって、新しく誕生したばかりのキリスト教教会に――ルナンも考えるように、それなくしては教会はきっと没落していたでしょう――攻撃力を授けた一人の男が、ごく短時間のうちにきわめて激烈な内的な革命を果たし、この革命が当人の意思に反しながらも、自発的に決行された魂の軌跡だったという歴史の事実にいささかも変わりはないのです。――

しかし、この突然の閃き、当人にも未知の力のように思える、霊験めいたものがどっと舞い込んできて、救済の言葉をかつて一度囁きかけた聞き覚えのない声のするほうにふと天才が耳を澄まし、自分の意のままに招き寄せることのできないある精神状態にすがり、芸術的陶酔へと駆り立ててくれるようなイメージ、幻像《ファントーム》がはたして今度もまた魂から生み出されるかどうかを、固唾を呑んで待っていなければならないのです。こうした状態すべて――最初は、ぼんやりと物思いに耽ってゆっくりと時を過ごしているかと思うと、やがて熱に浮かされたような不安や亢奮が襲ってくる――によって、心理学的に天才たちは、**幻覚者**《ハルツィナント》の名で総称されている、ある種の精神倒錯者の至近距離に位置づけられるのです。かくしてここにいたって、われわれの議論は次の段階、すなわち天才と狂気の親縁性というテーマに入ることになります。

天才的な資質と精神病はすでにかなり古くから結びつけられてきました。それというのも、つまりは古代民族の多くが狂気と創作を同一視していたためです。ヘブライ語でナヴィといえば預言者を意味するとともに阿呆のことも指します。[33]トルコ人は精神病者を「神の息子」と呼んでいます。昔のドイツでは、もっとも重要な政治決断が「産婆〔占い婆〕」の発言によって大きく左右されたのですが、彼女たちは精神異常者でした。古代ギリシアではデルポイの神託の巫女は、精神を病んだ女性か、さもなければ作為的に脱魂状態《エクスターゼ》を装っていたのでした。プレフォルストの女霊媒[34]や催眠術をかけられた者が千里眼でとらえて口走るさまざまな発言にいたるまで、予言の天分にはかならず精神異常が結びつけられてきたのです。しかし、精神病と創作を截然と区別していたギリシアの著述家たちですら、なにがしかのかたちで両者の状態を関連づけています。プラトンの神的狂気について語られていましたし、また、アリストテレスはつとに、天分豊かな人々のことを例外なく憂鬱《メランコリ》質《ツク》だと述べています。実際、ベートーヴェンの顔立ちに典型的に刻み込まれているような憂鬱《メランコリー》は、ほとんどひっきりなしに心の動揺や幻像に苛まれている人々にくりかえし回帰してくる現象なのです。「憂鬱な［tiefsinnig］」というドイツ語がメランコリーを患ったという語義と、思慮深いという語義の両方を意味するのは偶然ではありません。フリードリヒ大王のような聡明にして先見の明のある頭脳でさえ、一生、憂鬱な気分や死の想念を追い払うことができませんでした。彼によって建造されることになる無憂宮《サンスーシ》がまだ完成していない頃、三十三歳にもならないうちに、フリードリヒ大王は、将来の書斎となる部屋の窓から見える庭園内に霊廟を築かせ、その用途を誰にも気づかれぬように、花の女神の彫像でこの霊廟を覆い隠し、彼の身近にいたさる紳士との内輪話のなかでこう漏らしたといいます。「あそこに横たわれば、余も**何の憂いもなか**ろうに！〔Quand je serai là, je serai sans souci〕」二年後に建てられた宮殿の名称は、つまるところここに由来するのです。無憂宮は憂さを忘れる離宮ではなく、孤独に隠遁して憂鬱な頭脳労働にいそしむ王宮だったのです。――西風が雨をもたらすように、憂鬱《メランコリー》は思想をもたらす、とはよくいわれることです。いずれも豊穣な実りをもたらしてくれます。しかし憂鬱は、色とりどりの徒花が咲きやすい暗鬱な土壌でもあります。かの著名なナポレオン一世でさえ、ブリエンヌやヴァランスやオクソンヌで過ごした青年時代には鬱気のとりこになり、人類に多大な不幸をもたらしたこの男が、「人間の幸福について」だの、「愛をめぐる対話」だの、「自然状態についての省察」だの、といった情緒的な論文を書きなぐっていたのです。――

天才と精神病が真に科学的に結びつけられるのは、ようやく十九世紀になってからのことです。有名なフランスの精神科医モロー[35]は、すでに一八五九年にこのテーマに関して示唆に富む書物を執筆しています。モローは、天才をずばり脳神経症《ノイローゼ》、すなわち「神経過敏症〔éréthisme nerveux〕」と定義しています。ただし、この脳神経症は、狂気や白痴の段階にはいたらず、その途上で停滞しています。ですから、これは一種の停滞性精神病なのです。疾病の素因となる脳機能の素質はおおむね遺伝します。特定の血統に肺病や関節疾患や眼病が頻発するのと同じように、道徳や知能の面で脳髄の活動が圧倒的にまさっている家系があるのです。そうした家系には知的に傑出した人物を輩出する大きなチャンスがありますが、経過がさらに進行すると、精神病者を生む可能性もあるのです。すでに人口に膾炙した次の発言はグリージンガーによるものです。「ある一家に天才がいると小耳に挟むや、私はすぐさま、その家系には精神薄弱者もいはしまいかと訊ねるのだ。」実際、天才的な人間の先祖や子孫を辿っていくと、さまざまな病態の精神病者にぶつかることしきりなのです。よく知られている例を若干挙げるならば、ショーペンハウアーの叔父と祖母は精神薄弱でした。ヘーゲルの妹は、（あくまで精神医学の用語としてこの語を使うならば）狂人で、自分が小包になって封をされて発送されることになると思い込んで、自殺を遂げました〔クリスティアーネ・ルイーゼ・ヘーゲル（一七七三―一八三二）は川で入水自殺した〕。ディドロの妹は狂死しました〔聖ウルスラ会修道女だったアンジェリック・ディドロ（一七二〇―四九）のこのエピソードは、兄ドゥニの小説『修道女』の題材となったといわれる〕。リシュリューの精神病の姉は、自分の身体がガラスでできていると信じきって、そのつもりでわが身をかばっておりました。この姉弟の兄は司祭でしたが、彼には幻視があり、自分を父なる神と思っていました。カール五世の母親は、その後半生の五十年間を憂鬱質の痴呆状態のうちに過ごしました。カール五世自身は健康だったのですが、世を疎んじるあまり、五十六歳という比較的早い年齢でさる僧院に隠棲し、そこで息を引き取りました。天賦の才に恵まれ八面六臂の活躍ぶりをみせたフェリペ二世は彼の御子息でした。そして、このフェリペの息子ドン・カルロスがまたしても精神を病み、牢屋に監禁されなければなりませんでした。アレクサンドロス大王の兄アリダイオス〔ピリッポス三世〕は白痴でした。ローマの歴史家タキトゥスの息子は精神薄弱でした。「偉大な親に不肖の子」という周知の格言はここでもあてはまります。ピョートル大帝の兄のイヴァンは精神薄弱で、姉のソフィアはピョートル同様、並はずれた才覚を具えていました。ところが、孫のパーヴェル一世〔正しくは

〔曾孫〕はまたもや幻覚に苦しんでいました。彼は、サンクト・ペテルブルクの路地でいまは亡き祖父〔曾祖父〕に尾行されていると信じ込み、取り巻きの側近たち全員をぎょっとさせるような正気の沙汰とは思えぬ不意の暴挙によってみずから陰謀を招き、それがために暗殺されてしまったのです。――イタリアの高名な精神医学者ロンブローゾは、天才と狂気が表裏一体であると説く最新の理論の代表格であります。彼は、先入観を一切排した立場から精神病者と天才における肉体的性格と精神的性格の主だった特徴の数々を吟味し、両者を比較して本質的な徴候の大部分が同一であるとみなしております。かくして彼は、徴候のこうした同一性から、その心的過程もまた同一であるとの結論を得ました。ただ、さしあたり厖大なデータが取り集められてはいるものの、その手続きがいささか大ざっぱであり、批判的に精査しなおすことがぜひとも必要であります。精神病者と天才に同時に見出されるこうした数々の徴候を、ロンブローゾはその『天才論［L'uomo di Genio］』第五版のなかで以下のように枚挙しています。小柄、蒼褪めた顔色、痩せぎす、頭蓋骨の損傷と非相称、窪んだ額、頭蓋骨の平均を大きく上回る容量、脳膜炎、脳膜と頭蓋骨壁の癒着、片方が不均等な脳、訥語症、吃音症、早熟、放浪癖、等々〔辻潤訳、改造社出版、一九三〇年、三七頁以下〕。――

天才は狂気なり、と単純かつ無条件に命題を立てても、それだけでは根拠を欠き、誤謬に陥りかねない、と一般的には申し上げざるをえません。イギリスの心理学者ラム[36]はいみじくも、かかる命題に異を唱え、シェイクスピアやゲーテといった才能豊かな特定の人々が精神を病んでいたとは到底想像できないと正当に反論しています。余人ならぬハーゲン[37]のような精神医学の名医が、天才と狂気双方の状態を同一視する流れに躍起になって抵抗していたのも、いかにも彼らしい感じがします。精神薄弱をあらゆる精神病の基本的本質とみなすアルントのような精神病理学者は、人間精神の最高の精華をこのような障害状態と同列に置くことに断じて同意しはしないでしょう。天才は狂気である、という上記の命題には、狂気は天才である、という逆推論も紙一重で隠されております。たとえロンブローゾが自著の三分の一をそっくりそのまま費やして、精神病患者に見られるきわめて注目に値する独創的な天分をこれでもかとばかり枚挙してみせても、だからといって、狂気は天才である、というこの逆命題があえて診療の現場から出てくる必然性は皆無なのです。そんじょそこらの石鹸製造職人だって精神を病むことはあります。しかしだからといって、彼の知性はちっとも向上するわけではありません。われわれの手元にも、天才における精神異常の頻度を算定するための基準となる、精神病患者率についての確たる統計情報はまだございません。——

ところが、天才の伝記になにげなく書かれているような状態とまるで瓜二つの、二つのタイプの精神病患者、二種類の異常心理があるのです。すなわち(1)**発症まもない幻覚者**、つまり、はじめてか、つい最近、感覚錯誤を患ったばかりの患者。(2)意識障害や幻視による精神錯乱が出るにつれて人格が様変わりしていく独特の状態、癇癪の際に生じるような病状、それゆえ（身体における癲癇、すなわち発作との対比で）**心や精神における癲癇**と呼ばれてきた病状。以上、二種類の異常心理が、天才にとって時折にしか訪れないにもかかわらず決定的な意味を持つ状態とはたして類似しているのかどうかを以下で吟味することにしましょう。

多少月並ではありますが、人間の精神を瓶入りのソーダ水に譬えてみると、たいへんわかりやすくなります。ソーダ水の液体の透明性が正常な状態に相当します。正常な精神状態にあると、自分の考えを自分の考えとは感じていません。われわれの精神は透明だからです。栓を抜いて外気が入り込むとすぐ、液体が泡立ち濁りはじめます。栓は、われわれの意識的な注意、われわれの悟性がコントロールする圧力を表わしているわけです。立ちのぼってくる気泡は、イマジネーションの解放であり、ファンタジーの形象なのです。この状態にあってわれわれはみなまどろんでいます。圧力が解除されればようものならいつでもたちまち噴き出してきそうな炭酸のように、われわれの注意力がなくなると、すぐにも妄想が夢となって活動しはじめます。われわれは夢を自己の精神の所産とは認めません。夢を見ている最中、われわれは没批判的で無邪気な傍観者になっています。目を覚ました途端、われわれは混沌たる状況に気づき、自分の状態に驚愕します。意識的に注意を払うようになって栓をしっかり締めなおすのと同時に、悪夢のごとき幻の跳梁跋扈はぴたりと止んでしまいます。泡立ちはおさまり、ソーダ水はまた透明に戻ります。もっとも一部の人々の場合には白昼でもずっと気泡がちらほらと漏れ出ていたりはするのですが。たとえば、われわれの自我にだしぬけに現出してくる、自分にも不可解と思えるような形象や言葉や数字のたぐいが、それなのです。ときにわれわれは、そうしたたった一粒の泡から、夜中に夢で見たエピソード全体を想い出すことがあります。してみると天分豊かな人物とは、昼日中も大量ないし少量の泡を吐き出している、締まりの悪い瓶なのです。こうした泡沫、形象群、モティーフは、何の脈絡もなく支離滅裂で、どこからやってきたのかさっぱり得体が知れぬまま唐突にそこに出てくるのです。天才はこのような精神力を自分が生み出したものとは認めようとしないために、かえってかつてないほど張りつめた注意が喚起されます。いやそれどころか、不安や動揺に駆られさえするのです。われわれ通常の人間でいえば、目が覚める瞬間の夢がこれとまったく同じです。こうして熱に浮かされたような亢奮に疼きはじめるのです。悟性は、この身に覚えのないもろもろの因子と折り合いをつけ、これを加工処理せざるをえません。かくしてそこから出てきた成果は、うまくいけば天才的な作品だったり、前代未聞の掘り出し物だったり、奇抜なアイデアだったりしますが、ユニークなものであること請け合いです。その意味でいえば、初期の精神病者、初期の幻覚者もまた、気泡がたえずしゅうしゅう噴き出している栓のゆるんだ瓶であります。だからこそ事実、初期の精神病者は夜ともなると夢の洪水にさらわれてしまいます。なにしろイマジネーションの解放は、昼夜を問わずいつも手順が同じであり、意識的な注意の圧力だけに左右されるのですから。天才とまったく同様に、初期の幻覚者もまた闖入してきた未知なるものに当初は面喰らってたじろぎ、疑心暗鬼になって不安に陥り、その状態が何週間も何ヶ月も続くことになります。ただし、その場合はたいてい感覚的な虚像が怒濤のように次々と溢れ返り、あげくの果てに悟性が制禦することも批判することもできなくなってしまいます。イマジネーションの荒れ狂う海がその人物をまるごと呑み込み、あたかも舵を失った船のようにどこへなりともほしいままに翻弄するのです。総じて天才にあっては、突如湧いてきた空想のイメージが錯覚の度合いにまで増幅したり、妄想が形姿なり言葉なり匂いとなって外界に投影されたりすることはごく稀であって、（悪魔と大声で対話を交わした）ルターや、シューマン、タッソー、バイロン、クロムウェル、ソクラテスなど多くの場合と同様、これには納得のいく説明が求められます。これよりももっと頻繁に起こるのが、空想から立ちのぼってくるさまざまなイメージがまるで身に覚えのないものと知りながら、しかも自分の頭のなかで起こっていることはわかっているという状態です。ちょうどウォルター・スコットが、自分のことを「自己のイマジネーションの生贄《いけにえ》」だと表現したように。逆に、幻覚者にあっては、無意識のうちに生まれた空想のイメージがきまって幻覚や錯覚にまで膨らんでいく、といわれています。ところが、実際には双方にこの両方の事態が生ずるのです。正常な健康状態が精神生活のこうした段階に移行することは、ヘビースモーカーや濃いブラック・コーヒーを飲む人なら、どなたもご存じのはずです。とりわけ愛煙家やコーヒー愛飲家に知られているような、心地よく安逸な、西欧流の涅槃《ニルヴァーナ》の状態を、人々はたいへん好んで追求しております。これが、悟性とひきかえに、イマジネーションによってわれわれの自我を欺く、ささやかな錯誤でなくて何なのでしょうか。レーナウ[38]はブラック・コーヒーの飲み過ぎでほとんど身を滅ぼしかけていました。さらに強烈な効き目があるのは、阿片、クロロフォルム、エーテルです。また、アルコールやアブサンのせいで、心地よく誘われる空想から発作的に突発する幻覚の嵐にいたるまで、どんな状態にもなったりするのです。だが何といっても、もっとも強力なのはハシッシュです。ハシッシュを使えば三十分以内に、健康な人間でも幻覚や錯覚で大混乱に陥り、実験台として精神病患者に仕立てられてしまいます。当人はどんな質問にも正確かつ冷静沈着に答えます。彼の悟性に混濁はありません。しかしそのあいだにも彼は、次から次へと際限なく襲いかかってくる自分の想像力の妄想から片時たりとも逃げられないのです。ハシッシュで実験的に生み出されるものは、程度差こそあっても、天才にあっては内発的に発生してきます。かくして、このような心的過程全体の類似性を根拠として、われわれは、天才における特定の状態と幻覚症状をともなう狂気との同一性、つまり精神病との同一性について語ることができるのです。

いつなんどきも自分の想像力のとりこになっていたこの種の天才の一人がモーツァルトでした。何をしていようと、どこにいようと、旅の途中であろうが、九柱戯をしていようが、食事中であろうが、玉突きに興じていようが、談話中であろうが、彼自身のいうところによれば、頭のなかがたえず音楽で充満しており、口ずさんだりハミングしたりしながらこの内的刺戟に導かれていたのです。たしかに彼は、九柱戯や乗馬といった、体を動かす機械的な余興を好みましたが、それというのもそうしているほうが頭のなかでの創作がずっとスムーズにはかどるからなのでした。食事をしているときでも、結局は彼の細君が肉を切り分けてあげなければなりませんでした。いつも上の空で何度もナイフで怪我をしたからです。したがって、ここにはすでに二重人格が現われる萌芽が申し分なく認められます。ベートーヴェンではこうしたことがさらに顕著です。彼の内面生活は、放心状態のまぎれもない発作にまで重篤化していました。この大作曲家が長々と執拗に手を洗うようになったのはこの時期のことです——ここにもまた内面的な過程に対する等価物として体を動かす機械的な単純作業が見受けられます。ベートーヴェンは下着姿になって——ゲーテの魔法使いの弟子さながら——水瓶で何杯も水を運んできてはそれを次々に盥に空け、なかばびしょ濡れになりながら機械的に手を洗う動作をしたり、部屋のなかをうろうろと往きつ戻りつしながら、その間中ひっきりなしにハミングしたり喚いたり、目玉をギョロつかせて放心したような様子で、自己の内面の刺戟のままに書き物机で時折なにがしかのメモのようなものを走り書きするのでした。手を洗ったり、吼えまくったり、服を脱いだりするこうした発作が何時間も続いたあげく、ふと気づくとベートーヴェンは踝《くるぶし》まで水浸しになっているのでした。このような場面に出くわしても、あえて誰一人、ベートーヴェンの邪魔をしようとする人はいませんでした。というのも彼と身近に接している人たちは、それがもっとも深遠な瞑想の時間であり、かりに中断されるようなことがあれば彼の逆鱗に触れると知っていたからです。ですからみんなは、邪魔しないように、彼のしたいようにさせておいたのです。しかしだからといってベートーヴェンの借家の賃貸契約がしょっちゅう破棄される事態までは避けられませんでした。なにしろ階下に住む借家人の世帯は、天井から水がポタポタ滴り落ちてくるので当然のことながら快適に暮らせるわけがないからです。先の記述（シントラー『L・v・ベートーヴェン伝』ミュンスター、一八四〇）をお読みになって、なおかつ一度でも初期の幻覚者を見たことのある人なら、一も二もなく、ベートーヴェンの場合も類似した状態だと感じることでしょう。――すでに述べたように、多くの天才にあっては、こうした内面の刺戟が強まり、現実の感覚的なイメージとなって外界に転移し、したがって現実の感覚錯誤にまでつながっていきます。シューマンは長年にわたって、しかもまだ若い頃から、他では聞いたこともないようなひどく耳障りな高音がずっと聞こえていました。彼はこの耳鳴りが主観的な性格のものだと知っていましたが、にもかかわらずこれを外からやってくる響きとみなさざるをえませんでした。自分自身の精神的生産の結果とみなすことができず、またみなしてもならないものがいきなり闖入してきてはったり出くわしてしまう。すでにたったこれしきのことでも、一人の人間の心情は、芯からぞっとするほど暗澹となり、どんな芸術創作にも無気力になってしまいかねないのです。後年、シューマンには別の幻聴、幻嗅、幻味が付け加わり、彼はこれに屈服しました。自分が毒を盛られていると信じ込み、ライン河に飛び込んで自殺を図ろうとして救助されて、それからは余生を精神病院で過ごしました。――彼以外の場合には、幻覚症状は心因性能力に損傷を与えぬ一定の範囲内で継続していたのでしょう。ルターと悪魔の会話（悪魔はなかんずく「おまえは修道院をどうしようというのだ」と彼に訊ねた）のことはもう申し上げました。ソクラテスには幻聴があったばかりでなく、超自然的な人格の存在を想定するほどにこの幻聴を人格化し、ダイモーン、すなわち神霊と呼んで、ここから自分の哲学的教説の原理を手に入れようとしました。ケプラーもまたこうした「守護霊」ないし「守護神《ゲーニウス》」の存在を仮定しています。彼は、自分の数々の発見はこのような存在が「耳元で囁いた」ものだと言い張ったのです。クロムウェルも、さらにはナポレオン一世ですら、耀くばかりの女性の姿を戦場でいくども目撃し、その女性がいつも自分に幸運をもたらしてくれたのだ、と称したものです。モロー曰く、「この種の幻覚症状は、当人の精神力をいささかも攪乱したりしない。いやそれどころか、かえっていったん決心した計画をとことん達成すべく彼に拍車をかけてくれるものなのだ」。ジャンヌ・ダルクは、もっぱら彼女が耳にした「神の御声と御命令」によって授けられたやむにやまれぬ衝迫のままに、彼女のなすべきことを成し遂げたのでした。エジプトの聖アントニウスからスペインのマリア・デ・アグレダ[39]まで、ありとあらゆる聖人聖女の昂揚状態や幻視《ヴィジョン》が結局は妄覚に帰せられることは、学問的な見地からすれば、いささかも疑問の余地のない事実です。――天才と幻覚者に共通するもう一つの症状といえば、大声で喋る**独り言**で、その重要性を軽視すべきではありません。歓んだりびっくりしたりすると、口からつい短い叫び声が漏れてしまうことがありますが、おそらくそのように肉体が激しく亢奮する一瞬を別にすれば、まったく健康な人間が自分を相手に話しかけることはありません。自分の言葉に返事するようになるきっかけは、ほかでもありません、なにがしかの想像上の出来事が外部の力に具現化されるほど膨張すると、第二の自我《アルター・エゴ》としてこれに対峙することになるからです。ブリエール・ド・ボワモン[40]のいうところによれば、独り言を喋る人々は幻覚に襲われる傾向があるそうです。実際、自分相手に喋る者と幻覚者とのあいだの唯一の違いは、前者においては、彼が返事をしている目に見えない声が依然として自分のなかで生まれていることをまだしも承知しているのにひきかえ、後者ではもはやとうにそれがわからなくなって、その言葉の源泉を外部に求めている点でしかありません。スコットランドの詩人ロバート・バーンズは、彼の妻の語るところによれば、『タム・オシャンター』を詩作している間中、しきりに身振り手振りをしては、大声で何度も「おお、タム！　おお、タム！」と主人公の名を呼ばわりながら、住まいに近い河畔をあちこち歩き回っていたといいます。「朝食と晩《ビトウィーン・ブレックファ》餐の間《スト・アンド・ディナー》」までこんなことをしていたのでした。そして同日の夜、「詩作の嵐《ストーム・オブ・コンポジション》」が過ぎ去ってしまうと、彼はあの二千行を超える詩を一気に書き下ろし、息を引き取るまでこの詩を自分の書いた最高傑作と断言していました。――ここでもまた窺えることですが、多くの作家や詩人たちは、その作品を自分の内側からきわめて客観的に外化し、主人公に語りかけるばかりか、その痛みを分かち合い、ともに苦しみ、その身を案じているのです。バルザックはしばしば、まだ書きかけている自作の小説の登場人物たちがいったいどうなってしまうのかと案じて気が滅入り、結末をどうするか、自分にはまるで決定権がないとでもいわんばかりに、不測の事態について不安と憂慮を込めて友人たちと語り合うのでした。リヒャルト・ヴァーグナーは、自分が作曲した『ローエングリン』のさるリハーサルの折、ローエングリンが別れを告げる大詰めの場面になると、桟敷席のなかで突っ伏して啜り泣くのでした。

　先に述べた第二グループの天才のことを手短に論じておきたいと思います。精神医学の分野でこうした天才の精神的な血縁者は「心的癲癇」患者であります。癲癇患者のなかには、本物の発作、つまり痙攣ではなく、昔から知られている精神科医の経験によるところ、ある心的病状を呈する人がいます。この病状は、意識が吹き飛んでしまうほど際限なく譫妄《せんもう》状態に陥るというかたちで発症します。これを心的癲癇と称するのです。痙攣と譫妄の両方の状態が交互に現われるか、それともそのどちらか一方が同一人物に現われることもあります。これと同様のことが、天才的素質を持った多くの人間にも見出されるのです。本物の癲癇を患っていた人には、ユリウス・カエサル、ムハンマド、ナルセス〔四七八―五七三年。東ローマ帝国の政治家、宦官。ユスティニアヌス一世の下で総司令官に任命され、東ゴート王国を征服した〕、ナポレオン一世、パスカル、ドストエフスキー、ペトラルカ、モリエール、ピョートル大帝、等々がいます。カエサルは自分の体調を知りつくしていて、かなり厳しく節制をし体操訓練で体を鍛えつつ、食餌療法《ディエート》の指示どおりに病状に対処しようとしました。プルタルコスは、カエサルを襲った大きな発作を二つ報告しています〔『対比列伝』「カエサル伝」第五十三章〕。その報告の一つは、カエサルが折しもタプソス附近で自軍を戦闘隊列に配備させていたときのことです。発作が始まりそうなのを悟って、彼は近傍の櫓のなかに自分を担ぎ込ませ、そこで痙攣の発作が治まるのを待ったのでした。不吉な病いとして民会《コミティア》の審議が即刻中止になり散会となってしまうため、古代ローマ人はこの癲癇発作のことを民会病［morbus comitialis］と呼んでいました。ナポレオンもまた、アウステルリッツの会戦中、癲癇のために天幕のなかで約半時間にわたって昏々と眠り込んでしまいました。彼の側近たちは戦闘がいまにも勃発しそうなので彼を揺り起こそうとしましたが、無駄骨でした。パスカルは激しい癲癇発作のさなかで息絶えました。その他にも、クレビヨン、ヘンデル、シラー、モロー、パガニーニ、アルフィエーリは、癲癇による痙攣のみで意識障害はありませんでしたが、顔や肩などが部分的に痙攣して意志の力ではどうすることもできない症状に呻吟していました。激越にはいたらない発作のことを指して一般に癲癇性眩暈《めまい》の名称で呼ばれていますが、スウィフトやニュートンが患っていたのは、この症状でした。かりにどれほど質朴な農家の若者でも、あらゆる癲癇患者に共通する徴候は、常軌を逸した**神経過敏**な気性です。とくだんあらためて強調するまでもないでしょうが、芸術家、作家、詩人、優秀な頭脳労働者においても、こうした徴候は際立った心的要因になっています。――かたや純粋に心的な癲癇とは、痙攣を起こすことはありませんが、あとにはまったく記憶にも残らない幻視状態のことです。この心的癲癇に対しては、有名な田舎娘ほど模範的な症例はないでしょう。その症例は、ほとんどすべての精神病理学の教科書に採用されています。この娘は、牧草地で草刈りしているうちに、突如、夢見心地の状態に襲われたのです。ところが、彼女はあいかわらず目を開けたまま草を刈りつづけながら、小川のほとりにだんだん近づいてきました。すると、草刈りをしながら小川のなかに入っていき、水に入っても目が覚めず、今度は小川に沿って草を刈り出しました。しまいにはとうとう野良仕事をしていた農民たちに発見されて川から引き上げられました。家に連れ戻されると娘はしだいに正気を取り戻しますが、これまでの出来事の記憶がまったくなかったのです。高名なフランスの数学者のアンペール[41]も、ある朝、馬で遠乗りに出かけたときに、田舎娘とそっくりの幻視状態にいきなり襲われました。彼ははじめのうちは並足で騎乗を続けていましたが、やがて馬から降り、しばらくのあいだ勒《ろく》を執って馬を牽いていましたが、そのうちそれも放して、迷子になりました。何時間か経ってからようやく帰宅した彼に捕まえた馬を見せても――彼には何のことやらさっぱりわかりません。ベートーヴェンもまたウィーン近郊で、帽子も被らず、ステッキも携帯せず、マントも羽織らない姿で何度となくうろついては、浮浪者として逮捕されて警察に連行されましたが、当局の人々はその浮浪者がベートーヴェンだとは信じられず、ベートーヴェンのほうも一体全体どこで衣類を失くしたかを供述できないのでした。――忘れてしまうのを恐れて、多くの天才たちが習慣として、突然の閃きを二言三言さっと紙に書き留めておいたことは、どなたもご存じでしょう。このように恐れるのには理由があります。ヘッベルの語るところによれば、彼は自分の日記のなかに、たんに忘れているばかりではなく、まるで他人が書いたとしか思えない覚書を発見してたいそう驚いたとのことです。その覚書は、いわば筆跡でかろうじて自分のものと見分けられたのです。しかしヘッベルにとってせめてもの慰めだったのは、空白の時間に記憶から抜け落ちていたものが、次にインスピレーションを受けたときには、記憶としてすっかり明晰に精神に還流してくることです。したがって彼が述べているのは、催眠状態や心的癲癇の基本現象の一つのことで、これは、以後かなり経ってから科学実験によってようやく確認されたことなのです。すなわち、心的人格の分裂のことです。分裂した二者のいずれも自分の位相しか再認することができず、その片割れ《コントル・パルト〔ママ〕》の相手については皆目わからないままなのです。――イギリスの心理学者モーズリー〔三〇七頁訳註8参照。なお、原文ではMandsleyとなっているが、Maudsleyの誤植だろう〕は、夢遊状態にある癲癇患者が主に熱狂的な色合いを帯びた宗教的内容の幻視《ヴィジョン》を見ていることを指摘し、神の天啓を主観的に確信している教祖たちの多くが、公然とであれ隠然とであれ、おそらく癲癇を患っていただろう、という臆測をまず口にしています。実際、これはムハンマドの場合にはまさに当を得ております。ムハンマドが重度の癲癇発作を何度も経験して、きわめて色鮮やかな幻視を見たことは、すでに確認済みなのです。以上の叙述に基づいて、あくまで最終結論としてではなく、まずは最初の結論の一つとして、こう申し上げざるをえません。すなわち、クライシュ族〔預言者ムハンマドが属するメッカの名門一族〕のこうした心的癲癇症の病態なくしては、ムハンマドの教えは存在しなかった、と。さて、ここからどんな展望が拓けるのか、ぜひ考えてみてください。——

天才と狂気の接点は、**幻覚症**の天才と**心的癲癇症**の天才という以上二つのグループで語りつくされたわけではありません。傍目にはその精神的所産とは本来無関係に見えて、それでも晩年になって不治の精神病のとりことなった天才がすくなからずいるのです。わけてもヘルダーリン、『孤独論』の有名な著者ツィンマーマン[42]、レーナウ、ゲーテの同時代人にして文学仲間でもあったレンツ[43]、シェイクスピアの同時代人のベン・ジョンソン、シューマン、ドニゼッティ、晩年の数年間、一切の数学研究に背を向けて、神秘的にして支離滅裂な黙示録論〔『ダニエル書とヨハネの黙示録の預言についての所見』〕を執筆したニュートン、さらに付け加えて申し上げれば、何十年も前に自分の精神病を予告していたスウィフト、神を冒瀆したとの考えから自分の全著作を破棄した、十八世紀の高名な教育学者バゼドウ[44]、スヴェーデンボリ、さらにカントさえも。——なかには精神を病みながらも、そのうちまた健康に戻る天才もすくなくありません。タッソーがそうです。ジョルジュ・サンド、クロムウェル、アルフィエーリの場合は、毎年春はずっと憂鬱で、それから秋になると創作力旺盛な時期が巡ってきます。シラーは、バウアーバッハ〔マールブルク市内の一区〕にいた二十二歳のときにどん底の鬱状態を過ごし、偽名を名乗っていました（それとわかる明確な理由は見当たりませんが、デカルトもオランダでかなり長い間まったく同じような経験をしていました）。アンペールは『化学の未来について』[45]という自分の論文を、悪魔に吹き込まれたものとみなして焼き捨てました。グッコウ、フランスの哲学者コント。コントは二年間精神病院に収容され、そこから退院すると、実証主義に関する有名な著作を執筆しました。――ベートーヴェン、グラッベ[46]、バイロン、リヒャルト・ヴァーグナーのような他の天才たちは、学問的にも通俗的にも一応は狂人と説明されていますが、実際はそうではなかったのです。

アルフィエーリと同様に、多くの天才にあっては、本来の創作活動に先立って深く鬱屈した自己沈潜の期間が多少とも続くものです。多種多様な精神病の病態とまったく同じように、とりわけ躁狂の場合には、メランコリーの初期段階が認められます。その点ではルターほど辛酸を嘗めた人はいないでしょう。一五〇七年から一五〇八年にかけて、ルターはエアフルトの僧院できわめて深い無気力《アパティー》状態に没入しておりました。いくども不安状態に陥ったり、はたまた深い自責の念や宗教的懐疑に駆られたりし、ついには拒食症になるまで悪化しました。あげく、某日、彼が閉じ籠っている僧房の扉を力ずくで破らざるをえなくなったのです。そこで僧院の助修士たちが発見したときの彼は、記録を字句どおり引き写せば、「他のいかなる状態より狂気に近い」容態だったのです。何を話しかけても梨の礫《つぶて》でした。このひどい病いが半年ほど続いてのち、ようやく治まると、ルターは、彼の信ずるところでは、神の啓示によって一挙に宗教的懐疑の目で見はじめたのです。かくして彼は、いまや新たな力を得て公衆の面前に歩み出て、まさしく自分が体験した病状経過内容とそこで見つけた解決策をして新たな信仰の教説たらしめたのです。ルターの登場を理解したければ、このことはぜひとも確認しておかなくてはなりません。善行や懺悔をつうじてではなく、ひたすら神の恩寵をつうじて救済に達することができる、というルターの教説――宗教改革全体を支える礎石にして要石――は、彼の精神病とその末に辿りついた治癒を端的に示すものだったのです。彼は、魂に平安を見出すべく断食苦行に明け暮れ、不眠不休で祈りつづけましたが、鬱状態からまだ全快していなかったために、すべては徒労に終わりました。ところが突然、天からの恵みさながらにその魂の平安をようやく授かったのです。こうして彼は世に躍り出て、ステントールのごとき大音声で全世界にこの成果を叫んだのでした〔ステントールは『イリアス』第五書第七百八十五行に登場する五十人分にも匹敵する青銅の声の持ち主〕。神の恩寵の持つ高次の価値という教義は、当時はまったく重要ではなかったか、関心の的から完全に外れていました。むろん、教皇や神学者はおろか、免罪符で有名なテッツェル[47]のような人物ですら、浄福を求めるわれら人間の骨折りよりも神の恩寵のほうがはるかに大なるものであることに、異議を唱えたりはしなかったでしょうが。こうしたお歴々が残らず敵対する勢力に回ったのは、ルターが彼いうところの新たな真理を告げるときの烈火のごとき論調のためであり、自説を世に出した際のローマ教皇庁に対する容赦のない悪口雑言ぶりのためだったのです！　病中のルターほど自分自身に向かって哮《たけ》り狂った人はいませんでした。しかし、みずから揺るがぬ決意を内心に固めたあとで、外界に対してかくも怒り狂った人もまた、いまだかつていませんでした。ルターがあれほど癇癪持ちでなかったとしたら、ドイツ語は今日のような姿にはなっていなかったでしょう。ルターの著作集から正真正銘の悪態辞典を編纂できるというものです。ローマ教皇庁に向かって投げつけた一切合財は神に命じられたものだと信じきっている、この言語におけるケルスキ族[48]の男に、繊細なイタリア人枢機卿たちはとうてい太刀打ちできませんでした。もはや互角の勝負ではなかったのです。いうならば殼竿対爪楊枝のようなものでした。――ですが、先にも申し上げたように、エアフルトの僧房でのメランコリーがなかったとしたら、宗教改革は起こらなかったのです！　ですから、こう考えてみてください。一人の平凡な鉱夫の倅の胸内に巣喰ったあの精神障害にすべてはかかっていたのだ、と！――

そろそろ私の話を締めくくりたいと思います。天才における疑問の余地のある精神状態について思いつくかぎりのことを、ここで洗いざらい論評しようとすれば、三時間あっても足りないでしょう。カーライル曰く、偉人伝をひもとけば、かならず偉大な病歴にぶつかる、と。同時代の人々、いやむしろ後世の人々が、どれほど感嘆と驚異の念で天才のことを眺めようとも、天才自身はちっとも幸福ではありません。孤独に生き、自分自身とたえず格闘しているのです。自己認識を深く究めた末にハイネが書きつけたことを、天才なら誰しも自分自身についていえることでしょう。

病いこそはおそらく
創造衝動すべての究極因。
創造によって私は癒され、
創造によって私は健康を取り戻した。[49]――

幻影主義と人格の救出——ある世界観のスケッチ

マックス・シュティルナー（バイロイト生まれのカスパール・シュミット、一八〇六—五八）の追憶に

一八九六年、ライプツィヒ
ヴィルヘルム・フリードリヒ社

銘句《モットー》

それゆえ、神の似姿や模像を得ようとするのは人間の弱さのせいだと思われる。かりにもし神というものが別に存在するとすれば、神が何であろうと、神がどこにいても、神はあらゆる感覚、あらゆる視覚、あらゆる聴覚、あらゆる魂、あらゆる精神であり、神自身のすべてなのである。（大プリニウス『博物誌』第二巻第五章〔『プリニウスの博物誌1』中野定雄・中野里美・中野美代訳、雄山閣出版、一九八六年、七六頁〕）

あらゆる人間は自分自身の人生を生き、自分自身の死を死ぬのだと思う。私はそう思う。（イェンス・ペーター・ヤコブセン）

聖ヨハネ、ならびに彼に先立つ〈可知論的《グノスティック》〉な〈プラトン主義者〉たちの文言を借りるならば、「はじめに〈言葉《ロゴス》〉ありき」であり、われわれは人間の言語を使用している。しかし、あらゆる人間の言語が隠喩であると知っていれば、よもやこうした言葉に文字どおりの狭い意味をこじつけようとはしないだろう。そんなことをすれば神話がつくりだされてしまう。事実、こうした言葉のカーテンの背後にあるのは、〈不可知論〉の領域である。かたや、カーテンの手前にあるものすべてはわれわれの領野である。つまり、諸現象のカオスのなかに隠れた〈調和《コスモス》〉やかの〈言葉《ロゴス》〉の反映を発見してきた言語と科学の領野なのである。その〈原動力〉を〈父なる神《ファーザー》〉と呼ぼうと〈人《パーソン》〉と呼ぼうとかまわない。なぜなら、こうした言葉も隠喩にすぎないからだ。そして、人間や他の生物における人的《パーソナル》要素をなしているものは、作家、思想家、雄弁家、**言語**《ロゴイ》の創造者における人的要素をなしているものと同様、われわれには知られていない。私が主張したいのはただ、かりにもし〈**言葉**《ロゴス》〉や**言語**《ロゴイ》について語り、こうした言葉がいったい何を意味しているのかをわれわれがはっきりと理解するならば、もはやわれわれは、はじめに原形質《プロトプラズム》ありきとはいえなくなるということだ。つまり、原形質からもっぱら機械的もしくは外的な媒介によって全世界が進化したなどとは到底いえなくなるのである。（マックス・ミュラー[1]「なぜ私は不可知論者ではないのか」『十九世紀』一八九四年十二月号掲載〔一八七七年創刊のイギリスの月刊文芸雑誌。『二十世紀』に改称され、一九七二年まで刊行された〕）

創造されず創造しえないものこそ、魂における何かである。（マイスター・エックハルト）

序文

私のかねてからの持論では、哲学的な事柄について語るためには、どうやら外来語だらけのちんぷんかんぷんな専門用語のたぐいが必要とされるらしい。そのややこしいジェスチャーを眺めていると、つい怖気をふるってしまって、金輪際、自分なりの考えなど何もかも吹き飛んでしまうほどである。いかめしい後光らしきものが、大学の教壇の周囲に近づきがたい層をなして漂い、教授陣の禿げ散らかった頭頂部の残り毛を包み込んでいなくてはならないと、てっきりそう思い込んでいたのだ。――そんな矢先にシュティルナーを読んだのである。シュティルナー、この哲学者のなかのラザロが忽然と墓の下から復活したのだ。そして、**思考**がことによると**顕微鏡観察**だの**頭蓋骨測定**だの**脳重量計測**だの**実験心理学**だのといったものよりもずっとまさっていることを示してくれたのである。シュティルナー、しばしば口さがない物言いをするこの作家が、簡にして要を得た敏捷な文体で諭してくれたのは、抽象的な学問分野を論じる場合には、梵語《サンスクリット》学者〔前出のマックス・ミュラーのことか〕の専売特許の口から吐かれる粘っこいアスファルト粥よりも、軽妙洒脱な話のほうがはるかにましであるということだ。――本書がこうして上梓されるにいたったのも、余人の誰にもまして私の執筆を励ましてくれたこのシュティルナーのおかげである。ささやかな私の著書の冒頭に感謝の意を込めてあえて彼の名を掲げたのはまさしくそのためなのである。

事情通ならばすぐに気づくように、本書は内容面でもすくなからぬ点でシュティルナーの影響を蒙っている。

ただし、その他の点では、シュティルナーの方法論と私の方法論とではその出発点が根本的に違うことをここで強調しておきたい。シュティルナーは一八四〇年代の見るも無惨な反動の軛《くびき》の下で喘いでいた。正式には彼の思想上の師は、ヘーゲル、フィヒテ、フォイエルバッハであった。だが、われわれ今日の若い世代にとって、純粋な概念の座を占めているこうした大思想家たちはもはや精神の生きた内実としては知られていない。人間研究の方面では、われわれは自然科学と生物学分野の時代に生きている。そしてこうした分野における特別な場合としてその出発点となるのが**精神医学、病理学的**思考、**病める感覚中枢、心理学的自己観察**なのである。また、そうした説明に知らずしらず忍び込んでくる政治上の原則については、見るべき目を持っている人にとってはすでに先刻お見通しであろう。

「自然科学」という言葉についてもう一言だけ言い添えておきたい。まもなく半世紀になんなんとするあいだ、近代の思考はすべてもっぱら「自然科学」の醒めた呪縛の下にあるといえよう。一八五〇年代に「自然科学」はその好敵手たる「自然哲学」の首を一刀両断、胴体からすっぱりと切り落とした。この勇猛果敢な戦士にして誇り高き覇者には、いまやその専制支配の終焉がそろそろ近づきつつあり、すくなくとも精神科学に関しては、根本的にみずからの神格が過去のものとなっていることがわかりすぎるほどよくわかっている。かくして、ドイツ的思弁が息を吹き返してふたたびその権限を発揮しはじめているのだ。ビューヒナー、フォークト、モレスコット〔三名とも科学者であり、かつ唯物論の立場をとる哲学者。十九世紀後半にドイツ文化圏で流行したいわゆる「俗流唯物論［vulgärer Materialismus］」という蔑称で揶揄される生理学的唯物論の代表的人物たち。三一四頁訳註30を参照〕はいまや——こんな言い方はいささか不本意ではあるが——紙屑同然である。いや、そればかりか、かのヴェストファーレン訛りでいうところの「人間精神《にんせんしえいしん》［menslichen Cheistes］」を解明する中堅ならびに若手の研究者たちも、向こう見ずな出版社に大損させないよう安心してその研究成果をパルプ紙に印刷してかまわないのだ。ヴント[2]、ゲルツェン[3]、ミュンスターベルク[4]など、唯物論の分野で最新の発見をした人物の発言に耳を傾けなければならない。彼らの刊行物を読み、「筋肉運動を随伴しない意識表象はありえないとか、「空間直観と時間直観は筋肉緊張の感覚の相違にすぎない」とか、あるいは「諸理念は一群または一連の筋肉収縮により生ずる」（A・ゲルツェン『一般精神生理学綱要』ライプツィヒ、一八八九年、一二頁）などと書かれていたりする、その破れかぶれのとんぼ返りっぷりをとくと拝見しなければならないのである。彼らは、思考の物質化を何がなんでも救出するために、科学的経験のもっともかけがえのない偉業たる、エネルギー保存の法則をかなぐり捨ててしまっている。あまつさえ彼らは、心理と物理の両面からなる科学体系全体の大黒柱、因果律の土台を掘り崩し揺るがせようとしている。彼らが危なっかしい芸当を披露している足場の上でついに昏倒して尻餅をつき、その骨組みもろとも奈落の底に転落していくさまを、最後までとくと見届けなければならないのである。

トーリー党の後にはホイッグ党がやってきて、ホイッグ党の後にはトーリー党がやってくる！これは、議会だけではなく科学の分野でも古くからの法則である。最盛期を打ち立てた最良のリベラル左派政権下ですら、時間があまりにも経ってしまえば、国土は疲弊し、これまで黙って見過ごされてきた弱点をつかれて攻撃され、根柢から覆されてしまうのである。これがいわゆる破綻である。自然科学の趨勢によって、すくなくとも人間の思考を解明するという点では、筆舌に尽くしがたい未曾有の罪過の数々が堆《うずたか》く積み上げられてきた。かくして、最良の悟性論よりも感情の閃光のほうがふたたび重要視されている昨今、自然科学に向かって「とっとと失せろ《アパゲ》」といった罵声が浴びせられても、何の不思議もないのである。

一八九五年二月、ミュンヘン

パニッツァ

I　幻影主義《イルジオニスムス》

第一章

唯物論はすばらしい時代だった！　人間はいったい何を喰っているか、だった。つまり「人間は自分が食べているものなのだ」。肝臓が胆汁を分泌するように人間の脳髄は思想を生み出す。人間の精神とは彼の胃袋の結果なのだ。人間がいったい何なのかがやっとわかって、ランドセルから唯心論のガラクタを洩れなく投げ捨てて、トマジウスの罪概念を説明しようとする宗教学の教師に向かって生意気にもあかんべえをしたとき、われわれは小学校の勉強机でどれほど小躍りして快哉の声をあげたことだろう！　いったい何がわれわれの心の支えになってくれたのか？　過激な公式を得たということだ。われわれは**知った**のだ、天国はもはや存在せず、世界にいるのはわれわれだけだということを。斧の一撃で超越論的な頭部をあっさり刎ね落とし形而下的胴体からすばやく切り離したこと、そして、合理主義というレルネーの蛇の頭が生えてきてしまう余地を微塵も残さなかったこと、これこそが唯物論の偉大さだった〔「レルネーの蛇」とは、ヘラクレスの十二功業で有名なヒュドラー（水蛇）のこと。アルゴス近くの沼沢地帯レルネーの野に棲息していたこの巨大な蛇は、九頭を有し、そのうち八つは殺すことができるが、真ん中の頭は不死であった。しかも、一頭を切り落とすと二つの頭が新たに生え出てくる〕。

ところが、この時代以降、事態は悪化し、さらにまた悪化した。まずフェヒナー[5]の失われた彼岸を悼む涙がやってきた。「精神物理学」なる新たな学問領域をあえて打ち立てようとしていたのだ――さよう！ まったく信じられないようなルートをこっそり経由して、ふたたび**魂**が密輸入されてきたのである。天窓という天窓を塞いだのに、魂が――物理学といっしょになってやってきたのだ。それからドイツの生理学者たちは愁嘆の声をあげ、「われらは無知なり《イグノーラームス》！」[6]と叫び出す（自然哲学者シェリングの全集が四十マルクから百二十二マルクの相場でコッタ書店から刊行されたのはこの時期だった）。そしてこれ以来、じつに嘆かわしい茶番が演じられるようになった。心理学者も生理学者も、唯物論に基づく実験心理学と、催眠心理学に基づく実験心理学をともに代表する精神物理学の唯物論も、心身並行論者も、唯物論哲学の「一元論者」もこぞって、憐れな魂に手を焼き、やつをつかまえようとしたり、また手放してみたり、手に入れたいと望みながらも、さりとて自分自身の唯物論的過去は裏切りたくないのだ。――だが彼らは「肥溜めに踏まるゝ藁のごとく蹂躙《ふみにじ》られん」（イザヤ書第二十五章第十節）。――どっちつかずは最悪である。事実ならさておき、不確実な事柄をめぐってなされるお喋りほどお粗末なものはない。精神学と物理学。英国人のいわゆる「ケーキは食べても残しておけ［Eat a cake and have a cake］」である。[7] まずは魂を物からこしらえておいて、その上で「にもかかわらず魂は存在しない」といわざるをえない。これこそ現在の精神物理論者の証しである。私が見るところ、魂をふたたびあるべき場所に戻すドイツの大御所がやってくるだろう。すると、誰しも錯覚だらけのマーヤー〔8〕の魔法の釜にどっぷりと沈められ、目も見えず耳も聞こえなくなって気が遠くなることだろう。

実際、唯物論が一世を風靡してからというもの、思考が蒙った扱いは、およそ滑稽きわまりない感じがする。スペンサー[9]は思考を「脳の反射作用の抑制」と断じる。ところが彼は、いったいどのようにして反射という感覚をつうじた知覚運動から意識が生じるのか――物質から思想が生じるのか――を説明することができない。しかもスペンサーはデカルトのことを想起すらしていないのである。デカルトによれば、思惟は、精神および物体の延長とは相容れないものであり、両者のあいだをたがいに行き交うことなど――もっとも哲学が遂行しているのはまさしくこのことなのだが――思惟にとってはまったくありえない仮定なのだ。「意識とは畢竟、脳過程の中枢にとってまったく余分な随伴現象である」と書いているとき、スペンサーもまたデカルトと同様のことにうすうす感づいてはいた。しかしそれだけでは十分ではないのである。もし人間精神の全貌が物質的な脳反射作用の機構に含まれていると考えるならば、さらにまた「唯物論的一元論者」という名がただの詐称や自己欺瞞でないとすれば、スペンサーのみならず真の唯物論者なら誰しも、思惟そのものを全否定しなければならない。スペンサーは、物質から思考へと移行する可能性、すなわち、思惟されたものが物質から生じる可能性を信じることで、デカルトの右の命題を覆すことになり、そのために、哲学的教養の頂きには立てない未熟な思想家として一顧だにされなくなる。もしそうでないとすれば、心が身体から生じることはありえないと認めることになる。ところが、記憶や意識といったものを脳髄における物質的な諸事象と関連づけるので、したがって彼は二元論者ということになってしまう。どちらに路線変更するかは当人の希望どおりでいっこうにかまわないが、いずれにせよ、彼は断じて唯物論者ではないし、ましてや一元論者でもない！——友よ、ここがロードスだ、ここで跳べ！［Hic Rhodus, hic amice salta］果たせるかな、ここで自然科学的哲学者たちはことごとく目もあてられないようなぶざまな転びっぷりをみせるのである。——やや前世代のフォークト、ビューヒナー、モレスコットの傾向、いわゆる形而上的唯物論は、むろんいまでは用済みの代物である。この流派の見解は、思想は脳活動の**産物**であって「尿は腎臓の産物である」というのと同断だ、という命題に尽きる。彼らは硬直した徹底性という点にかけては今日の中途半端な連中を凌いでいた。現在ではずっと微温的でもっと欺瞞的な公式が設定されている。「心身並行論」が云々され、いかなる意識内容も脳内の物質的刺戟状態に**対応する**、だの、心的生活は意識形態における身体的脳過程の鏡像である、だのと説明されている。繊細で詳しいのと粗雑で詳しいのとで公式に違いこそあれ、しかしこの点ではいずれも五十歩百歩なのである。それにヴントは今日もなおビューヒナーと同じ観点に立っている。「並行論」という用語では、心身がともに依存しているのか独立しているのかが皆目わからないのだ。思うに、「並行論」という公式は私の認識力に耐えられるものではない。私の思考は因果律の公式と「なぜ？」と問いかけることしか知らない。「並行論」という表現によって現象界から一つの譬喩を援用しているが、それは他の表現では立証できない主張をこっそりとかすめとるためなのだ。たとえば鉄道線路のレールの軌道を、二本のレールがたがいに**依存**し合っているかどうかという状況に注目して観察してみる。すると、私の関心を惹く最初にして唯一の問題はまず、それぞれのレールが相互に**因果的な前提となっている**かどうかということでしかない。もしそのとおりだとすれば、二本のレールがたがいに併走しているかどうかという状況は私にはせいぜいどうでもいいか、でなければ検討するにしてもまず二の次の問題である。もしそうではないとすれば、私の因果律への欲求は充たされてしまい、レールが並行しているかどうかというそこから先の事態は、もうそれ以上いっこうにこちらの関心を惹かない。心身過程を表わすのに並行論という幾何学的な譬喩を用いることで因果律の問題が回避されてしまっている。かくしてここにこそ十九世紀の思想を取り巻くペテンがひそんでいるのだ。——身体的な脳過程を意識というかたちで再現するとされる「鏡」という譬喩もこれと同様である。鏡像は自然界では客体の因果的な結果である。鏡像は無ではない。さもないと光も無ということになろう。アルキメデスはつとに鏡で船を燃やすことができた。したがって、心理は意識に脳過程を反映するという言い方では、心理が脳過程の因果的な結果であるということになる。しかし、こうした言葉遣いは避けるべきである。それゆえ、ここでもまた鏡の前でチャンバラごっこ《シュピーゲルフェヒテライ》を演じるかのようないかさまや曖昧さが払拭できないのだ。——「精神物理学的唯物論」のスローガンを唱えて颯爽と登場した、ミュンスターベルクやゲルツェンのような何人かの若手研究者たちはもうすこし筋が通っていて、したがってそれだけ注目に値するように思われる。彼らは、唯物論の立場から精神と身体の相互交流を理解することは不可能だ、と公然と認めている。ただその一方で、あらゆる心的活動は神経構成因子の分子運動であるという主張に彼らはあくまで固執している。しかし、そこからさらに一歩踏み込んで、いくつかの特殊な心的活動を分子的に説明しようとすると、いろいろと辻褄の合わないことに出くわしてしまう。たとえば「理念とは筋肉収縮」であるとか「空間と時間は筋肉緊張の差異の知覚」であるとか「筋肉感覚こそわれわれの人格の基礎」であるとかいった具合だ。ここで思わず――何とぞご容赦のほどを！――シェッフェル[10]のどぎつい科白を想い出してしまう。曰く「ヘーゲルの糞尿《ミスト》」だ。あちらの観念論的誇張と較べて、こちらの唯物論的誇張もけっしてひけをとっていない。この先生方がお次に持ち出してくるのは、「機知」、「因果律」、「同情」、「高潔、真理、善」、わけても「ナンセンス」が、いったいいかなる筋肉緊張に起因しているかといった問題だ。これにて彼らにとって人間の謎で解明されていないものは――果ては思惟にいたるまで――何もないと豪語するのだ！

自分の思考にだけ気をとられていると、ついつい精神と物体を区別し両者を決定的に分断したくなるものだ。しかし、こうした要求を阻む大きな障害となっているのはいったい何だろうか？ それは**現象**である。精神と物体双方が同時性を有している**現象**、あるいはまた両者が表裏一体をなしている**現象**である。刺されると痛みを感じる、音楽を聴くと心を動かされる、人に話しかけられるとこちらはその人となりについてなにがしかの想像が湧いてくる、胃に異状があると精神が不快になる、酒やある種の薬物を飲むと思考に影響が出る、血管から血を抜かれると精神は事切れる！こうしたさまざまな**現象**が相次いで起きてしまうと、唯物論者たちは自論に逃避せざるをえなくなる。この物体的なものと思惟されたものとを永久に分離したと考えていた徹底した思想家、かのデカルトですら、この**現象**の重圧によろめいたほどだ。この「現象」にどう後始末をつけるのか、これから明らかにしていこう。

いまや明らかになったのは、唯物論者が何がなんでも厄介払いしたいもの――それこそが**思考**だということだ。なぜなら、彼らの苦闘はここからはじまるのだから。唯物論において絶対に厳守しなくてはならない綱領にしたがえば、人間の全存在は物質的過程をつうじて繰り展げられ、人間の全人格はつまるところ脳反射作用に尽きるとされる。そしてエネルギー保存の法則、物質の不可侵性のために、彼らは唯物論的立場からこの綱領を厳格に履行せざるをえなくなるのである。いったいこの綱領のどこに思考の余地があるというのか？　それにもかかわらず、この余地がどうやらあるらしいのだ。だが、物質からこの絶対的なものへと跳躍するためには、この唯物論の綱領をまるごと捨てないかぎり無理だ。したがって、唯物論者がもっとも厄介払いしたいもの、一掃したいと願わざるをえないもの、それこそは――思考だ、ということになる。そこから、思考を回避しようとする絶望的な試みが生まれ、魅力たっぷりのイメージが形成され、物質と思考の関係をなんとか満足のゆくかたちで想像しようとする。したがって、唯物論者の言いぶりでは、思考にはどちらかといえば瑣末で、たんに「傍観する」だけの役割があてがわれ、「根本的にまったく余計な随伴現象」とみなされているのだ。さよう、最近のある研究者にいたっては「動物の身体（人間）のさまざまな活動に「魂」が関与している」とする主張に異議を唱え、「人体を**機械**ととらえる」見解を貫徹するよう要請している。[1] ——このような機械論に対して、むしろ自分の思考を本質的なものととらえ、副次的なものとはみなさない、ひねくれた考え方を解する者がいるとすれば、その人にはいったい何が残っているだろうか？——それは**自分の思考**だ。——自分の全存在を機械と決めてかかるような想像に我慢ならないと感じている人がいるとして、その人にはいったい何が残されているだろうか？——自分の思考に逃げ込むことだ。——ことほどさように、かつてデカルトは当時の疑り深い懐疑主義的な気分から決然と身を翻して、拳骨で机をガンガン叩きながら強硬な姿勢を見せて、我疑う、ゆえに我思う！と叫んだのだ——デカルトはあくまでも**自分の思惟**から出発しなければならなかったのであって——けっして物質から出発したわけではなかった。なぜなら、思考を成就させる可能性が物質からは排除されているからである——かくしてデカルトは、自分の思惟から一つの世界観に到達しようと試みなければならなかったのだ。以下にこの試みについて述べることにしよう。

それでもこの方法には長所がないわけではない。なぜなら人間を「機械」として理解しようとする唯物論者が自分（と自分の理解）から区別された外界を必要とするのにひきかえ、思考を思考から探究しようとする唯心論者はすでに自分の物質の只中にいるからだ。――この不可思議な内的体験の全能性を、いまこれを読んでいる読者と同様、研究に励む私に、もっとも強く確信させてくれるものは、思考における何なのだろうか？――よもやこんなことを期待する読者はまずあるまい。つまり、私がここでいささか昔気質の心理学者のスタイルで、想念、感覚、感情といった項目別にわれわれの精神の財産目録を残らず読者に枚挙してみせたり、今日の催眠術師よろしく、刻一刻と移ろうわれわれの心理反応を研究する魅力をここに存分に書きつらねたりするといったことを。そんなことは私には何の足しにもならないだろうし、まして私の思考が持つ決定的な重要性や優位に納得がいくわけでもないだろう。世界全体を思考から構築しようとすれば、**自分の**思考から構築しないわけにはいかない。そして自分の思考からこれを試みようとすれば、自分の思考における**個人的な体験**から構築していかざるをえない。そして読者の思考が（言語の許すかぎり）著者の思考と一致してはじめて、一つの思想体系の是非が決まるのである。――ところで、何よりも決定的かつ直接的に、しばしばショッキングなかたちで、その思考が根源的でまぎれもなく本物であるとわれわれに気づかせてくれる、個人的な体験とはいったい何か？――それは**強迫観念**であり、**インスピレーション**であり、**幻覚**である。――後にも先にもそんなものは見たことも聞いたこともなく、天から降って湧いたように突然われわれの日常の想像のなかに舞い込み、迷子石のようにわれわれの思考の中央にごろりと転がって崩れも揺るぎもせず、こちらの足を思わず立ち止まらせるという、あの考えはどこからやってくるのだろう？　宗教的命題の体裁を装い、これまでのさまざまな心の悩みや煩いをことごとく断ち切り、それまでつのらせてきた神学的懐疑に向かうことなく、逆に正反対の方向からやってきて救いとなり、不安と憂慮に苛まれていた一人のみじめな人間を、爾来、脇目もふらずまっしぐらに突進していく不屈の精神の闘士にして信仰心に篤い指導者へと転身させ、その後、数世紀に及んで影響を与えつづけることになる、あのルターの突然の閃《ひらめ》きはいったいどこからやってきたのだろうか？――ノイブルク・アン・デア・ドナウ近傍の軍営地に駐屯中、みずから確認している日付では一六一九年十一月十日に、知らないうちに浮かんできた自分でも不可解なある考えに不意に襲われ、それが演繹法の端緒となり、ゆくゆくは近代の哲学的思弁の基盤ともなり礎石ともなった、デカルトの一字一句をほぼ彼の言葉どおりに体験されたあの出来事はいったいどこからやってきたのだろうか？――自身が語るところによれば、最初はきらきらと光り耀く錫の食器を眺めていたのが、青天の霹靂のごとく、記憶にこびりついて忘れられないきっかけによって、たちどころに後年の神智学的教理を方向づけ、一介の靴職人をもっとも影響力のある思想家にして沈思黙考の深遠なる瞑想家たらしめることになる、ヤーコプ・ベーメのあのまったく同様の出来事もいったいどこからやってきたのだろうか？――ロンドンで昼食中、突如として内心の非難に苛まれ、まさに幻覚にとらわれたがために、その瞬間から享楽的で社交的だった一人の学者をただちに回心させ、心霊学者にして幻視者にしてしまった、スヴェーデンボリのあの一瞬の出来事はいったいどこからやってきたのだろうか？——そして最後に、芸術家や傑出した思想家、強靭な精神力を酷使する人々が総じて異口同音に漏らす発言は、いったいどこからやってくるのだろうか？ もし幸運な閃きやインスピレーションに恵まれなかったとしたら、彼らは仕事に着手する決心をつけられなかったにちがいない。なかでもインスピレーションはどれもおしなべて、まったく素朴にも、自分の外側にある、まるで身に覚えのない未知の影響とみなされ、ムハンマドからカルヴァン、ルターからヘルムホルツ〔Hermann von Helmholtz (1821-94). ドイツの生理学者・物理学者〕にいたるまでことごとく紛うことなき決定論者、予定説の信奉者にしたのである。——

大前提から導き出すのではなく、小前提で新たな着想を提示する思考は、論理の変化にならって「帰納法」と呼ばれ、高次の形態として純然たる「演繹的」思考に対置される。一般に帰納的思考は**「天才の思考」**と呼ばれている。そう呼ぶことで、われわれの精神生活の未知なる源泉のことがほのめかされている。この湧水に浴することができるのはたまたまそれを発見した幸運な者だけで、いくら努力してもこちらに招き寄せることはできないのだ。この思考法は、連想を働かせるわれわれの通常の思考とは対立しているものの、その通常の思考へと「帰納」され**導き入れられて**いる。したがって論理学におけると同様に、われわれの経験のなかにも、ありとあらゆる因果関係を愚弄しきったような精神的体験がつきものであり、われわれの物質生活と心的生活をひとしく左右するようなある種の出来事も起こるのである。

唯物論に立脚する近代心理学にとって、われわれの精神生活に突然このような出来事が割り込んできても、さして困った事態にはならない。近代心理学によれば、突発する出来事がことごとくそうであるように、それはあくまで想念なのであって、たんに中間項が欠落し、因果系列の始点が見つからないだけなのだ。ふたたび近代心理学によれば、われわれの思考は、その模写である脳反射と同様に、思考内容を連想していくかたちで進行する。この思考内容はそれ自体も因果系列を形成している。ただし、それは残らずわれわれに意識されているわけではない。この意識されざるものこそがまさしく無意識だというわけである。――私はこう口を挟まざるをえない。ここに開陳されたのは、同時代の思想の営みのなかでももっとも子供じみた、もっとも幼稚な部類に入るものだ、と。「無意識の想念」が存在するなどと口にする者がいったいどこにいようか？　思考されざる思考とは形容矛盾《コントラディクティオ・イン・アドイエクト》でしかない。同時に主張されて相互に打ち消し合うのである。想念が精神的な何かであるとすれば、それは意識されている。なぜならわれわれは意識という性格を帯びないかぎり精神的なものを知ることはできないからだ。かたや、想念が精神的なものでないとすれば――思考対象という概念に関連づけられる語なのに、いったいなぜ想念という用語をわざわざ使うのか？　むしろ、なぜ機能という術語を用いないのか？　だが、そうなったら心理学は、唯物論の縄張りにつきあたって、手痛いしっぺ返しを喰うことだろう。なぜなら、脳反射の機械的な領域に心的なものが侵入してくることなど、筋金入りの唯物論者なら夢想だにしたくないからだ。つまりここにも、すでに先に咎め立てしたのと同じ、われわれの思考の曖昧で不明瞭な点が見られるのだ。もっともある面では「無意識の想念」は、なにがしかの精神的なものを帯びるべきだろう。さもないと、「無意識の想念」は心的な因果連鎖のなかに登場することができないだろうし、「閃き」や「強迫観念」を連想の鎖列から意識的に脱落した環と説明できないからである。しかるに別の面ではまた、「無意識の想念」は精神的なものを**何一つ**帯びるべきではない。さもないと、これが精神的なものとしてわれわれの意識内に帰属することになってしまうからだ。「無意識の想念」はまさしく意識内には存在しないのであり、存在しない理由が説明されなければならないのだ。かくして、連想ならざる強迫観念、「閃き」が、いったいどこからわれわれの思考に芽生えるのかという問いに対して、「無意識の想念」を指摘しただけでは、けっしてその回答にはならない。かえってこの問いは、因果律を迂回する二元論的な概念の曲芸に目を奪われているさなかに、さっさと不問に付されてしまうのである。(2)

さて、**幻覚**について考察することにしよう！——周知のように、幻覚そのものはあくまでも生理上の健康の範囲内で起こる心的な出来事である。したがって、ここではかならずしも精神医学上の問題だけを相手にしているわけではない。私の思考のなかに侵入してくる幻覚は、純粋に精神的な働きではなく——経験に即して語るなら——外界への投影と結びついている。したがって、幻覚は**現象**の領域に帰属する。幻覚の生理学的発生については、精神科医も心理学者もみな意見は一致している。幻覚は、脳皮質もしくは想念の中枢で惹起される。生理学的にいえば、幻覚——中枢における事象としての幻覚——は、知覚と同じである。すなわち、「外的」刺戟を感覚によって受容した結果として生じる知覚と何ら変わるところはないのだ。そしてここから幻覚が外界に投影されるのだ。それゆえ、私が幻覚に見る一本の樹木は、私の脳もしくは私の想念の中枢における過程として発生してくる。そして、この幻覚がそこから外界へと置き換えられると、私にはその樹木が見えるのに、わが隣人たちにはそれが見えないということになるのである。それにしても、通常ならば外部から内部へと進んでいくはずの過程——外界に実際に存在する一本の樹木が私の眼に刺戟として働きかけ、私の脳の内部にまで伝達され、ついにはそこで一本の樹木として見えることになる——が、いまやいきなり逆方向の進路を辿り、幻覚のように内部から外部に向かっていくのは、いったいどういうわけなのか？　これはひどく奇妙であるばかりでなく、神経生理学に関するわれわれの知識のどれとも相容れない話だ。のみならずまた、大脳皮質機能の局在定位に関する実験によって明らかになったように、たとえば視野のような脳皮質の感覚部位における刺戟は、けっして視る行為や光の知覚を末梢部に喚起することはない。一方、これとは逆に、たとえば視神経断端のような末梢部における刺戟は、かならずや中枢部における視知覚を覚醒させるのである。さて、それでは幻覚において進路の方向があべこべになってしまうのはいったいどうしてなのか？――この点についておそらく心理学者ならばこう答えてくれるだろう。幻覚によって生まれた樹木を、それが実際に見えている外界に置き換えてみたところで、これには機能的な意味しかない。つまり、この事象は幻覚を解釈する場合にしか通用しない。むしろ真の事象は、中枢でのみ進行しているのだ、と。これに異論はない。ただし、そうであるならば、現実上の樹木と幻覚上の樹木の相違は、いったいどこにあるのだろうか？　というのも、幻覚の場合であれ、正常な感覚の場合であれ、知覚中枢の過程は共通であるはずだからだ。そもそも、この**外界**とうまく折り合いをつけられるのだろうか？　外界の現実知覚はひとえに私の内面の中枢で進行している過程にほかならないのだから、どうして私は**外界**を**内面**世界とは感じないのだろう？　唯物論者の主張どおり、私が外界を、まず外部から内部に向かって感じ、それからふたたび内部から外部へと置き換えるといったことがいったいどうして生じるのか？　というのも、上記の内部から外部への径路が幻覚者には遮断されている上に、先にも述べたように、この径路は、伝導回路の生理学的根拠からして容認できないからだ。――それゆえ、ここには二者択一しかない。まず、私の中枢における知覚が、外界として、実際に外界へと置き換えられるのであれば、同じことが私の幻覚（幻覚は、正常な知覚と同様、中枢の過程とされる）に対しても妥当するはずである。しかし、もしそうだとすると、幻覚は外界の知覚とまったく同一であることになる。さらに、正常な知覚のための径路、すなわち、外界から私の内面の中枢にまでいたっていると推定される第一の径路は、余計なものでもあれば、蓋然性がないものにもなってしまう。なぜなら自然がまったく同じ一本の径路を一度は進み、そのあとでふたたびまた引き返してくることなど、およそ想定しがたいからだ。

もしこの最初の選択肢でないとすれば、中枢における知覚内容を外界に置き換えるための径路は、幻覚には無効であるということになる。そうだすると、この径路は、正常な知覚に対しても無効になる。正常な知覚も同じく、外界で見られ、中枢過程に関しては、幻覚と何ら変わりはない。したがって、知覚は外界ではなく、もっぱら私の内面で生じているということになる。ところが、知覚は実際に生じているのだ。そこで残るのは最初の選択肢しかなくなる。つまり、正常な知覚も幻覚も同じように、内面から外界に投影されるということだ。だが、それでは私の内面に外界が侵入してくるという第一の径路が不要になってしまう――こんなことは考えられないことであり、はっきりそうとわかるようなかたちで起こっているわけでもない。なにしろ樹木が私の頭のなかに実際に侵入してくるわけではないのだから――**したがって世界とは幻覚なのである**。

世界が私の思惟にとって一つの幻覚であるとすると、経験重視の人間である私にとって、それがないと家事もままならない私の五感にとって、世界とはいったい何なのか？——**一つの幻影**である。——たぶんこれは何ら新しいアイデアではないだろう。ブラフマー〔シヴァ、ヴィシュヌとともにヒンドゥーの三神一体（トリムールティ）をなす重要な神。仏教名は梵天〕からカントにいたる観念論の体系はいずれもそう考えている。——しかしわれわれはそれで一件落着にしていいのか？——とんでもない！　ふと疑問が浮かんでくる。どのようにして世界は私の頭のなかに幻影として入ってくるのか？　どうして私は、自分の思惟のなかで世界を知覚しているかのような幻覚を抱くのか？　私の精神に宿る不眠不休の労働者ならこう問うことだろう。なぜ？——どうして？——淫靡な幻覚の数々、現象としての幻覚、強迫観念、暗示作用を説明する——世界を幻覚として説明するのではない。それは形而上的研究だから——ために、近代の心理学者たちは、「下意識［Unterbewußtsein］」の理論——つまり、イギリス人のいわゆる「識閾下意識［subliminal consciousness］」、フランス人の「潜在意識［sous-conscient］」の理論——を唱えている。私の思考への突然の侵入は、あたかもこの下意識ですべて説明できるかのようだ。さて、異論があるのを重々承知の上で、私は、経験という脆弱な領域に属している人間の一人としてあらためて論証することにしよう。ただし、われわれが「下意識」に対してつきつけるのとまったく同じ問いを

「無意識〔Unbewußtsein〕」に対してもつきつけなければならないことは明らかだろう。ある一つの閃きは、いったいどのようにして「下意識」から「上意識〔Oberbewußtsein〕」に達するというのだろうか？　因果関係を無視した論理の飛躍をあえてしたくないなら、「下意識」と「上意識」という二つの中心は、連想をつうじて結びつけられているにちがいない。では、上意識でも下意識でも「**意識された**想念」がこうした軌道に沿って下から上へと滑っていくとなると、私はいったいどのようにして自分の上部思考でこの「意識された想念」を「**閃き**」とみなすにいたるのだろうか？　いったいどのようにして私の思考への侵入、「無意識」から生まれた何か、「幻覚」とみなすことになるのだろうか？　というのも、私がそれを「閃き」だと思うことができるのは、この「意識された想念」が、あらかじめ意識を付与されていない、連想ならざるものとして特徴づけられているからだ。とはいえ、この二つの意識領域は二つの自我や二つの人格と同じような関係になっている、と述べてみたところで、問題はいっこうに好転しない。いまかりに、げっそりと痩せこけて骨と皮ばかりになっている二人の非の打ちどころのない教養人がいるとしよう。すると、この二人は、身体構造上、たがいに隔てられているので、二人の結びつきは不可能であり、二重の意識の対立はなくなっている。さもなければ、むしろ二人はつながっていてさまざまな連想が両者のあいだで往来していることになる。もしそうだとすると、意識を**及ばせる**この機能は、意識を付与された機能と**理解**せざるをえない。そして、「閃き」は、因果律と無関係に私の思考に侵入してくるものとしては、知覚できないということになる。――だが、「想念」すなわち機能が、さらに下方の領域で**無意識**のまま眠っている（ということは純粋に物質的な反射である）というのであれば、いったいどのようにしてその「想念」は——上意識か、さもなければ世界のどこかで——**意識**化されるのだろうか⁉　というのも、物体から意識へと移行するというこのデカルト以来の問題——デュ・ボア＝レイモンの「われわれは知らない《イグノーラームス》！」という言葉とともに、今日の自然科学者たちは、あらためてこの問題を肝に銘じることになった——は、われわれにとってはおよそ論外なのだから。——したがって、ここに救いの余地はないのだ。催眠術師や心理学者たちは、たとえば「無意識に数をかぞえる」、「無意識に字を書く」、「無意識にメモをとる」といった、われわれの心理の二重性や多重性に関して魅力的な研究を行なっている。こうした研究はいずれも現象に属するものなので、私の経験生活にとって実際上の区別として役に立つかもしれない。たとえば、私が感じる緑樹から、樹木の緑そのものを区別するというように、話の便宜上《ロクエインディ・グラーティア》、外界に対する私の**知覚**から、外界そのものを区別するといった具合だ。——しかし、私の**思考**、私の形而上的研究にとっては、こうした区別は何の役にも立たないのだ。なぜなら私は**思考する者**として、こうした区別のいずれも理解できないからだ。こうした区別は私の思考に耐えうるものではないのだ。

　こうして私はまた振り出しに戻ってしまう。自分の思考に舞い込んでくる「幻覚」やインスピレーションを第二の意識領域〔下意識〕から説明することもできなければ、ましてや、物質的実体から生じているとも考えられない。そのため、依然として私は同じ問いに向き合っている。「幻覚」**そのもの**はいったいどのように生じるのか——私が幻覚として、因果関係と無縁な知覚として認識している世界は、いったいどのようにして私の思考のなかに生じてくるのか？——この問いに答えようにも、むろん私には一つの側面、つまり世界という側面が閉ざされている。なぜならすでに述べたように、この領域にはただただ幻影が一面に蔓延していて、私の幻覚はその拡がりのなかに発現しているからだ。つまり——空間的に表現して、現象界以外では無効であるにもかかわらず、私の目線の延長上に位置する方向を示すならば——私の**前方**で道は閉鎖されている。私に残されているのはもっぱら——またしても幻影として語るなら——私の思考の後方に続く道でしかなく、私の「閃き」がいったいどこに由来するのかという点について私の因果律への欲求を充足させるのは、この道しかないのである。その背後にいったい何がひそんでいるのだろうか？　それこそが、私にとってまことに尋常ならざる出来事の源泉であり、私の思考でも現象界でも私の人生全体を左右する事実である、なにがしかの思考するものなのか？　それとも精神的なものなのか？　心的なものなのか?——そんなバカな!　なぜならもうそうだとすれば、私は連想の糸を後方につなげたことになり、私に精神的な何かを唯一伝えてくれる意識をつうじて、閃きの由来を後方に辿ることができよう。となると、これは「閃き」ではなく、一連の思考なのである。だがまさしく思考こそ私に欠けているものなのだ。そして、私をかくも仰天させるのは、私の心理のなかに閃きが脈絡もなくいきなり侵入してくるということであり、私が究明したいのはそのことなのだ。だから何か心的なものだの意識だのを私は私の思考の背後に仮定することはできない。ましてや心理ならざるもの、無意識的なもの、物質的なものなどは論外である。なぜならそうなると私は、無意識の領域から意識を引き出そうとする催眠術師の誤謬に陥ってしまうからである。とはいえ、心的なものでも、思考されたものでもなく、ましてや身体的なものでも、物質的なものでもないものとは、そも何なのか?——

われわれは、たがいに理解し合うためにかならず言語をつうじて現象界からの模像を利用している。これはわれわれの思考の避けられない形式であり、ある種の——私の思考体系で私の考えを表現するための——私なりの幻覚、私なりの表出なのである。また、私の思考ではもはやこれ以上、にっちもさっちもいかない場合や、私の思考を現象界にうまく表わすことができない場合にも、私は、その抵抗や八方塞がりを示すために、あいかわらずこの現象界から借用してきた音や表現を使っている。——この現象界に属する私の隣人たちと意思を疎通し、私が考えていることを彼らに知ってもらうには、これしかやりようがないのである。

したがって、実際にもしここで私がどうにも身動きがとれなくなれば、私には現象界から譬喩を援用してくる権利もあればいう義務もあるということになる。かりに私がこれと決めたある道に沿って街を通り抜けようとしたところ、私の目の前に突如として柵が立ちはだかって先に進むことができないとしよう。そんな場合、私は、柵のせいで、その通りを立ち去り、したがって予定していた道順を諦めることにするのだが、それでもなお柵に攀じ登ってその向こう側を眺めることができるし、ことによると柵を乗り越えることだって可能なのである。乗り越える、とはラテン語では tran-scendere である。そして、ここから派生してきたのが哲学における超越論的《トランスツェンデンタール》という用語である。これは、思考においても現象界においても、経験領域を立ち去った、もしくはまさに立ち去ろうとしている私のような研究のことを指している。われわれ自身が直面しているのはまさしくこうした超越論的な問題なのである。そこでの問いとは、すなわち、私の思考の奥にはいかなる源泉が隠されているのか、ということだ。従来までのさまざまな研究によれば、そうした源泉は意識的性質も物質的性質も帯びてはならない。しかし、この源泉から明らかなように、ここに見出される意識内容は、連想をつうじてではなく、私の思考に不意に舞い込んでくるというかたちで生じてこなくてはならない——こうした研究では、依然として私の思考内部で疼いている因果関係に対する欲求が絶対に必要不可欠なのだ——。この問いには次のように答えることができる。すなわち、**これは一つの超越論的根拠であり、超越論的原因である**、と。つまり、原理なのだ。とにかく何かなのだ。いずれにせよ、この事象が私の経験の彼方にあり、その名が現象界に由来していることさえ忘れなければ、この事象に好きなように名前をつけてかまわないのである。

このようにして得られた超越論的な原因《カウサ》、私の形而上的原理を、下意識と呼ぶことさえやぶさかではない。というのも、私は、自分のふとした思いつきや自分という存在の源泉を、自分の意識の――空間で表現すれば――背後もしくは下に移しかえているのだから。ただし、いわゆる実験心理学者なる連中が、下意識という表現をとうの昔に、行き当たりばったりで、何か意識に類するものの意味に用いていたり、物質や機能に似た意味で用いてさえいなければ、の話である。私がそのような意味でこの語を使うことは断じてありえない。あるいはまた、私は自分の原理を無意識と呼んでも差し支えない。ただし、哲学者たちですらすでにこの表現を無責任きわまりないやり口で誤用していなかったならば、の話である。はたまた、ア・プリオリな思考、さもなくば純粋理性と呼んだってかまわない。ただし、この哲学用語を使うにあたって、当面の目的には余計な、きわめて厳密なカント分析がかならずしも前提とされないで済むのであれば、の話である。とはいえ、私はこれを**神霊**《デーモン》と呼びたいと思う。一つには、これを、**霊感を吹き込み**、**ひたすら前に突き進む**、**実効力のある創造**原理の概念と結びつけたいからである。また第二には、ソクラテスのことを想起させながら、**幻覚的なもの**、あるいは幻覚に現われてくるものといった性格と結びつけたいからである。さらに第三には、**個人的なもの**という概念（ここでは、私の研究の出発点としての創造的精神《ゲーニウス》に類するもの）と結びつけたいからである。なぜなら私が明らかにしたいのは**私の**思考であって、他の人々の思考ではないからだ。頼みの綱は**私の**霊感だけなのであって、隣人のそれではないからだ。――ただし、霊感といっても断じて古代ギリシアの神話のような意味合いで理解してもらっては困るし、ましてやキリスト教のいわゆる神学のような意味にとってもらっても困るのだ。むしろ端的に、形而上的原理という意味に解してもらいたい。この原理に対しては、人それぞれそのほうが自分にしっくりくると感じるような名称を択べばいいだろう。私としてはブラフマーという名で呼んでもかまわないと思っている。(3)

II　神霊主義《デモニスムス》

第十一章

さて、前章で想定された神霊《デーモン》という超越論的原理の側から見ると、私の思考やこの世界の実体性は、いったいどのようなかたちで想像されるだろうか？　私は超越論的な意味での神霊を始動因《カウサ・エフィキエンス》と想像するしかない。もっとも神霊の働きは私にはまったくわからない。かりにこれを知ることができるとすれば、現象界から見分けるほかないが、しかし現象界というのは、私にとって、私の知覚、すなわち幻覚にとっては、私の拵《こしら》え物であって、こんな妄想の産物からは、神霊について何一つわからない。——さもなければ、私は神霊を思考から見分けるほかないが、しかしまさしくこの思考に私は、自分の閃きや幻覚といったような脈絡のない事象を認めるのである。したがって、原因がもはや皆目見つからないものの、一つの原因が必要とされるような、つまり超越論的な原因というかたちで必要とされるようなぎりぎりの限界に、私は神霊を想定する。してみると、神霊はかえって謎に包まれるし、私は神霊を謎めいていると形容しても差し支えないだろう。というのも、私のごとき知能では、神霊にもっとましな、あるいはもっと明確な説明を提示することはできない相談なのだから。それゆえ、神霊というものは、因果律を求める私の現世的な思考やこの思考に依拠する現象界を説明するために、やむをえず超越論的なものから獲得された要因なのである。——

しかし、私の現世的な思考、私がじかに観察して知っている現象としての私の思考、また、この現象と結びついた外界といった領域では、事情はいささか違っている。ここではもう私は、原因のない出来事、すなわち、私の思考に反する出来事を許容することができない。私の思考や現象界という迷宮に足を踏み入れるにあたって、私が自分の目標に達することができるのは、たぐるべきアリアドネの糸を自分の**背後に**結わえつけてからなのであり、またそうでなければならない。かくしてこそ、私に霊感を与える神霊から最後には私の現象界の微視的な観察にいたる、遺漏のない筋の通った因果の連鎖、**一筋の**連想を築くことができるのである。しかし、ここで私の行く手を阻むとともに、これまでいずれの時代にも最良の頭脳の持ち主たちが取り組んできたもっとも厄介な問題とは、肉体と精神のあいだの対立を解消することであり、思惟されたものが延長されたもののなかに入り込むことであり、思惟と現象界の二元論であり、デカルト的問題なのである。一例を挙げるならば、肉体面で私の腕を刺したときの痛みが、私の思惟のなかで意識されるということ（痛みの感覚）がどうして起こるのか。あるいは、外界の一本の樹木は、どのようにして私のうちで樹木の観念になったのか。——私は物質から観念を形成することはできない。さもなければ、私は、観念をただちに物質に還元した唯物論者や、意識を無意識からつくりあげる今日の心理学者のごとき誤謬に陥ることだろう。しかし、私の思考にとって物質から観念に飛躍するのは無理なことである。もしそんなことをすれば、われわれは、デカルトや近代の自然科学全体、さらにはその根本的な前提にも逆らうはめになる。逆に、物質を観念からこしらえるのは、私にとってはなおさらありえないことである。なぜなら、そんなことは、私の思考のみならず、ありとあらゆる経験、そしてまったく通俗的な見解にも反するものであるし、暖炉の観念が暖炉というものになるなどとは何人たりとも信じはしないからである。この場合、私に唯一残された選択肢は何だろうか。私は、事物の観念と外界にある事物そのものとを、自分の内心で生じる**一つの**過程として想定しなければならない。したがって、外界にある樹と私の内なる樹の観念とは、同じもの、同一の過程なのであり、両者は――譬喩的にいえば――同一の場所で生起している。そして外界全体は、私の内面に入り込んでいる。――こんなことは前代未聞ではないだろうか？――いや、断じてそんなことはない！　バークリー以降、たとえばカントやフィヒテやショーペンハウアーのように、あらゆる近代哲学は、全面的にであれ部分的にであれ、外界の実在をくりかえし否定してきたし、ある場合には経験の原因を根拠に、またある場合には思索に迫られた結果として、創造というわれわれの心理の一特性を世界像が現われる究極因とみなしてきたのである。しかし、われわれは日々、自分の経験世界で同じ現象に直面している。**幻覚者**は外界に人影らしきものを見る。幻覚者の心中にはその人影の観念があり、彼は、われわれが実際にいる人物に対してふるまうのとまったく同じようにふるまっているのである。しかも、この人影を彼から払拭させることはおよそ無理なのである。ところが、**われわれにとって**は、この人影は実在しない。――われわれが幻覚者にまさっているのと同じように、われわれを凌ぐような知能がもしかりに存在しているとするならば、この知能は、外界は実際には存在せず、われわれの幻覚なのだと告げることだろう。ちょうどわれわれが幻覚者に、君が見た人影は実在せず、君の幻覚なのだと説くように。むろん、われわれは、幻覚者がわれわれの言い分を信じないのと負けず劣らず、そんなことを信じないだろう。なぜなら、われわれと幻覚者のいずれも強迫観念に縛られすぎているからである。ただし、もし前述のごとき知能であれば、こう言い足して慰めとすることだろう。われわれは、われわれの幻覚による世界があたかも現に実在しているかのようにふるまわ**なければならない**。そして、幻覚者が一時そう理解するように、われわれもときにそう考えるだろう——というのも、幻覚は、いまや現代の精神医学や心理学によって、さらにこう定義されているからだ。まず、幻覚の主たる発生については、われわれが行なう事物の空間認識の過程全体と生理的に同じである、と。次に、幻覚の外界への投影については、主として内面、すなわち表象作用でのみ生じ、視神経や、いわんや外界には実際には伝わらないある亢奮として定義されている——私がもはや自然科学に依拠して、私にとってもまた、外界は私の幻覚にすぎないのであり、私が幻覚者と断じた人物と同じくらい、私も幻覚にさらされざるをえない、と類推できないのはなぜなのか。——ここでなお、次のような反論をすることも可能だろう。つまり、なぜ私は、私の世界という幻覚をけっして認識しないのに、幻覚者がときにそれを認識するということが起こるのか、と。——だが、これは——自然科学で考えれば——生物学的な問題であり、発生学的な研究なのである。私が因果律をいささかも感じないということがどうして生じるのか、といった問いについてと同様、私はこの問題についてもはっきりと答えることができない。私に指摘できるとすれば、せいぜい以下のようなことだ。つまり、私が自発的にこの世界を創出し、私のうちから投影しはじめた歴史上の時間には、私はまるで創造主であるかのように無邪気に、情報が提供されるべき時間も、頭脳も、知能も持ち合わせてはいなかったし、私を教え導いたかもしれなかった知能を超えるものとしての神霊《デーモン》は、当時も今も私の力では如何ともすることができなかった、と。そして私は、自分の創造の作業にすっかり忙殺されていて、分析的な問題にかかずり合うことはなかった。しかし、あとになってみると、習慣に呑まれたために、私は、いま自分にのしかかっている気圧の大きさに気づかないのと同じく、自分のしたことに気づかなくなった。かつては、自分が世界の投影によって成し遂げた行為の大きさを漠然と感じてはいたのだが。——

第十二章

このような説明によっていったい何が得られるというのだろうか。経験に基づく人にこの世界がその人の幻覚の産物であると悟らせるという過度な期待を寄せるのが困難である以上、こうした説明をあますところなくしてみたところでいったい何が得られるだろうか。得られるのは、私がとる全面的な立場を解明する鍵である。すなわち、心身の同一、延長されたものと思惟されたものの合致、知覚と外界の一致である。私は思惟されたものをたんに同じ時間《ア・テンポ》だけではなく、譬喩的にいえば、同じ場所《アド・ウン・ルオーゴ》でも思考し、かつ実現する。しかも、私の時間査定はたんに私の内的な推測の結果にすぎないので、私の知覚とその知覚の外界への投影とのあいだには、ずれがあって、私はそれを勘定に入れている。そうすることで、私は、自分の誤った推測によって**時間をも元どおりに**撤回し、時間を、私の知覚に――不可避であるとはいえ――付きまとう錯覚の徴標《メルクマール》とみなすのである。また私は、朝にドアをノックされた刹那に（決闘などを）かろうじて夢に見る睡眠中の人間の状況にある。ノックの音で呼び起こされた夢そのものは、いくつかのエピソードが続いたあとで、夢のなかの一発の銃声などになっている**ノックの音で同じく**終わるのである。すると、眠っていた者は目を醒ます。そのときに、一見したところ、二点の末端のあいだで進行していた夢の長さは、たった一回のノックの瞬間とおよそ同じであることに気づき、その現世的な時間測定に較べれば、それがまったく否定されるべきものであることがわかる。したがって、かの者は、経験的には夢を信じざるをえないし、論理的には自分に属する時間の長さを撤回せざるをえない。——しかし、外界を私の思惟に撤回させることで、私はもちろん**空間**をもまた撤回している。空間という規定は、私の外部にあるものへの投影によってそれが必然的に与えられたのだが、私の空間上の幻覚が私の思惟と合致する場合にはもう無に帰してしまうのである。——しかも、私の身体、私の頭、私の脳髄、私の神経節細胞、私がここで注目している脳反射は、外界の一部であり、私の外部にある他のすべてのものと同じく妄想の産物であるので、私は自分の思惟に引きこもるのである。私にできることといえば、私の前方から何もかも消えてしまった、と自分に言い聞かせることとしかない。とはいえ、摑もうとして背後に向かって手を伸ばし、自分にこう言い聞かせてみる。もし何かがあるとすれば、それは私の後ろにある。それこそ、ここで私をとらえている一つの原理、神霊《デーモン》にほかならない、と。神霊は私を創造する。そしてこの神霊によって、私は不可避的に、何ら自分の罪に苛まれることなく思惟し、自分を空間化ならびに時間化し、私によって間接的にのみつくられたこの世界を眺めざるをえないのである。私はひょっとすると、この世界に対して、同情や侮蔑の念しか抱かないかもしれない。——しかし私は、こうした背後との絆をもっとしっかりとかたく結わえつけざるをえないのである。

実際、諸国民の宗教が直観的に発展してきたのは、こうした超越論的な趨勢においてなのである。あらゆる宗教には、前方にある世界のうちに無を、背後にある超越論的なもののうちに森羅万象を求めてきたという共通点がある。しかし、民衆は、この世界の色や形のほかに何一つ想い浮かべることができなかったために、おのれの原理を個別化し、かつ擬人化して、神々を創り、金糸刺繡の草履や豪奢なビロードのガウンを着せ、過度の人間的な特性を付与したのである。しかし、哲人がいたところでは、たとえ民衆には理解しがたく近寄りがたい秘教を介してではあれ、衣服や肉体もろとも神々は撤回された。哲人は、インドラ〔インド神話における英雄神、雷を操る雷霆神〕の天上界をすっかり破壊したバラモン〔インドのバルナ（社会階層）の最高位で、司祭者。祭式と教育を独占する特権階級〕のように、神々に代えて、思索者としての哲人に唯一残されたもの、すなわち超越論的な原理を打ち立てた。インドの哲人のこうした偉業は、西欧にけっしてひけをとるものではなかったのである。(4)

第十四章

しかしながら、自分の神霊《デーモン》を発見したら、諸君はもはや天涯孤独ではないだろう。対話してかまわないが、自分の思惟を導き励ますこの他者に諸君は責任を負わねばならない。そもそも、思惟しているのは諸君なのか？　否。では、自分の思惟を全力で阻止できるのか？　これまた否である。思惟の内容を決めているのは、はたして諸君の意思なのだろうか？　断じて否である。では、ともかくもあるがままの取決め《アランジュマン》をただただ甘受しなければならないのか？　いかにもそのとおり。たとえ錯覚であるとはいえ、「前後関係と因果関係の混同《ポスト・ホック》〔時間的関係にあるものすべてが因果関係を持つとみなす虚偽〕」に基づいて、自分と神霊を区別すべきではないだろうか？　この錯覚に加担しなければならないのだろうか？　要するに、とことん神霊と対峙しなければならないのだ！　万が一、諸君がみずからの「分身《アルター・エゴ》」、みずからの「よりよき自我」の声を理解しないなどということがあれば、それは不可思議なことにちがいない。おのれの神霊を「良心」、「直感」、「霊感」、「衝動」、「内なる命令」と名づけてみたまえ、あるいは、いつものように、孤独のうちに遁れてみたまえ、さもなければ、人混みの喧騒に身を投じてみたまえ。そうすれば自分の神霊を身近に見出すだろう。ほかでもなく諸君の内なる感覚は鈍って、欺瞞に充ちたこの世とのがさつで実利的なやり取りのなかに埋没してしまっているのだ。

――「われ曙の翼をかりて海の涯にとどまるとも、かしこにてなお汝の御手、われを導き、汝の右の御手、われを保ちたまわん」（詩篇第百三十九篇第九―十節）。――神霊が語りかけてきたら、その責任は諸君が負って神霊に釈明しなければならない。たとえ神霊の性格がいつもどおりでも、現世の道徳の立場からその「良し」「悪し」をいわれても。怖がらなくてもいい。神霊は、似たり寄ったりの凡俗の教師たちや、どこぞの「国家」や「社会」の倫理条項には手の届かない存在なのである。たとえこの世界の「物事の秩序」が、究極の始動因《カウサ・エフィキエンス》としての神霊に還元されるべきであるとしても。諸君は、逆戻りの推論で現状のものを拠りどころにしてはならない。むしろ、生きて活動する者として、前向きに推論して、神霊を拠りどころにしなければならない。神霊は諸君のために存在している。しかも、諸君は、神霊と一つとなってこの無知蒙昧なる世界に挑んでかまわないのである。ここで諸君を取り巻いている淡青色の瞳をしたこれら仮面どもやご自慢の昼食に向かって諸君に前口上で長々と蘊蓄を傾ける眼鏡をかけた自動機械どもを軽蔑してもいい。すなわち、諸君は、**この神霊**を神聖に扱い、**神霊**のために死ななければならない。諸君は、交代を繰り返す王室一門との誓いを守ったり反故にしたりする、申し分のない社会の一メンバーであり、実直な一国民でなければならない。諸君は社会のことを嘲笑ってもいいし、諸君の奥深くにある「人類《ゲヌス・ホミヌム》」の一人とみなしてもいい。――もし諸君が自分の神霊に同意《ダコール》するのであれば。――

第十五章

思惟のなかで与えられ思惟と同時に生じる同一のプロセスとして外界をとらえるというのは、経験を重んずる人間にとってはつらい要求である。とはいえ、この要求は情け容赦のないものである。これは、魂と肉体の結びつき方をめぐる千年にも及ぶ問題を調停できる唯一の可能性なのである。デカルトは近代人に対して情け容赦の微塵もなくこの問題をあらためてつきつけた。そして、スピノザは、純粋に概念的な絶対命令によりこれを無効にすることで、なるほど表向きはこの問題を解決したものの、それは目に見えるかたちでの解決ではなかった。というのも彼の教説の主要命題によれば、延長されたもの（res extensa）と思惟されたもの（res cogitans）は、片側ずつから見た同一の実体（能産的自然《ナトウーラ・ナトウランス》）の属性にすぎないのである。この教説によって彼は、神もしくはスピノザ本人にほかならない現世の埒外に位置する観察者、俗世を超越した知能を示している。そして、われわれはどんなに努めても、この存在について、それが延長されたものと思惟されたものを観察のなかで統合していることを把捉することができない(5)。これに反して本研究では、心の本性が示される。すなわち、多くの人々が体験してきたが、だからといって病気になるというわけではない直接の内的経験や、思惟されたものと延長されたものが事実上ひとつのプロセスに統合されている幻覚である。

第十六章

現象界からつねに遡行しようとしていたというのは、唯物論者でなく、精神物理学者の大きな間違いであった。彼らはいつも物質から遡行して心理《プシユケ》につきあたると考えていた。彼らが外界において客体からその知覚へと向かおうと、脳内において神経節細胞から想念へと向かおうと、それはどうでもいいことであった。もっとも、本来は前に向かうべきではないんだ、と彼らはいつもの失敗のあとで自分に言い聞かせなければならなかったのだが。というのも、彼らにはやはりいくぶんデカルト的なものが残っていたのである。彼らは、橋の上にいながら自分の目の前の水流を眺める人のような厄介な立場に立たされていた。彼らが味わうのは、自分たちが橋や河岸もろとも逆方向に動いているかのような錯覚である。ところが、彼らが視線を上げるやいなや、すべてがあいかわらず元の場所にあるのを認めるのである。帰納的推論によってわれわれが物質から心理《プシユケ》につきあたることは断じてありえない。むしろわれわれは、バークリーやカントが試みたように、前進をつうじて心理《プシユケ》から物質へと原因をつきとめていかなければならないところだろう。なぜなら、われわれの感官のエネルギーの探究からわかるとおり、外界のあらゆる側面はその（感官の）機能に含まれているからである。したがって、林檎の甘い味が、林檎にではなく私の舌に、私の舌ではなく私の味覚神経に、私の味覚神経ではなく、味覚神経によって処理される脳髄の脳皮質部分に、さらに、この脳皮質部分ではなく、私の**想念**のうちにあることが確認されたあとでは、こうして獲得されたたしかな成果が以下のように公理化されるのもやはりもっともなことだろう。すなわち、林檎の味とは想念から林檎に移された何かなのであり、林檎の甘味が必然的にこびりついている脳内へと、林檎の甘味を外界からくりかえし口と神経を介して運び込んでいるわけではない、ということである。というのも、脳の一部からどのように想念が生じているのかは、誰にもわからないのだから。であれば、私が林檎の甘味の代わりに、「刺戟」といおうが、「運動」といおうが、とどのつまり、それはたいしたことではない。しかしながら、想念から外界の林檎へと甘味の感覚が拡がるという結果が確証される——そこまでいけばすでにカントの超越論哲学である——ならば、心的なものから物的なものへの飛躍もまた生じえない以上、外界ともども、物的なものそのものは、心的なものに蔵した核として、心的なものとともに与えられた所与として認識されなければならないのであり、外界の物体性と空間性は、幻覚として理解されなければならないのである。——

それゆえ、屍体から摘出された脳をじっと睨みながら、そこに思考の残滓を発見しようとする脳解剖学者は、その考え方ゆえに、ネガ銀板を観察することによって本性——光の本性——について推論しようとする写真家と同じ誤謬を犯している。両者とも目の前にしているのは、プロセスの半分——前者は脳の塊、後者は銀塩——にすぎず、彼らの追究するプロセスがけっして起こらない土台にすぎないのである。というのも、思惟は脳として生じるわけではないし、光波も銀塩として生じるわけではないからである。誰一人として帰納法によって物質から逆推論することはできないだろう。ところが、当該のプロセスがけっして起こらないような被験体——なぜなら外界には思惟がないのだから――にそのプロセスを探究する愚を脳解剖学者はいっこうにあらためようとしていないわけなのだ。もしそうした誤謬があらためられないというのならば、水中で燃焼のプロセスを調べようとすることも可能だろうし、暗闇のなかで色を調べることも可能だろう。何も見えはしないというのに。

われわれの眼球の水晶体を介して眼底に**倒立逆像**で映り込む外界の諸対象は、われわれには**正立正像**として見られている。そんなことがどうして起こるのか。この問いに答えることは、唯物論者や唯物論的な生理学者たちの頭をつねに悩ませる一つの難題であった。それに対してはたいてい、精神と肉体が依然として峻別されている**二元論**式の回答が繰り返されてきた。つまり、われわれの肉体は、外界にあるにもかかわらず、自分には同じく「逆立ち」の視点で現象するのであり、何もかもが逆転しているために、これと符合し調和するように、あらゆるものが現象してくるのである、という答え、あるいはまた、ある対象の視覚像とその当該の対象感覚とは何よりもまず一つに「融合」しなければならないのであり、そこではもはや「上」「下」はコントロールできない、といった答えである。この問いに対しては――というのも、重要なのは問いなのであって、その答えではないのだから――すぐにも以下のような異論や反論が容易に想像がつく。曰く――私が見ている対象、たとえば、樹木は、私が見るからといって、私の脳、ましてや私の想念に入り込むわけではない。樹木の想念は、外界にある樹木そのものとは似ても似つかぬものであり、まったく異なった媒体で生じる事象なのである、と――ただ、この反論は依然として**二元論**式の解釈の範囲内にとどまってはいるのだが。とはいえ、こうした反論や異論は、私の知るかぎり誰一人思いつかなかった。

正立視をめぐる生理学者たちの論争は、科学者自身がわれわれの諸感覚の純粋に主観的な契機を見通せないことを証明しているにすぎない、とヘルムホルツが述べているのも至極もっともなことである。——われわれの外界知覚が外界へと逆投影されるはずはない、といったこれまた依然として二元論にとどまっている**おざなりの**反論を論評するにあたって、ランゲ〔Friedrich Albert Lange (1828–75). 新カント派の哲学者〕(『唯物論史』第三版、一八七六)だけが認識論的な主張にまで踏み込んでいる。つまり、**おざなりの**見解では「われわれが知覚する空間はわれわれの意識の空間にすぎない」と結論づけられており、したがって、ここでは**外界が否定される**ところまで踏み込んでいるのである。ただし、この見解がランゲ本人の意見というわけではないのだが。

われわれの解釈によれば、さまざまな事物が正立視される理由に対する問いそのものがほとんど不可解としかいいようがない。なぜならば、思惟それ自体のなかで思惟とともに生じるプロセスとして外界を認識したあとでは、外界のある事物が外界の別の事物に「下を上にして」映ろうが、「右手と左手がたがいに入れ替わって」映ろうが、それはわれわれにはどうでもいいことなのである。われわれにとっては、それに負けないくらい意義深いと思われる問いがある。たとえば、写真機の暗箱《カメラ・オブスクラ》のなかで逆さまに見える対象がこの装置の外ではなぜ直立になるのか。あるいは、水に差し入れた棒がなぜそこで屈折して見えるのか。あるいは、ある人の手が鏡像では左手なのに、外界ではなぜ右手なのか、等々。——

第十七章

外界が否定される！——実際、これは、われわれの見解の自明にして不可避の結果なのである。ただし、すくなくとも、これを唯物論的な外界と解した場合ではあるが。つまり、われわれの思惟の外部にあってわれわれの思惟から独立して与えられる空間的な世界のことであり、この世界の諸対象がわれわれの思惟に影響を及ぼすというわけである。ちょうど幻覚者の「人影」を否定するように、われわれが否定するのはまさしく**こうした**世界のことである。われわれの世界は、われわれの思惟にとっては一つの幻覚である。思惟と同時に幻覚にとらわれているわれわれの肉体が、われわれがいま現在行なっているこの思惟と分かちがたく結びついているときにはなおさら、われわれはともかくも幻覚に頼らざるをえない。それゆえ、われわれは幻覚にとらわれた世界を否定しているわけではない。そうした世界は、払拭しきれない錯覚なのである。もっとも、錯覚だと認識したところで、それはわれわれの思惟にとってのみ意義のあることなのであって、たとえそうした認識の下でも錯覚という点を除けば、この世界の諸現象そのものはしかし、この世界とわれわれの思惟との外見上の関係におけるそれと何一つ変わらないままなのである。——われわれが考えている外界とは、さながらオデュッセウスのごとく眠っているうちに漂着することになったわれわれには未知の絶海の孤島のようなものである。そこでの人間、彼らが用いる言語や記号や身振りや貨幣は、けっしてわれわれのそれと同じではないと重々承知しているにもかかわらず、それでもこれらは、われわれが活動し、たがいの意思を交わし合い、みずからの露命をつないでゆく唯一の可能性なのであり、われわれは好むと好まざるとにかかわらず、こうしたものを用いざるをえないのである。われわれには以下の点についてだけは一点の疑問の余地もない。すなわち、この島という世界――外界――がわれわれの世界ではないということ、そして、われわれの故郷――思惟――とのなにがしかのつながりがあった、もしくは、つながりを保っているのであり、さもなければ、われわれがここに存在することはなかっただろう、ということである。私がこの島という世界を私の現実の島とみなし、この島に安住するか、それとも、この島にはなじめないと感じるかは、ひとえに船や故郷――直感――に対する私の記憶の強さに拠る。――

第十八章

私の肉体や私の活動という点について——たんに私の肉体だけでなく、この外在化された肉体と同時に与えられた私の思惟や、この思惟のなかで与えられる私の理論や世界観についても——私がこの仮象世界を現実の世界として受け入れるならば、自分以外のもののせいで想像を絶する数多くの謎に自分が直面させられてしまうということは、自明であり、あえて極論すればそれは回避できないことなのである。こうした数々の謎のうちで最大の難問はおそらく、外界の諸事物が私の心理にじかに影響を及ぼしているとどのようにして私が考えるにいたったのかということである。——しかし、いまこの件について疑義を呈する論敵とあらゆる論戦を交わす際、私は、この現象界の記号や合意事項——したがって、錯覚の領域——に基づいている。錯覚の領域が論証されたり反証されたりすることで、たしかに私の理解は助けられたり、ぐらついたりするものの、けっして私の思惟の確実性に触れたり、それを危うくしたりすることはない。また同様に、先に仮定したかの島で見ず知らずの人々と理解し合おうと試みて結局目的を遂げることができなかったとしても、私があとに残してきた故郷の確実性はいささかも動じないのである。

外界から心理が受ける外見上の影響の事例のうち私がどのような特殊なケースを択ぼうと、それはまったくどうでもいいことであり、いずれの場合でも難問であることに変わりはない。とはいえ、もっとも明白な事例の一つとして、私はアルコールやハシッシュの中毒症状を択ぶことにする。ここでわれわれの心理に対する中毒作用について、われわれが前提とする超越論的な原理の影響と解することに懐疑的になる向きもあるだろう。なぜならここでは「外的」原因と「内的」結果がきわめて密接に隣り合っているからだ。つまり、まずワインを口に流し込んで、遅れて頭から感覚錯乱が生じるというわけである。さしあたりいまここで私が忘れてはいけないのは、私の脳髄の感覚・感官上の働きは、もっぱら心理の経験的な領域に属する働きであるということであり、また、アルコールやハシッシュのような感覚領域に属する物質は、この感覚領域自体にすら害を及ぼすということである。毒が私の脳に害や変化を与え、これを弛緩させたり、その反射作用を促進したりするということは、現象界の内部で私に理解できる事実である。もし心理というものが、唯物論者がそう望むように、感覚的な諸現象と同じ鍋で調理されるものだとすれば、米粥にシナモンをふりかけるように脳にハシッシュを投与すると、鍋からシナモンの芳香が立ちのぼるように中毒による錯乱症状が現われるということは、もっとも単純な事象だろう。しかし、私の思惟に照らしてみると、ハシッシュが心理を創り出すなどという命題——唯物論的な見解ではそういう結論になるのだが——は、ありえないことなのである。ハシッシュの分子からある幻影、ある心理作用が生じうるという考えは、私の思惟にとっては、脳反射から意識が生じるという考えと同様、受け入れがたいものである。ハシッシュの分子も、大脳皮質細胞の運動も、この断絶を跳び越えられない。もし脳が心理の発生と**なにがしかのかたちで**関連づけられ、その上で、ハシッシュがこの脳内に見つかり、心理もハシッシュとなにがしかのかたちで関連づけることができるとすれば、それは私の理解にも耐えうるものではある。しかし、脳、あるいはハシッシュが**心理になる**ということは、とうてい私の理解の及ぶところではないのである。したがって、私が最後に残された可能性として、脳と心理は、未知なる原因に端を発するものの、同時発生的かつ同一のプロセスであるという主張を当然とみなすことになる。であるとするならば、ハシッシュからハシッシュの心理が発生する可能性についての私の研究は、もっぱら機械論的な研究――たとえば、**現象としての生**ではハシッシュの分子がいかに脳の分子と併存するにいたっているのか、そして、両者の分子同士がたがいにどのように触れ合い変化し合っているのか、といったもはや私の思惟では手に負えない問題――のみに限定されてしまうだろう。

それゆえ、純粋な錯覚としての現象界の価値をめぐる私の観念論的な解釈は、実験によっていささかも揺るぎはしないだろう。もし私の目の前にいる誰かが黄色と青色を混ぜて緑色をつくるとしたら、原子論流の研究によれば、現象界で黄色と青色がたまたま併存していることや、私の眼の繊維層などが取り沙汰されるが、私の心理などは相手にされはしないだろう。私の超越論的な立場からすれば、外見上、ハシッシュからハシッシュの心理が生じているかのように見えたとしても、だからといってそれは超越論に特有の難問とはなりえないのである。

心理に対する音楽の影響という問題を考えてみれば、われわれにははるかに納得がいく。今日の解釈によれば、われわれの脳に物質的なものが一切入り込んでいないとされる音楽にあっては、誰一人として「音楽が心理を創り出す」と結論づける者などいないだろう。むしろ、音楽に認められるのは、既存の心理を方向づけ秩序づける影響だけであろう。したがって、私が自分の精神、自分の気分を、たえず湧き上がってくる亢奮――それによって物体からなる外界は同時に現象としても生じている――と想像するならば、心理に対する音楽の影響という問いは、ひとえに音波と脳の分子との共存という問い――その答えは現象界にある――に尽きるわけである。

こうした研究がどれも困難であるというのは、私には、感性的素材を利用せずに私の心理について省察することができないという事情に由来している。未知のデモーニッシュな奈落から幻覚が心理的なものとして立ちのぼってきて、そこで幻覚が知覚を生み出し、さらに、譬喩的にいえば、耳や眼などをつうじて幻覚が漏れ出し、外界に投影される。かくして、譬喩的にいえば、背後から前方へといつでも**同じ方向**にこの発生と展開は進んでゆく。私の心理から出発しながら、私の心理そのものに対して私が行なうあらゆる研究についても、これとまったく同様である。心理はつねに前方に向かって――けっして背後に向かってではなく――感性的なものへと飛び込んでゆく。したがって、私の答えはいつでも感性的で具体的なものになる。というのも、心理はつねに外部への一投影なのだから。それゆえ、もし私が、ハシッシュの分子がどのように私の心理に影響を及ぼすのかという問いにその問いが立てられたとおりに実際に答えようとするならば、それは、背後への遡行的な研究となるだろうし、そんなまねは私には不可能であり、とうてい私の力の及ぶところではない。なぜなら、私の心理的衝動は、ひとたび生じるや、感性的なもの、具体的なもの、言語、外界の投影に向かって飛び込んでいくものだからだ。私は、自分が立ち去ろうとするところへますます赴いてゆくのである。

第十九章

それゆえ、ここではわれわれの理論もまた感性的な装いで呈示される。これはカントの場合でもデカルトの場合でもスピノザの場合でも同様である。カントは、その直観形式と思惟形式、「純粋」な悟性概念とア・プリオリな諸能力によって、超越論的な大審院《アレオパゴス》を想い描き、その裁定によって、無秩序な「触発《アフエクツィオーン》」をつうじて到来する感性的素材が秩序づけられ、これに諸形式が課されるとした。また、比類なき思想家——もし彼がいなかったとしたら、今日ほどの進歩は果たされなかっただろう——デカルトは、「思惟」する実体と「延長」された実体とを区別し、正当にもその両者のあいだのあらゆる連絡を拒絶した。そして、スピノザは、幾何学的な素材を用いて、そのさまざまな面を配置したり移動させたりした。——われわれに必要なのは、知ること——そもそもわれわれ自身、知っていることが何かあるだろうか——ではなく、図式、図表、図形を信じること、嘘偽りのない自分の観点を信頼することだけなのである。

第二十章

近代の自然科学では、外界の諸事物が刺戟をつうじてわれわれに影響を及ぼすことで、それらの刺戟からわれわれの知識が獲得される、という前提があり、その前提がなかったとしたら、この現象世界でわれわれを教導するという科学の使命を果たすことができないと考えられている。もっとも、われわれの目にしている外界全体がわれわれの知覚の所産であり、したがって、われわれの感覚の諸属性を差し引いたあとに残存するとされる、いわゆる「物自体」は思索を深める上ではまったく不要であるという主張を、自然科学の代表者各位にしぶしぶ承服させるのにさして時間はかからないかもしれない。それにもかかわらず、自然科学者は外界を信じ、自分の心理を外界の終着駅とみなしている。――「かくのごとき**信仰**を私はイスラエルに見出さなかった！」――かててくわえて、私が自分の外部に空間的な大きさで「見ている」ものは、もっぱら私の知覚中枢に独自の性質として存在するものであり、その結果として外界全体は、その事物ともどもすっかり私の内面に入り込み、私の前方から一切消えてしまう、という主張は、どの科学者にとっても感覚エネルギー説〔ヨハネス・ミュラー（一八〇一―五八）の提唱した特殊神経エネルギー説〕の必然的な前提なのである。それにもかかわらず、こうした心的な基盤を拠りどころにして諸現象の教説を打ち立てるような、いかなる哲学的な定理も練り上げられたためしはない。むしろ、自然科学は外界の実在を前提にしている。さらにいえば、外界の諸事物は、その「外」でのありようとは違ったかたちで私の内部に現われてくる。というのも、私が見ている樹木は私の頭の内部に入り込むなどということはありえないのだから。そこまでは唯物論者たちも同意している。しかし、私が知覚というかたちで私の内面に描いている樹木がどのように外界へとふたたび現われ（「投影」され）、知覚としてではなく、樹木として外部に「実在する」ようになるのか、こうした奇異な関係を認識するためには、精神を正しく準備させておかなければならないが、そうした関係は、唯物論者にとってはもはやどうでもいいことである。彼らの信じるところでは、樹木は彼らの内面と「外部」の**両方**に実在しているのである。——「かくのごとき信仰を私はイスラエルに見出さなかった！」

したがって、矛盾がすくないというだけで信仰めいたものをわれわれが待望したとしても、何ら驚くべきことではないだろう。

第二十一章

建前上、私は、外界を知覚というかたちで自分のなかに取り込んでいると称しておきながら、そのじつ、私は、自分と外界を区別している。しかも、自分に帰されるものとしてではなく、むしろ自分の外部で与えられたものとして、外界を区別しているのである。これは実際、思想家がつきあたるもっとも奇妙な出来事の一つである。私は、自分に属さないものとして、外界を区別するだけではない。私が着ている服、私の頭、私の目や耳、私の苦痛や苦悩、私の臓腑、私の行動、私の昔の思いつき、これら一切を私は自分とは区別している。他方、私は、さまざまな思いつき、さまざまな気分が、たったいま芽生えてきたばかりだったのが、まさに嵩じてきて、確乎たる衝動としてかたちをなし、**私自身に**達するのがわかる。したがって、私はそうした思いつきや気分も**私自身**から区別していることになる。いわば私の**前後**にあるこうした事物や感情のごくわずかな部分だけを私はほんの少しのあいだ自分と同一視している。だからして、「私とはつまり、そのつどの外界での私の行為や私にたったいま沸き起こった感情なのだ」といっているのである。外界が私の**前方**にあって、私が内的につくり出した思考の産物が私の**背後**にあるといったたぐいの配置は、むしろ私の心理の強迫性であると考えたい。同様に、外界で起こった行為は**時間が経つと消えてしまう**とか、つねに連想や自然発生によって生じる思考が**時間につれて近づいてくる**といった私の感覚は、私に押しつけられた私の内面の感覚形式にすぎない、ということである。私の内面がどうであろうとも、また実際、私の心理が望んだとおりに形成され機能しようとも、それは無関係である。すなわち、私が、自分の直観や感覚における空間配置と時間配置を踏まえて、空間線上に、a b c、時系列上にα β γを想定して、一つの**連続**を設定するとしたら、私にとって感覚的な現象形態がともかくも説明上では必要不可欠であるがゆえに、すくなくともここではあくまで一貫してこの**連続を堅持**せざるをえないのである。では、外界の諸事物を知覚する場合、唯物論者にとって、すくなくとも**空間的**な、あるいは空間として想定されたそのような連続は、いったいどうなっていくのだろうか。外界で実際ほんとうに実在する一本の樹木は、a段階では、この樹木が内面で知覚され、b段階では、この樹木が外界に実在しているものとして置き換えられ、ふたたびa段階に戻ることになる。——**時間的**に考えれば、この樹木の場合、内的体験におけるそうした連続はいっそう単純になるだろう。すなわち、α時点では、自我とは別に内的に衝動が湧きあがってくる。——β時点では、自我がこの衝動と同一の状態で、行動への準備段階にある。そしてγ時点になると、外界における行動が実行される。——外界を理論的に解釈するにあたって、唯物論者がいかに不徹底であるかがただちにわかるだろう。唯物論者の空間直観は往復（a b a）に対応しており、その時間直観は直線（α β γ）にあたっている。一方、思考と外界の超越論的な成立をめぐるわれわれの理論によれば、空間的な連続と時間的な連続がもっぱら同列に並べられるものとみなされ、同等の形態をとるとされるのである。この理論の前提として、内なる生の成立は、因果律を欠いた、すなわち超越論的で不可避的な所与とされている——たとえどれほどナイーヴな経験の持ち主が、外界に較べて内なる生を空間的には自己の背後にしまい込み、時間的には最初の段階と称しているとしても。――さらにまた、われわれの理論では、思考と行為は空間的にも時間的にも**同一の**方向で実行されるので、結果として、実際に起こっているとおり、自我心理と外界は、幻覚による知覚と外界をめぐるプロセスのうちに収斂されることになる。――経験界でも障碍として立ちはだかることになるのは、第二の自然である。**私**に**私自身**のことがはっきりわかっているならば、第二の自然について明らかにしておく必要があるだろう。だが、私は唯物論者のように、科学者でありながら、同時に、私の知識と真っ向から対立する現象界を真に受けるわけにもいかないのである。私は賤民であるとともに、**なおかつ**バラモンであることはできないのである。

第二十二章

要するに、私は自分の思考構造を知りつくしている。さらにまた、外界における幻覚の産物、物質界、延長されたものの領域が成立するという問題についてもわかっている。私の思考にとっては、この延長されたものの領域を**私自身、私の思考内へと**移しかえ、私の外部にある存在の幻覚作用を私の感覚に固有の能力に帰するよりほかにいかなる選択肢もない。つまり、私の感覚が働くやいなや、いきおい私の感覚は物体的なものをたちまちつくり出し、延長されたものに、私——あるいは私の感覚——は欺かれてしまう。そして、こうした感覚の働きの結果として、外界の投影という隠れ蓑が私——あるいは私の感覚——に被せられるようになる。そうするよりほかに私にはまったくなすすべがない。なぜなら、さもないと私は思考できなくなってしまうからである。——

したがって、私は経験の生のなかでどうして印象を受けるのか、私の感覚はどうして外界からの所与に反応するのかといった問題に煩わされる必要はまったくない。というのも私は、こうした所与、すなわち、外界を否定し、手の施しようのない幻覚者である私自身を否認しているからである。そして、私の感覚にとってのこの所与の「印象」は、私にとっては本末顚倒であり、誤った倒置にすぎない。そこでは、あとから与えられたもの——外界——が誤解によって最初からの所与と呼ばれているのである。それにもかかわらず、私は経験界へと降りていき、こうした幻覚上の出来事をめぐる議論——ただし、あくまで私の思考にとっての議論——に巻き込まれるようなときには、それについていえることをいうこともできる。通例、問われているのは、私の感覚に起因するものを私がことごとく差し引いてしまうならば、外界の諸事物のうちでいったい何が残るのか、という問題だ。というのも、明らかに——唯物論者もそう認めるとおり——一個の林檎から、たとえば、味覚や嗅覚、即物性や触感、したがって、形状やそれが占める空間、要するに、私が経験に応じて林檎について述べることのできることは、私の五感に洩れなく由来し、私の五感から洩れなく提供されているのである。まったく私のものである「り・ん・ご」という音声ですらそうで、耳や聴覚神経はその音をつくり出す上で欠かすことのできないものなのだ。では、林檎のうちで、外界の事物のうちでいったい何が残るのか?——たいていの答えはこうだ。「物自体」、林檎そのものだ、と。——だが、「物自体」とはいったい何なのか?——それは誰にもわからない。それは一つの抽象であり、一つの思念にすぎない。それほどこれは疑いの余地のないことなのだ。なぜなら私は私の思惟にまさるいかなる事実も有していないからだ。思念として物自体は私の内奥にまですっかり刷り込まれているというわけだ。そして林檎と「林檎自体」、さらに外界全体を私は余すところなく私の内部に呑み込んでいるということになる。したがって哲学的には私は「物自体」をいつでも否定しなければならなくなるのである。

しかし、一切は**現象**として起こる。私も林檎も、その味覚や形状も、それが占める空間も現象なのだ。実際、フィヒテやバークリーがしたように、こうした諸事物を完全に否定するのは危険なことだろう。つまり、私はすぐさま幻覚の領域や幻覚の出来事の議論にすっかり引きずり込まれてしまうのである。とはいえ、私が実際にしようとするのは、そうした議論なのだ。それは、友人と議論できるようにするためであり、現象にほかならない私自身がこの現象界で行動するためなのだ。これは、私が私の思惟とのあいだで講じた妥協であり、そうした妥協をせずにはやっていけないのである。私は自分の隣にいる人に時刻を訊ねる。ただし、隣の人と私が実際に現象として外界に実在している時刻をわれわれはひとまず是認することにしよう。——ここでは事実、否定の立場をとることは危険である。郷に入っては郷に従え、そのほうが得策である。なぜならここでは、たとえば次のような致命的な問題に出くわすからだ。たとえば一人のフルート奏者がいるとして、私の思惟の立場からすれば、そのフルートの演奏はその演奏者ともども、私の感覚投影の結果であるのだが、私がその場を立ち去ってそのフルートの音がもはや聴こえなくなっても（その音をもはや私の感覚でつくり出さなくなっても）そのフルート奏者は依然としてそこにいて、私以外の**他の人々**には聴こえている。いったいこうしたことはどうして起こるのかという問題である。——なるほどたしかに、他人が私といったい何の関係があるのか？　**私**がそこにいたときに、フルート奏者は**私の**感覚の結果であり、私の感覚の幻覚的な能力の結果であった。フルート奏者がいま私のいないところで**他の人々**によって、**彼らの**感覚を介してつくり出されているとしても、それがいったい私に何の関係があるというのか？——矛盾を回避するには、私はそのように語らざるをえないだろうし、私は自分の思惟の立場からあれこれ語るにすぎないのである。

とはいえ、妥協した立場から、さらにまた私の隣にいる人と意思を疎通させるために、私が口にするのを憚られることがある。つまり、フルート奏者はその現象、そのシルエット、そのフルート、その楽器の銀色に耀くキー、このキーに反射する光、その音色や人をしみじみとさせるような彼の演奏の作用をも含めて、すべてもちろん私の感覚、私の心情の働きにすぎない——そこまでなら唯物論者も同意するだろう。ところがフルート奏者は、実際にいま同じ思考径路を用いてこういうことができるだろう。聴衆はその身づくろい、その感慨に耽って佇んでいる様子、その拍手をも含めて、ことごとく**私の**感覚の結果にすぎない。つまり、私が自分の感覚を閉ざしたり機能させないようにしたとしたら、全聴衆のうちいったい何が残るのか？と。——そんな批判を掲げてここでフルート奏者は哲学者たる私にも対抗してくる。では、われわれのあいだでいまはじまったばかりの論争の結果はどうなるのか？ そういう場合、**誰しも討論している自分の感覚の結果として相手を説明する**。誰でも「現象」として、双方の感覚作用の結果として、双方の幻覚的な思惟の産物としてのみ相手を承認できる。両者ともそう妥協せざるをえないだろう。したがって、彼らは両方ともおたがいにとって一つの幻想なのだ。しかし、二人とも同じようにこう仮定しはじめるだろう。つまり、相手の幻覚作用の創造原理こそが——自分自身においてと同様——**形而上的なもの**であり、超越論的なものであり、**神霊**《デーモン》であると。**そして実際、「物自体」はそのように説明され**形成されているわけである。なるほどたしかにこれは経験という幻影主義の領域でのことにすぎないが、そのじつ、この経験においてのみ「物自体」の解明への問いにぶつかるのである。それはいいかえれば、外界から私の感覚作用を差し引いたらいったい何が残るのかという問いにほかならない。私の思惟から「物自体」は知りえない。なぜならこの私の思惟からすれば、外界**全体**が幻影だからだ。だが、幻覚の領域であったにせよ、それでも私は思惟の観点で獲得された自分の認識を活用し、私の相手

「自体」、つまり、私の感覚作用を除去したあとにその相手に残っているもののことを、神霊と呼んでもかまわないだろう。

第二十三章

私が当今の**同時代人**に対して獲得した成果——たとえ幻想の領域という範囲にかぎられていたにせよ、私は同時代人の感じ方や考え方をじっくり吟味することができた——を**私**はもちろん私**に向かって**対峙し接する**自然**全体に適用することができる。私の感覚作用ぬきに自然にあって私に立ちはだかっているもの、**それは神霊である**。蛇が私の周りにうようよと群がり、私の動物臭を嗅ぎ回る。あるいは蟇蛙《ひきがえる》がゲコゲコ鳴いて這いずり回り私に足跡をつける。虎が私に目を光らせる。前人未踏の島に棲息するラマが私のことをじろじろと観察する。こうした動物たちが私のうちに見るのは——危害を加えられず恐れも抱かずに眺めたとすれば——それは断じて動物の感覚の結果ではないし、**動物たち**がまるで気づかないまま縛られている錯誤や幻影ではない。私がいったい何者なのかという疑問が、動物たちの頭のなかに、もっといえば、思惟のなかにあるなどとは、動物たちには知る由もないことなのだ。しかし、動物の感覚機能を差し引いたあとで、私に残されている何か——これはまるで幻影めいたものではない——は、たとえしかと識別できないにせよ、やはり動物たちの眼前にいるわけなのだ。それがつまりは私のうちに姿を現わしている神霊なのである。これは動物たちに相対する私の場合もまったく同様である。私が自分の五感によってつくり出す動物の幻影めいた姿、樹々が生い茂る森、小川、轟音をあげて崩れ落ちる岩盤、〔星々が〕犇きあう天空。

私はこうしたものすべてをあらかじめ自分にそう信じ込ませ、しかるべく具体的にしつらえている。——これら一切は私のうちに蔵している。すべては、あらゆる精神病患者が吐く誑言のように、私の個人的な玩具、私の幻影、私の囈言《たわごと》である。ただ私は自分のものを何十万もの人々と共有しているだけで、世界や国家といった秩序は、こうした共有に基づいている。——ところが、このなかにはやはり何かがひそんでいる。それは私には直接に認識はできないものの、私が幻覚の領域に向かえば疑いなく存在している。これは、私の五感を差し引いても向こう側に依然として残っているもの、自然における精神、創造的なものであり、**神霊**なのである。それゆえ私は自分が孤立しているわけではないような感じがする。神霊は単数かもしれないし複数かもしれない。神霊は実在する。神霊は私に対峙している。たぶんもっぱら仮面で扮装しているだろうが。われわれはさながら生まれながらの盲者も同然である。仮面は遺伝による盲者の顔のイメージをほのめかすが、そこには盲者が摑んだり聞いたりしていることだけにとどまらないものがある。だが、手術によって目が開かれないかぎり、盲者たちが予感した世界、彼らの触覚や聴覚の背後にまだ残っているもの、すなわち、空間の投影は、彼らには閉ざされたままなのである。——かくして、**神霊**は現象界では、仮面舞踏会でのように仮装して二重に姿を現わしているのである。したがって、たがいに向き合っている二人の互角の人間のあいだで、神霊はその「分身《アルター・エゴ》」と、いずれも仮面をつけて競い合っているのである。私はといえば、感性的な経験に根ざした人間なので、仮面劇はむしろ好きなたちだ。われわれは、見えざる糸で外から操られているマリオネットにすぎない。自分で自分を動かしているといった幻想に浸っているなんて、われわれはつくづく幸福である。すくなくとも俗人にとってはそうだ。いよいよ自分の出番であることは、思想家にはちゃんとわかっている。だから彼は不幸で、気難しく、諦めきっているのである。彼はなぜ幻影《マーヤー》の面紗《ヴェール》を剝がそうとするのか⁉　もっとも野蛮な幸福にして、われらが出くわすもっとも破廉恥な欺瞞とは、男女間の性的関係にほかならない。われわれが知覚し行動しているつもりであるこの関係において、われわれは神の御業を果たしているにすぎない。神にとって大切なのは、幻覚の原因となる感覚器官を増強し拡散することなのである。

死だけが幻影にけりをつける。私にとってけりがつくのである。なぜなら、あらゆる点から見て、私、つまりは私の思惟にとって、自分の遺体――幻想の産物――が悪臭を放ちながらそこに横たわって、**他人**の芝居が繰り展げられているなんてまるであずかり知らないことだからだ。神霊は退散し、創造的な活動をやめる。そして生き残った他人が見舞われている幻覚のなかで、覆っていた仮面がみるみる腐敗していく。人間の経験が及ぶかぎり、私の痕跡、私の思考の痕跡は一切残らない。したがって、「力の維持」をどれほど必死に捜してみても、ここで消滅しているものがある点にはわれわれは留意せざるをえない。俗っぽい言い方をすれば、なくなったものはいずこへ？　思惟はいずこへ？　かくして仮面はわれわれの眼前で朽ちていく。仮面は他のおびただしい幻覚の産物に混ざり合う。仮面は跡形もなく消える。

われわれの幻覚的な直観についていえば、われわれはこの直観を窒素と炭酸に換算している。その計算に狂いはない。現象界の内部では赤字は出ないとされている。しかし、思惟はいったいどこに消えてしまったのか？　エネルギー保存の法則を擁護するはずの思惟は？

ここで唯物論者はこの問いに答えるべき責任をあいかわらず怠っている。すぐに手の届く身近な最終審としての自分の思惟を出発点とする唯心論者は、死の床で大動脈の鼓動を見守っていた解剖学者のように、もう脈を打っていないというほかない。

Ⅲ　個人主義

第二十四章

私がいまこの世界で行動するならば、そうした事象は、自分の思惟との妥協に基づいてのみ可能である。**私**――この世界は一つの幻にすぎないと見抜いた者――は自分に言い聞かせる。おまえにこうした幻像《ファンタスマゴリー》を強いているのはおまえではなく、その究極因はおまえの**背後**にある。おまえは目的のための手段にすぎない。だから、おまえは幻影を経験してもかまわないのである。端的にいって他にはなすすべがないからである。――ただし、あくまで幻影は幻影である。

第二十五章

　では、おまえの生の目的とは何か？　この世界の幻影を払拭すること、思考をつうじて幻影を消し去ること、自分が幻覚を起こしていると知ることだ。さらにそれによってみずからに立ち返ることだ。森に逃げ込まなくてもいい。世界にしがみついていてもいい。どうせ他にはどうすることもできないのだから。おまえの神霊がおまえに幻覚を起こすべく強いているからだ。キリスト教が禁煙を定めるようになってから上位司祭が吸う煙草の紫煙に悩まされるようになった聖職者と同じようにしてもかまわない。この聖職者は、どうしたらこの「呪うべき草」を避けられるかという問題に以下のような答えを出した。自分が吸った煙草の煙で司祭が吐き出す煙を根絶するということだ。この世界を揉み消してしまったってかまいはしない。自分の五感でこの世界を生み出したからには、おまえがふたたび世界を思考によって破壊するのは、不可避であるばかりでなく、このような状況下では、不可欠でもある。だから、おまえが背後に抱えている悩みの種をぶちまけて前向きに取り組むことだ。

第二十六章

それゆえおまえは幻影に染まっている。幻覚を実際の所与とみなしている。おまえの五感にとっては幻覚は現実のものなのだ。そういうわけで、この世界の目印《メルクマール》、おまえの精神の合図にして光、おまえの言語の刻印にしてシンボルが必要になるのだ。こうしたものを使ってしまえばすでにおまえは幻影にどっぷり浸ることになる。ただし、すでに先に示唆したように、あくまで留保つきではある。すなわち、おまえは幻影をいつでも消し去り、幻想を解消させることができるのだ。しかし、あくまでこうした留保をつけた上で、歯、唇、咽喉の活動としてのわれわれの言語と同様、脳活動としてのわれわれの幻影主義について語られているのだ。なるほどたしかにこうした諸器官はすべて、幻覚の下では私の思惟と同時に生まれたもので、私の思惟と切っても切れない関係で、プロセスは同じである。とはいえ、幻影主義の**内部**では、私が幻影主義を受け入れるやいなや、仮象を破壊し好き勝手に変えようとしても、それは私にはどうにもならないことである。それくらい幻覚に惑わされている者は、自分が抱く外界のさまざまな形姿を変えることができない。幻覚を受け入れ創り出せば、感じたままに受け入れなければならないのである。だから、幻影主義の内側で、私からすれば欺かれている人々に幅を利かせている**表面上の**因果関係は、錯誤を解消しないかぎり、解消できないのである。それならむしろ私は錯誤を認めるつもりだ。

第二十七章

とはいえ、さらに幻影主義は私の脳活動、私の脳の剝落、脳の消耗である。われわれがいざ脳を活動させようとした途端、幻影は生じる。また、脳――私の幻影にとっての脳――そのものが消耗し溶けていくと、きわめて根深いぞっとするような幻影が生じる。脳軟化症（脳性麻痺）になると、脳器官から、数ヶ月のうちに――われわれの経験上の見解からすれば――まさしく（幻影主義の）思考中枢となっている場所で、数百グラムもの皮質物質が喪失し、それとともに、途轍もない誇大妄想、空間の大きさや時間の長さがすべて消えてハシッシュのような幻影主義の花火が生まれる（炸裂しつつ光り耀くのである）。しかし、こうした脳物質の爆発――すなわち幻影の大量生産――とわれわれの堅固な思考との違いは紙一重にすぎない。未加工の材木に懸命に鉋《かんな》をかけるとたちまち削り屑が出てこざるをえないように、われわれは幻影を生み出さざるをえないのである。削り屑を一切出さない、あるいはほんのわずかしか出さないのは、われわれのうちでもごく少数の者だけである。

第二十八章

おまえを蝕んでいるのはこんな思想だ。つまり、思想を徹底的に駆使することによって、思想を無視し（シュティルナー）、呑み下してしまえ。そうすれば、思想なんて失せるのである。おまえは自由だ。幻想を破壊するのだ。――また別の幻想がそれに取って代わるというわけか？――もちろんだとも！　だが、最初の幻想は払拭される。そして次にくる幻想も同様に扱われる。この世界にあっておまえが目的を遂げられるなんて期待してはいけない！　狩に奔走しなければならない。おまえの脳組織――さらにその背後にある未知のもの――がおまえを猟犬のように幻想から幻想へと駆り立てるのだ。こうした悪循環を断ち切るのがおまえの課題だ。おまえが転がすのはシシュポスの岩だ〔コリントの王シシュポスは、タルタロスで巨大な岩を山頂まで押し上げるという罰をユピテルから科されるが、岩の重みであともう一息というところで転げ落ちるため、永遠にその苦行を繰り返さなければならなかった〕。ひたすら手を拱いて静観する態度に沈潜してしまえば、何百年来、変わりばえのしない幻想という同じ餌をくりかえしみずからの糧としてきたカトリック神学と同様に、おまえはせいぜいのところ反芻動物である。しかし、おまえが闘士、破壊者であるとともに建築家でもあるならば、設計に次ぐ設計、建設に次ぐ建設へとおまえは大急ぎで駆けずり回るだろう。なぜならおまえが築き上げたものは、幸いにもおまえがふたたび破壊してもいいからだ。しかも、おまえが崩れかけた記念碑的建造物や万里の長城が数多く現存する時代に生きているなら、そうした建造物を撤去し、新たな建造物のために場所をつくることで、その歓びも一入になる。というのも、おまえの本性としての人間は運動することにあって静止することではないからだ。おまえの奥底には動物の破壊衝動が抜きがたく息づいているのだ。

第二十九章

われわれが思想を破壊しなければ、思想がわれわれを破壊する。われわれが思想を行動に移さず思想を手放さなければ、思想が行動し、われわれの身を滅ぼすことになる。ある男がある娘に恋するが、その娘は男を拒絶する。さもなければ、境遇が彼を拒絶する。愛が拒絶された途端、彼はもはやその娘ではなく、その娘にまつわる**想念**に苦しめられることになる。なすべきことはもはや彼の意志を通り越して、さらに進んで彼の脳組織に左右されるようになるのだ。頭**上**にある［über den Kopf］自分には手に負えない想念から自由になるために、そのような男が弾丸で自分の脳天を撃ち**抜く**［durch den Kopf］のも至極もっともなことだろう。もはや彼には幻影を打ち砕くことができなかった。だから幻影が彼を滅ぼすのだ。それでも彼は、自分の幻の最後の手先だった。かりに彼がその娘を手に入れていたとすれば、彼女の**想念**から解放され、幻影は瞬く間に消え失せたことだろう。彼が娘を**ものにした**ら、よくいうように「幻は砕け散る」のである。

第三十章

銃声のあと、はたまた、うまくいって死がはじまったあと、何が起こるのかは、自殺した当人にはわからない。自殺者は、自殺するよりほかに自分ではどうにも拭うことができない今の考えを破壊し、自分の自我をそこから解放しようとしているにすぎない。たいていそれを果たそうとするなら、致命傷とならずとも、引き金をひきさえすればいい。なぜなら銃弾を放つだけで、そうする以外には突破できない自分のなかの障碍を吹き飛ばせるからだ。それゆえ、彼の行為はきわめて理に適っている。弾丸がうまく当たれば、自殺者はこれによって、自分の自我のさらなる機能、なおも幻影を抱く可能性を破壊する。こうしたことは、元来、彼があらかじめ考慮に入れていないことで、どうでもいい、彼にとっては何のかかわりもない精神作用の滓なのである。したがって自殺者のことを、われわれがふだんそう考えるような、悲劇的な人物とみなすべきではないし、道徳上の錯綜を抱えた世捨て人ともみなすべきではない。いずれにせよ、自殺した当人がそう考えるほど悲劇的ではないのである。むしろ彼は自分のことをもっぱら——どう形容したらいいか？——生理的な存在とみなしている。**われわれが**自殺者**をめぐって**あれこれと吟味するだけですでに、ふたたび幻影にまみれてしまう。避けられない生理的な**作用**《アクト》として、自殺は、くしゃみや嘔吐と同様、あって当然である。まさしく起こるべくして起こることである。それは生理的な作用なのである。

第三十一章

性交は、外への解放によって幻影を破壊する恰好の実例となっている。「行為《アクトウス》」以前、恍惚の幻影を抱いていた対象は、「行為」以後では、すくなくとも**その**恍惚という点では冷ややかで退屈に感じられる。——「行為」以前、幻影、および性的欲望の対象が恍惚の対象になっているが、他方で、恍惚の対象が自分の肉体であり、自分の自我**だった**ことにすぐに気づくのである。恍惚という自分の幻影はここに由来している。「生きとし生けるものみな性交後、悲しくなる［Omne animal post coitum triste］。」〔二世紀ギリシアの医学者ガレノスに由来するとされる俚諺。「牡鶏と女を除いて」と続く〕——淫蕩な行為に耽っているあいだ、欲望の対象**のうちに**なすすべもなく自分が溶け入ってしまうような感覚に襲われる。しかし、脳が錯覚にさんざん翻弄されたあげくに解放感が生まれると、そうした感覚は妄想とわかる。というのも、結局、その後に残されるのは、抜け殻のようになった**自分本位の**利己的な二人の肉体だけだからだ。

〔婚礼衣裳の〕帯やヴェールもろとも
美しき迷妄は消え失せてしまう〔シラーの『鐘の歌［Das Lied von der Glocke］』の一節。新関良三編『シラー選集』第一巻、冨山房、一九四一年、一〇一頁〕

ランプの灯火がまだ燃えているうちは〔スイスの詩人・画家のヨハン・マルティン・ウステリ（Johann Martin Usteri, 1763-1827）の民謡「人生を愉しめ［Freut euch des Lebens］」の冒頭の一節〕——

世界はその歴史をかたっぱしから幻影に次ぐ幻影で書き綴っている。世界は、思想家のように幻滅に次ぐ幻滅から書くわけではない。頭に問題が山積しているときには、世界は自分に都合がいいと思われる瞬間だけを集めてしまうものである。しかし決定的なのは、反発、解放、炸裂の瞬間だけである。頭をすっきりさせてくれるのはこの瞬間だけであり、後世のために残される余地はこの瞬間にしかなかった。幻影を吐き出せば吐き出すほど、豊饒な歴史を刻むのだ。

第三十二章

われわれの学説は、けっして不変でありつづけるわけではなく、たえず変更されるものだ。教義《クレド》ではなく懐柔〔Insinuazion. キケロ由来の雄弁術の概念。本筋を迂回しながら自然に相手に取り入って自分の主張に耳を傾けるように導く弁論法〕であり、命題ではなく一つの関数であり、世界観ではなく世界の一過程なのである。万人受けするわけではなく、万人に自己自身への探究を促すものだ。模倣ではなく追跡を要求し、一般化ではなく個別化を提言し、順応ではなく対峙を推奨しているのだ！

第三十三章

幻影から解放されるためなら、どんなことをしたってかまわない。現象界ではその結果がどういうことになるのかは気にするべきではない。むしろ危惧すべきなのは自分自身のことだ。というのも、たとえ現象では自分にとって一切が上首尾に運ぶとしても、内面ではどのみち破滅してしまうからだ。なぜなら自己の内面にあっては抵抗するすべがないからである。おのれの魂はおのれで救済しなければならない。現象に救いはない。あるのはただ幻影とその破壊だけだ。「国家」、「社会」、「宗教」、「結婚」、「育徳同盟〔Tugendbund. ナポレオン支配からの解放と国威発揚を目的にプロイセンで一八〇八年に組織された秘密政治結社〕」、「ダライ・ラマ崇拝」、「道徳」。これらは、格闘し破壊されてしかるべき幻影である。それが可能でそうせざるをえない場合、耳を傾けるべき最終審である神霊《デーモン》がけしかける場合には、破壊すべきなのだ。たしかに国家はいつでもぶつかってくるだろう。国家が存在しなければ、いかなる秩序も成立しえないというわけだ。だが、この大義名分そのものが、一つの幻想であり、国家がもはやなくなってしまえば、たちどころに幻影であるとわかる。かつてのドイツ連邦〔ウィーン会議後、一八一五年に成立したドイツの領邦同盟。一八六六年の普墺戦争に勝利したプロイセンによって同年解消された〕もまた、こうした大義名分を吹聴し、そして没落したのだ。「共和政」ローマでも、カエサルが擡頭するまではそう喧伝されていた。ローマ・カトリック教会でも、その破壊者が現われるまでは、そう唱道していた。打ち毀すことができないと思われてきたこのペテロの礎〔Fels Petri. 文字どおりにはペテロの岩。教会を指す〕に叛旗を翻したルターの力とは何だったのか。それはルターが「神」と名づけた彼の神霊《デーモン》であった。ローマ教皇はこれに逆らうことができなかった。これを上回るような権勢を誇ることができなかった。ギリシアの神々を悪しざまに侮辱したソクラテスの力とは何だったのか。それはソクラテスが「ダイモニオン」と呼んだ彼の神であった。フィレンツェ共和国を打倒したサヴォナローラの力とは何だったのか。それはサヴォナローラが「声」と呼んだ彼の霊感であった。こうしたものを、自分の「秘密結社」を持たなければならない。そうすれば、抵抗力が具わって、そのときこそ破壊工作――あるいは組織化――を遂行できるのだ。

第三十四章

ダライ・ラマは自分のことを複数形で呼ぶ。そのわけは、おまえのつんつるてんのおつむに、おまえよりも自分のほうがすくなくとも二倍は数が多いことをわからせるためなのだ。これこそ「尊厳の複数形《プルラーリス・マイエスターティス》」である。ダライ・ラマは自分のことを「我ら」といい、二人称の相手のことは単数で「汝《おまえ》」と呼ぶ。ダライ・ラマは、自分、いやむしろ**自分たち**という複数形を、汝の単数形と同等視しないようその相手に戒めているのであって、脚、頭、耳、鼻、睾丸といった、外見の特徴だけで判断してはならない、と諭しているのだ。ダライ・ラマ曰く、「我らは複数で汝は単数である。神聖なる仏の御名において我らは汝よりも位が高い。我らは神とじかに結びついているのであり、したがって、汝にとって我らは御仏である」。——ダライ・ラマは、こんな算術問題で相手の頭に、相手の扁平頭に挑んでくるのだ。もしこのテストに合格すれば、つまり、相手がそれを**信じ**れば、彼は自分の望みどおり、相手が信じるままになる。かくして、ダライ・ラマは相手にとって実際に仏になる。しかも、何千年にわたって、相手がもはや望まなくなるまで、そうなのである。——（ダライ・ラマを外から迎え入れたいくつかの新興小国におけるように）もしこのテストに不合格もしくは落第してしまったならば、相手の頭蓋はあまりにも反って抵抗力がありすぎていることになる。さもなければ、相手はすでに他の国々でペテンに加担しているか、逆に同じ手口でしっぺ返しを喰らわせ、ダライ・ラマの頭から仏の宝冠を剝奪し、さらには胴体から頭を刎ねさえすることだろう。そうすれば、皆にとって、ダライ・ラマ当人ならびに彼の門徒や側近、人民全員にとって、ダライ・ラマ崇拝は崩壊してしまうことだろう。そのときには、ダライ・ラマも皆と同じく頭は**一つ**しかなく、したがって単数であることが明らかになる。彼は彼であって彼は「我ら」でも「彼ら」でもない。そしておまえはおまえだ。――だから、彼が何者で、彼が何人になるのかは、相手次第だ。複数の彼という幻影が気に入れば、その幻影に肩入れすればいい。それが気に入らなければ、そして、たとえどう呼ぶにせよ、内なる声、真理への衝動である神霊によって否応なく幻影が打ち砕かれるならば、前述の場合と同様、この場合も、汝《おまえ》の魂は錯覚から救われる。というのも、なにがしか真なるものがあれば、それこそが疑いなく、こうした錯覚の世界にたちこめる霧を払いのけるたえざる原動力なのだから。そして、この原動力は、おまえが唯一知っている自分の身に**じかに**生じたものを梃子にしている。それこそがすなわち自分の魂だ。

第三十五章

「ダライ・ラマの首を斬ったりすれば、彼の門下に首を狩られてしまうのがおちだ。」——もちろんだ。そんなことは先刻承知のことだ。さもなければ私は現象界に安住しているだろう。もし私が自分の理念に身を捧げるならば、それは私の理念であり私の献身である。私は他人に身を捧げているわけではないし、後世の人々からそうみなされるような「殉教者」でもない。彼らは嬉々としてそんなふうに考えたがるものなのだ。自分の理念を追求すれば、私は、殺人計画を追究する犯罪者さながらのわがままなエゴイストである。また私は、外国人を切り裂く犯罪者が感じるのと同じくらい、自虐に大いに愉悦と満足を感じている。あるいは、われわれは、愉悦と満足のいずれも、目的を遂げるための不可避の手段とみなしている。この血腥い惨害よりも理念のほうがまさっているからである。さもなければ、私はこの残虐な行為をしでかすことなどけっしてできないだろう。そして私が自分の理念を追求して、一切の法を顚覆し、ついには断頭台までいくならば、そこで落下するのは、**落下するのを私が見たい**のは、**私の**頭である。——ほかならぬ頭の**前方**を殴られて呆然自失に陥れば、自分のしたことがわかっただろう。——**私**、すなわち、**刎ねられた私の頭部**は、**私の**理念のシンボルであり、そうした理念を持つ者は、自分の身をずたずたに切り裂いてしまうほど追いつめられる。あたかも身の毛もよだつ戦慄の前兆であるかのように、こうしたシンボルの行方を見据えながら、**私**は、何世紀にもわたってこれがうまくバランスをとってきたのを目のあたりにしているのである。なぜなら、そうした予見のうちに私の自己満足の最後の可能性が認められたからである。——だから教皇という幻影を破壊し不平をぶちまける煩わしいサヴォナローラを黙らせるために枢機卿の帽子を進呈しようとしたアレクサンデル六世に彼はこう答えることができたのである。「帽子も頭巾もいらぬ。ほしいのは殉教者の頭を飾る血まみれの光輪だけだ。」——サヴォナローラは結局それを手に入れた。アレクサンデル六世は彼を絞首刑にしたのだ。

第三十六章

このように絶望した人々が固唾を呑んでその死を見守るなか、そのなかの一人が、誰かもう一人を冥土に道連れにしようとして、ある名士を選別すると、その人に向かって喚き出す――集まった群衆の面前に誰かを突き倒すという行為が、断頭台へと歩み出す行為、突き倒された者を道連れにする行為でないとしたら、いったい何だというのか？――そして、インクまみれに書きまくり、活版印刷の黒インクの道徳臭に読者をどっぷりと浸からせるのか？――諸君ら三文文士のうちの一人がかつてこんな考えを抱いたことがある。すなわち、みずからすすんで自分の頭を横たえ犠牲にするような者には、せめてこの臨終《いまわ》の際くらい、なにがしかの行為によって、なにがしかのかたちで自分の観念論を表明する権利はあるはずである、と。しかも観念論とはいいながら、ところがどっこい「アナーキズム」である。観念論が拡大され強化されているのだ。こうした観念論的な行為に較べれば、ドイツの詩人や思想家の観念論はおしなべて粗悪な擬い物である。――おそらくソクラテスでもないかぎり、自分の叙事詩や自分の哲学体系のためにいったい誰が処刑台に赴こうというのか？――しかし、それに反して、大多数の賤しいごろつき連中どもの辻説法《シュトラーセン・イデアリスムス》はいずれも――新聞記者も含めて――オペラの陳腐な旋律と呼ばれてしかるべき代物である。したがって、道徳臭のする印字の黒インクを利用する代わりに、読者に腹蔵なく白状してしまうほうがよっぽどいいだろうし、そのほうがはるかに健全で誠実な振舞いだろう。むろん、信念のために自分の命さえも犠牲にするような人物の際限のない観念論に、われわれは抗うことはできない。ムキウス・スカエウォラ〔三〇五頁訳註38参照〕、ヴィルヘルム・テル〔同頁訳註39参照〕、僭主〔ママ〕ヒッパルコスを殺害したハルモディオスとアリストゲイトン〔三〇一頁訳註16参照〕、ブルートゥスなどが英雄であったことをいまの学校は教えることができず、お行儀のよい紅顔のギムナジウムの学生たちに「我らはたがいに三百回も誓った！［trecenti nos conjuravimus !］」とラテン語で朗読させている。そしていずれ新聞にこう書かれるだろう。「ラヴァショル〔Ravachol (François Claudius Koenig-stein, 1859-92). フランスの無政府主義者〕、ヴェーラ・ザスーリチ〔Вера Ивановна Засулич (1849-1919). ロシアの女性革命家〕、カゼリオ〔Sante Geronimo Caserio (1873-94). フランス第三共和政のマリー・フランソワ・サディ・カルノー大統領を暗殺したイタリアの無政府主義者〕らは野卑な殺人犯だ。二者択一《アウト・アウト》だ！　カゼリオには聖人《サント》の苗字がある。当然だ！　理念のために命を投げ出す者はいつだって聖人であり、理念のとりこになった狂人なのである。ヘーデル〔Emil Heinrich Max Hödel (1857-78). 通称レーマン。ライプツィヒ出身の元板金工。一八七八年に皇帝ヴィルヘルム一世を狙撃しようとしたが失敗に終わる。即逮捕され斬首刑に処された〕、クルマン〔Eduard Kullmann (1853-92). 職人だったが、一八七四年にビスマルクの暗殺未遂事件を起こした〕、ノビリンク〔Karl Eduard Nobiling (1848-78). ヘーデルのヴィルヘルム一世暗殺未遂事件から一ヶ月足らずで同様の事件を起こした暗殺者。皇帝は重傷を負ったが致命傷にはいたらなかった。ヘーデルとノビリンクの事件に便乗して宰相ビスマルクは高まる社会民主主義運動への取り締まりを強化した〕、ザント〔三〇二頁訳註21参照〕、シャルロット・コルデー〔Charlotte Corday (1768-93). フランス革命期、ジロンド派を支持しジャコバン派ジャン＝ポール・マラーを暗殺した女性。即日逮捕され、その日のうちにギロチンで処刑された〕、フス、ジョルダーノ・ブルーノ、アルナルド・ダ・ブレーシャ〔三〇二頁訳註20参照。なお、末尾の三名はおそらく焚刑の例と思われるが、アルナルドは縛り首の後に火あぶりにされ遺灰はテヴェレ河に撒かれた〕こそ、そうした者たちだろう。」

第三十七章

彼らを駆り立てているのは、ある超越論的なものにちがいない。なぜなら現象界のなかでは、彼らは不可解な存在なのだから。いわば動機が純粋か不純かといったことはまったく論外であって、むしろ重要なのは心理的強迫なのである。道徳は此岸にあるもので、現象界に属している。神霊《デーモン》は彼岸にあるもので純粋に潜在的《デュナーミシュ》なものである。現象界、したがって道徳もまた、結局のところ、究極因であるデモーニッシュなものの発露ではある。それにもかかわらず、現象界の秩序としての道徳原理を、根本原理である神霊にあてはめようとするのは、一つの**逆行運動**だろう。すでに指摘しておいたように、そんなことはまったくバカげている。内から外へ、原因から現象へ、中枢刺戟から知覚像へといった流れは、幻覚におけるのと同様、けっして逆行しないのだから。それゆえ純粋に衝動的な人間に道徳をあてはめることはナンセンスであり、そんなことをしようとするのは、デモーニッシュなものの根本的な効力を皆目わきまえていない狂気の沙汰でしかありえない。根本からこみあげる心的強迫を抜きにして、ルター、サヴォナローラ、ソクラテスといった人々を想像することなどできないだろう。なぜなら、彼らが掲げた要求に較べて、現象界での数々の抵抗は、すべてひっくるめると、あまりにも強かったからだ。そのため、もし彼らのことを現象に属する人間と仮定するならば、彼らが理性に即しつつもあえて要求を出すことにしたなどとは到底考えられないのである。霊感がなければムハンマドは無力だった。ルターはその「神」がいなければ一介のアウグスティノ会修道士に甘んじていた。ソクラテスはそのダイモニオンがいなければ、他にもいくらでもいるしがないソフィストであり思索の軽業師にすぎなかった。**芸術家**、「霊感」に基づいて創造する者は、直観的な着想がなければ、他人と同じく凡人である。というのも、ふとした声や思いつきや閃きにじっと耳をそばだて待ちつづけることで、芸術家は現象界から離脱し、俗世を超絶した人間に転じるのだから。――ソクラテスやサヴォナローラのような人物の場合にかぎっていえば、われわれは、世界を一歩でも前進させる行為や成果なら、現象界ではどんなことがあっても是認するきらいがある。だから、ザントやカゼリオのような同様の心理の場合でも、これと違う哲学的判断が下されてはならない。というのも、哲学者は、その場かぎり《アド・ホク》の解説者、新聞記者、政治家の深みにはまり込んではならないからだ。哲学者は幾世紀にもわたって見通すことができなくてはならないし、世界を一点から解明しようと試みなければならないのである。

第三十八章

それゆえ世界は、個々の人間の神霊が生ぜしめた所産である。しかも、脆弱な個体ではなく強力な個体を模範として人類は判断されねばならない以上、万人における根本的な行動原理は――たとえこの根本原理がたいていの場合はそれと気づかないほど衰えているように見えるとしても――神霊に求められなければならない。神霊は未知なる世界から人間を駆り立て、人間はその神霊のいいなりに行動する。現象界にのみ没頭し内なる声の痕跡に一切気づかないような者は、あたかも人里離れた岩頂に生えた草の茎のように取るに足らない。山上で噴火が起こり、その巻き添えで崖下に突き落とされるのをただ待っているだけなのだ。――かくして、人生の終わりに自分の使命が果たされたのをようやく目にすることができる。そのときこう呟くことができるだろう。おまえは自分の神霊をこの世に顕現させた、と。おまえの定言命法はこうだ。神霊の命じるままに行動せよ。現象界におけるさまざまな結果を恐れて怯むならば、現象界はおまえよりも強大になる。自分の意志をあくまで貫けば、おまえは勝利者になる。もしかしたらおまえは破滅するかもしれないが、現象界で破滅することは、われわれが誰一人遁れられない宿命なのである。

キリストの精神病理学的解明

『チューリヒ討論』第五号、一八九八年
チューリヒ討論社

彼がいったいどんな両親の子であったのか。それをつきとめることは困難なようだ。母親はいずれにせよすこぶる単純な女で、世間によくあるとおり、彼女には息子の奇矯な性格がはなはだ気に喰わず、八方手を尽くして息子をいわゆる手堅い職業に就かせようとした。

父親については何一つわからない。しかも、とりわけロマンス語圏で聖ヨセフに結びつけられてきた滑稽で猥褻な作り話の数々も、この場合には何の足しにもならないので、すべからく無視すべきである。父親がローマ帝国の傭兵だとか「聖霊」だとかいう、なかば合理主義的、なかば唯心論的な要請に起因する推定も、これと五十歩百歩であることはいうまでもない。彼は肉体に聖霊を宿していた。しかしこれは、四、五世紀の三位一体論者が聖霊をペルソナや鳩のように想い描いたり、後代のヴュルツブルクのマリア教会の石工が浣腸器と想像したりしたのとはまったく違う意味においてだった。

キリストが今日現われるとすれば、彼にあてがわれる精神医学の用語は、パラノイアである。(1) すなわち「一次発狂［primäre Verrücktheit］」〔精神科医ヴィルヘルム・ザンダーの用語〕、もしくはマニャンの命名によるなら、遺伝性退化《デジエネラシオン・エレディテール》。病状の進行は緩慢である。初期症状では、生来のエキセントリックで神経質な特徴や倒錯の数々を呈する。強い内面性が自分の人格を法外なほど重要なものと感じさせ、世界中がおのれの自我に連関していると思わせる。にわかに幻覚が生じる。ただし、それはどちらかといえば内面で生じるタイプの幻覚で、いわゆる「内心の声」として聞こえてくる。そしてこの「声」が、永らく心のなかで温めてきた内なる気分の表出として外見上にもありありとにじみ出てくる。このように、いつしか肥大化してしまった人格とその附随現象《アネクサ》の現実性にとって必要不可欠な外的な確証を、外界に見出すのだ。内部に充満するこうした「声」が、時代ごとに提供される中味に乏しい教育によって、命題や格言のかたちをとってほどなく世間に浸透することになる。かつてリヒャルト・ヴァーグナーがいみじくも指摘したように、そのような人々、そのような天才たちが、頭でっかちの机上の知識をろくに詰め込まなければ、その分だけ、病原菌はたやすく蔓延する。それは、一般大衆をことごとく毒し、その精神を改造せずにはいない。そうした独創的な資質に較べるなら、正統的な人柄の片鱗だの、こんな時代だからこそ民衆を動かす超越への希望だのは、まるきり取るに足らないものである。それはさながら、もっとも手近にある山査子《さんざし》や藪の根元に糸の端っこを固定し、きらきら光る自前の繭を紡ぎはじめる、お蚕《かいこ》のようなものだ。この繭のほうが主眼なのであって、藪はあくまで瑣末なものにすぎない。

したがって、イエスが当時のメシア信仰とじかに結びついて、既存の利己的で頑迷固陋なユダヤ教信仰体系の、老練で手強い木偶《でく》の坊ども相手に大立ち回りを演じなければならなかったことなど、ごく瑣細な問題にすぎない。天性の確信とパラノイア患者の無謬の本能によって、イエスみずから、来たるべき者、すなわちメシアになり代わったのである。ただ、当時のユダヤ人のように自分の正統的な考え方に凝り固まって不毛な思想にしがみついていた民衆にとって、こうした思い上がりがどれほど鼻持ちならないものか、彼は想像だにしていなかった。まして当時、彼のせいでどんな古代の神々の像が打ち砕かれ、その台座から突き落とされたかなど、一顧だにしなかった。

なぜならイエスが用いる新たな修辞や象徴表現はどこまでもはるかに美しく洗練されていたからだ。「天にまします彼の父上」は、人身御供の血が滴る地から響くテ・デウム〔神への讃美歌〕のような、古臭く怒りっぽい《コレーリッシュ》ユダヤの「ヤハウェ」とは截然と区別されていたのだ。

われわれがここで直面しているのは、精神の内奥にひそむ原現象《ウア・フェノメーン》である。たしかにこうした現象はさほど珍しくはないものの、それでも、さまざまな民族の精神史に有益なかたちで介入し、その心的態度を規定したためしは滅多にない。抑えがたい強烈な自己の感情が、「神」、あるいはなにがしかの高邁な象徴――ここで福音書を信ずるなら、「天にまします愛する父」――と同一視されるのは、一つの精神的過程の原型である。すなわち、これは、根拠を求めて内面的に激しく葛藤する人間の心的ジレンマなのであり、内在化され擬人化《アントロポモルフィジーレン》された充足理由律〔ライプニッツの用語。十分な理由なくしてはいかなる事実も成立せず、いかなる判断も真ではないという原理〕なのだ。この原理は、今日、実験におけるようにほぼ確実に立証できる。どんな宗祖にもこうした現象は見られる。ムハンマドに、仏陀に、スヴェーデンボリに、フォックス〔George Fox (1624–91). イギリスの宗教家。キリスト友会を創設しクエーカー派（フレンド派）を創始した〕に――多くの民衆をことごとくその説得力で即座に自分の命ずるままに操ってしまう人物にそうした現象は見出される。聖フランチェスコに、オルレアンの処女〔ジャンヌ・ダルク〕に、ルイーズ・ラトー〔Louise Lateau (1850–83). ベルギーの神秘体験者。一八六八年、重篤の病いに倒れ臨終の秘蹟を受けたのを機に、突然、他界するまで続くことになる聖痕現象と恍惚を毎金曜日に体験するようになった〕にも見出される。十字軍にも、十八世紀にアメリカに移住した共産主義分派的な植民者たちにも――十四、十五世紀の異端派ベガルド会士〔前出六五頁割註参照〕たちにも、十六世紀に宗教改革を起こしたさまざまのグループ全体にも、ニコラウス・シュトルヒ〔前出三〇〇頁訳註7〕にも、トマス・ミュンツァーにも、ハンス・ベーム〔前出六五頁「ニクラスハウゼンの笛吹き」の割註参照〕にも、ルターにも、再洗礼派などにも、この現象は見られ――そしてついには精神病院の幻視を体験する癲癇患者たちにもまた見られるのである。彼らが幻視する数々の「天界の異常現象」および力や美の「示現」は、キリスト教の聖人や修道院内の懺悔者が体験する同様の情動と較べて、けっしてひけをとるものではない。したがって、キリストが「天にまします愛する父」に拠りどころを求めるのは、詩趣に富むそのみごとな美的効果にもかかわらず、心理学的に確乎たる座を占め人間の魂に周期的に生じる出来事を窺わせる、世界史上の一つの特殊な臨床例にすぎないのである。――

しかし、イエスにも、青年時代に感じ考えたことの成果、何年にもわたる隠棲と度重なるメランコリーの発作の結実、官能的衝動とは程遠い純粋無垢な魂、つまり、ほとんど同性愛的でありながら幸福で晴朗な魂の気分はある。そうしたものすべてが、人類を包み込むかのような無私の隣人愛を褒め称える教訓的な頌歌というかたちで、溢れ出し降り注がれているのである。こうしたイエスの姿は、ひたむきですがすがしく甘美で、さながら夜啼鳥《ナイチンゲール》の囀りを聞くような思いがする。そこに彼の魂のけっして挫《くじ》けない芯の強さがあった。そこに、あらかじめ勝利を約束された持ち前の特色が出ている。国家であろうが、正統派教会であろうが、どんな敵も彼を屈服させることはできない。なぜならある理想の無私性こそは、その理想そのものが勝利するための無条件の保証だからだ。あまつさえ、その理想の担い手を殉教者に仕立てようとすれば、こうした企てがかえって勝利を早め盤石にするばかりである。だが、ここでまた明らかになるのは、イエスにおける感性の営みが、悟性の論理的誤謬や機能的過誤とは一切無関係で、これにいささかも煩わされていないということだ。イエスにとって早くから悟性は、国家理性《シュターツレゾーン》との熾烈な対決に見られるように、今日の経験に照らして「精神病」と呼ばれる領域に属していた。つまり、悟性よりも感性の営みのほうが元々先立っているのである。いわゆる情動性精神障害《モラル・インサニティ》〔イギリスの精神科医・人類学者ジェイムズ・コウルズ・プリチャード（一七八六―一八四八）が一八三五年にはじめて用いた語。一般に「背徳症」と訳される〕の場合、しばしば悟性はめざましく活性化する。これと対照的に、イエスの場合には、悟性の幅を著しく制限する一方、感性の流れが堰を切ったように圧倒的な力で湧きあがっているのである。

もっと時代を経て世界史においてたった一度だけだが、ふたたび一人の人間の感情の内実がこんなふうに大量伝染していった例がある。すなわち、アッシジのフランチェスコの場合である。むろん、それはあくまでイエスのコピーであったし、彼よりもはるかに平坦ななりゆきで、殉教によって強力に後押しされることもなかった。しかし、それでも闘いは一触即発の状態にあった。

イエスは何年ものあいだ孤独のなかに籠りつづけた。そこで――ルターやムハンマドやサヴォナローラのように――おしなべて桁外れな利己心に苛まれたこうしたパラノイア気質の若者たちのように――悪魔と格闘し、あらゆる誘惑を撃退して、論理と理性をことごとく敵に回して自己の妄想体系を誇らしげに拡張していき、段階を踏みつつ耽美な自己神格化にまんまと成功した。その後、イエスは外の世界に一歩踏み出し、日常のこまごまとした口喧嘩や羨望も覚悟した上で、切れ味のいい諷刺まじりの弁論術を武器に同胞たちに自分を売り込みはじめる。ここで彼は何喰わぬ顔をして僧院にもぐり、論敵たちのなかに紛れ込んだ。そこで彼は正真正銘の煽動者、第二のラッサール、第二のリヒャルト・ヴァーグナーとして、群衆に長広舌をふるうと、彼らはこの貧血気味の若者の甘言には抵抗できない。漁場でも、結婚式でも、埋葬式でも、収税吏の窓口でも、安息日の憩いのあいだにも、絶好の機会さえあればいたるところで彼は口を挟み、ささやかな日常の出来事を話の糸口にして、ソクラテスのように、なにげなく道を往き交う通行人の行く手に鋭いアンチテーゼを投げかける。当時の奇蹟を起こす人々のトリック——超人の、霊能者の、魔術師の風《ふう》を装うのに身につけておくべき必須の小道具——さえもことごとく自家薬籠中のものにし、きわめて巧妙かつ優雅にこのトリックを操った。それどころか彼は、若い田舎娘や、疲れきった下働きの女や、気のいい娼婦や、素朴な日雇人夫などの一群の幸福な人々をまわりに集めて、「柔和なる者は幸いなり！　貧しき者は幸いなり！　心浄き者は幸いなり！」〔マタイ福音書第五章におけるいわゆる「山上の垂訓」を参照〕と唱えて、彼らに自分の奥底にある情動の魔術的効果をあますところなく感じさせ、虐げられたこのプロレタリアのごとき人々から実生活の不安や屈辱を払拭し、富める者を除く彼らのために天国がわざわざ用意されているとして、彼らのために天国の門を開いた——かくしてイエスは人心を一挙に掌握してしまう。一人のガリラヤ人の自然な感情から発せられる心を打つ声色と、正統派の祭司たちが聴衆相手にがなりたてる韻律でガチガチに縛られたお説教とのあいだには、なんという懸隔があったことだろう！　聴衆たちは大喜びでこの霊妙な若者にうっとりとして夢中になったにちがいない！　彼らはこの若者の後を追って大勢殺到した。のちの十五世紀末、心の笛をいつも甘く響かせたニクラスハウゼンの笛吹きを追いかけまわしたときのように、高く手を掲げながら厳かに宣誓し、彼が求めることなら何でも信じた。ダヴィデ王の血を引くというその素姓のことも、神の子であることも、彼がこの地上に開くであろう未来の共産主義的な天国のことも、何でもかんでも――ちょっとした大小の差はそこではもはやどうでもいいことだった――信じ込んだ。そしてまもなく属州と属州民組織は、彼の導きによって、金に物をいわせた贅沢三昧の首都に対して激しく抵抗することになった。

いうまでもなく首都の警戒態勢に抜かりはなかった。この男は危険人物と目されていた。同じような出来事が毎日のように起きた。不平不満があまねく鬱積し、政治状況もじつに惨憺たる有様な上に、たとえどんなにとんでもないことが起こってもいっこうに無関心で、民衆は虐げられ弾圧されていた。そんななか、向こう見ずというのか、奇矯というのか、一人の若者が巷に屯《たむろ》する賤民たちを味方につけ、草木一本も生えない石ころだらけの渺々たる荒野に連れていき、そこで長説法をし、腹ぺこにして衰弱させ、あげくの果てに、どんな暗示にもすぐにかかってしまうくらい半狂乱と化したこうした人々を市街めがけて怒濤のように突進させたのだ。そんなことが四六時中起こった。この作戦は一再ならず成功を収める。そしてとうとうプロレタリアどもは都市の連隊の実権を牛耳った。とはいえ、当地で政治的に名目上の連隊の指揮を執っていた正統派の神権政治家たちは概して、ローマ帝国の属州総督に通達を発して「世俗権力」を要請した。そこでローマの騎馬隊が派遣され、装備がろくにない弱体化した武装組織は他愛もなく叩きのめされてしまった。

国家理性の観点――いったい、他にどんな観点があるのか？――から、イエスがこのとき、その種の暴徒の一人と目されたことに疑問の余地はない。ところが、先に述べたような群衆、彼がいたるところに行脚して働いた数々の煽動工作、さまざまの属州で四方八方に飛び火した叛乱、行動に出るまでに要した長い――二年間の――準備期間、これには当局側も首を捻《ひね》っていた。

当局はまず手始めに、彼の——なんてみじめで見るからに狂ってるんだ！——教義体系に反駁を加えることで、弱い脇腹から彼を攻め落とし、やんわりと武装解除させようとした。そして宣教先の彼の下にパリサイ人の使節を遣わせた。ところが、どうしたことだ、パリサイ人はこの若造に太刀打ちできなかった。彼の教義体系と弁論術は弱い脇腹どころか、彼の強味だったのだ。それに彼らを論破する様子ときたら！　ぞっとするような壮大な妄想が魂を蝕んでいるにもかかわらず、その知性を耀かしい強力な防衛兵器に鍛え直した、真のパラノイア患者だ。ベルゼブブなのか？　彼は悪魔との契約という誹りを相手にそっくりそのまま返し、この汚穢にまみれた精神に心を打つほど純粋な自分の魂で対抗したのだった！

さて、どうすればよかったのだろうか？　精神病院は存在しなかった。おまけに「病める」心なるものは神学がつくりあげた代物だった。まして精神科医などいるはずもなかった。しかし検察官はいた。検察官はいつだっているのだ。そこで神の冒瀆を罰する法文に訴えたのである。そういう場合、いちばん手っ取り早く済むのはいつもこのやり方なのだ。総督府は、好ましからざる人物を最終的に厄介払いするための法の条項を都合よく捻り出してくる。万一それでも死罪に持ち込めない場合には、十五年以上の懲役刑判決が下るよう、法のほうを歪曲するのだ。そうこうしているあいだにやつは精神病になる。でなければ牢内の服務規律のためにくたばってしまう。そのどっちかだ！——裁判になれば本件の有罪はかたい。——裁判にしたほうがはるかに有利だった。なぜなら、神を冒瀆した廉——しかもその有罪が法廷で証明されなければならない——で死刑が科せられるからだ。そうすれば例の騒動も鎮圧され、これまでの数多くの事例と同様、官僚機構が申し分なく完全に機能したことになる。

だが狂気は、イェルサレムの支配者たちが夢にも思わなかったほど急速に、ここで主役を務めている若者の頭のなかで進行していた。彼は、現世における神の国〔マルコ福音書第一章第十五節〕を宣べ伝えていたが、以心伝心は遅々として捗らず、時間ばかりがいたずらに過ぎていった。それにもかかわらず彼はまだ群衆に信奉されていた。このような状況に鑑みて、彼はあえて暴挙に出て、マザニエッロ〔三一四頁訳註31参照〕のように信徒を突撃させたのだ。――福音史家たちは数世紀にわたるその砂糖漬けの作業のなかで、こうした所業を、棕櫚の葉と白衣の乙女に彩られた甘ったるい春の到来に一変させてしまった。まるで棕櫚の葉っぱを振り回せば、政治支配やローマの進駐軍を阻止しつづけることができるとでもいうように！――最初の突撃で彼は全土を制圧した。そして数日間、数週間というもの、のちのフィレンツェのサヴォナローラのように、彼の神政が事実上、実権を握った。――彼は病んだ脳髄によってこの神権政治の采配をふるった。これには、いかなる専門家も、いかなる精神科医も感服せざるをえない。――それにしても、知的とも衝動的ともつかぬこの人間にあって、しばしばあらゆるものがなんと絶妙に混在していることか！　かのクニッパードリンクとその一党のことを考えてみるがいい！　当時のミュンスターで、この人物は、なかば政治的で、なかば宗教的・エロス的・空想的な王国を一年以上、誠心誠意かつ怜悧狡猾に統轄し運営したのだ〔Bernhard Knipperdolling (1495?-1536). ミュンスター再洗礼派の指導者〕。あるいは、あのツヴィッカウの織工ニコラウス・シュトルヒ〔三〇〇頁訳註7参照〕のことを考えてみるがいい！　彼は、幻覚に憑かれて何年も中部ドイツを放浪し、いたるところで幽霊《ガイスト》どもをかき集めていたのだ。幻覚者が黄金と釣り合うほどなにものにも代えがたい時代というのがあるのだ。しかも、幻覚者には、すばらしい造形力に恵まれた柔軟な天性がある。強情張りと頭でっかちですっかり不毛になった大衆を新たな息吹《ガイスト》で充たすことができるのは、彼らだけなのだ。こうした連中が出廷してくると、きまって法律家たちは、あいかわらずの「自由意志」、つまり、正常な抑制をともなう責任能力の領域と、抗うことのできない衝動性の領域——これを法律家は「病気」と名づけている——とを区別したがる。あたかもこの二つの領域を切り分けられるとでもいうかのように！　心理学者は、こんなやり方に怖気をふるう。幻覚とは何か？　それは人間心理の生得的な表出であり、そこから人間の魂のもっとも深く隠れた奥底を覗き見ることができるものだ。幻覚とは、われわれが意識ある存在として具えている最後の審級だ。幻覚に宗教的色合いが加われば、もはや鬼に金棒である。なぜなら聴衆の心の奥深い根源に触れているからだ。幻覚が受容されれば、それが「真理」なのだ。つとにM・ヤコービ〔ドイツの精神科医Carl Wigand Maximilian Jacobi (1775–1858) のことか〕がいみじくも喝破したとおり「疫病のように蔓延すれば、狂気は理性になる」。——ムハンマドの幻覚や幻視は、イスラームの信仰体系にとって実質的な基盤になっている。——こうした人々を法的唯名論という調整器で扱おうとするのは、まるで巨人を定規で測ること、芸術作品をその制作用素材で品定めすること、たとえば『ローエングリン』の前奏曲に音響物理学の教科書で肉迫しようとすることだ。

——筆者は、ミュンヘンの郡立精神病院にいたファイレンハウアー・Bという好人物のことをいまなおまざまざと想い出す。当然ながら、彼のランドセルにはろくすっぽ教材が入っていなかった。二、三の妄想を別にすれば、知的な面で非の打ちどころがなかった。弁舌爽やかで理路整然としていた。感情、感性、霊感や予感のどれ一つとっても、まぎれもなく彼は、驚くべき慈悲に溢れうっとりするほど柔和にふるまうあのキリストにそっくりの人物になっていた。何年ものあいだ彼は国中のあちこちを放浪して、身のまわりの貧しい境遇、自分自身の貧困に、底知れない自分の感情を順応させようとしていた。そしてついに行き詰まってしまったのだ。いまや眼をらんらんと燃え上がらせ、魂を白熱させて、医者に抱きつきながら、神聖侵すべからざる自己の内面のために一切を犠牲にする覚悟を固めていた。彼の内面は、少年時の二、三の想い出、学校で習いおぼえたいくつかの知識だけで形成され、わずかな聖句風の格言によって涙ぐましいほど醇朴になっていた。――こういう人材から教祖が彫り出されるのだ。宗教が唱える精神的価値や真理は相対的なものにすぎず、土壌に恵まれなければもはや育たない。絶対的真理など存在しない。人間には自己啓示という相対的な尺度しかなく、その集団感染があるだけだ。不幸があまねく覆いつくす困窮と苦難と不安の時代に送り出されたこの若者は、貞潔な身振りで、苦難に充ちた世相にぴったりの神々しい金言を唱えつつ、村々をあてどもなく転々と彷徨った。各地を遍歴したメランヒトンのような人さえ深く感銘を受けた、十六世紀の底意地の悪い織工ニコラウス・シュトルヒに較べれば、このファイレンハウアーのほうがはるかに人徳があった。――

ところで、イェルサレムでは反動の波が迫ってきた。最初の奇襲後、当局はすみやかに兵力を再結集した。こちらで意気軒昂として士気が高まるにつれて、他方、迎え撃つイエスの側は、実り豊かな精神的営為のあと、緊張感が緩み疲弊しはじめていた。前進なくしては後退あるのみである。自己の感情という春の嵐もろとも眼前から一切を薙ぎ倒し熱狂を捲き起こした、比類なき若者は、この宏大な都市にあっていったいどんな国家機構を実現できただろうか？　どれほど地に足のついた神権政治をなしえただろうか？　彼には、山上の垂訓で真福八端〔マタイ福音書第五章第三―十節〕を囁くか、せいぜい長々と説教をし熱狂するしか能がなかった。そんな男が、日々の生活を恙《つつが》なく保全してはいるが自分の手に余る仏頂面の官僚機構を、いったい何で埋め合わせようというのか？　フランスの〔パリ・〕コミューンの場合なら、しかるべき場所で生活して仕事をこなす心得があり、どうにかこうにか《タン・ビアン・ク・マル》、すくなくとも生業を立てていくことがちゃんとできた人たちだった。ところが、ここではそれが漁師――ポルティチにおけるマザニエッロのような漁師――であり、手職人であり、人はいいがまるきり無能な烏合の衆だった。こうした場合、叛乱の鎮圧は確実に期待できる。そしてここでまずとりわけ肝腎なのは、騒動全体の火付け役、つまり首謀者《アクトール・レールム》たるあの狂信的な病める頭脳をこちらの思いどおりに取り込めばいいということだ。それ以外はたいしたことではなかった。騒動もどうやらイェルサレム市内を占拠地とみなすことをあっさりと諦めたらしく、市外に逃亡した。どうやらさしたる支障もなくイエスは逮捕されたようだ。居所が判明するとただちに巡邏隊が派遣され彼の身柄を確保した。かくして、事の次第が知れわたるやいなや、信徒の一群は蜘蛛の子を散らすように潰走してしまったのだ。

本件に何一つ複雑な性格はなかった――神を冒瀆した罪を自白しているため有罪認定するだけでよかった――ので、きっととんとん拍子で事が運び、わずか数日間で一件落着したことだろう。もしかりに、ユダヤの宗教裁判所である最高法院《サンヘドリン》〔七十一人の長老から構成されるローマ帝国治世下におけるユダヤ人の宗教的・政治的自治組織〕とローマの判決執行のあいだのいつ果てるともしれない管轄権をめぐるごたごたが生じなかったとしたら。また、いつものことながら、この機に万難を排して、多くのけちくさい利害関係に片をつけようとしていたならば。ローマ総督府当局は、古くから植民市統治に習熟し、宗派間の対等《パリテート》の権利に対しては寛大に見守っていた。そこで当局は小心翼々として、この十二支族の宗教紛争に容喙《ようかい》することをあえて避けたのである。たとえかりに当局にとって土着崇拝——そのために感覚面での搾取すらローマには許されなかった——がさほど忌むべきものでなかったとしても。これに対してユダヤ宗務庁は、民族を司牧する点から、みずからの指令の自立性と無謬性を厳格に重んじていた。それこそは彼らに残された唯一の自由だった。したがって、この両勢力のあいだには、衝突や管轄権争いの可能性はいわばあらかじめ排除されていた。ローマの執行機関はただ一点にかぎり世俗権力のいかなる行使もかたく禁止した。いわゆる宗教上の違反行為ゆえの死刑判決とその執行の場合である。ローマでは、自国の地元宗教がとうに鳥卜官《アウグル》並みの愚行と化してしまっていたため、ローマに輸出できそうなエロス的な色合いの濃い礼拝や官能をくすぐるような信仰がすべてアジア属州〔アナトリア半島西部。かつてのフリュギア〕の巨大な貯蔵庫から寄せ集められていた。だから、そんなローマのような国家にとって、宗教的見解を事由に人を死罪に処するのは不可解であり不当なことであると思えたにちがいない。一方、ユダヤの律法に照らすなら、イエスはいまや有罪認定された瀆神の徒であることに間違いなかった。また、神の冒瀆は、ユダヤ法によれば死罪に相当した。しかし、世俗権力が宗教上の処刑の執行を拒んでいる以上、どうしてこの死罪を執行できようか？　ここで重大な問題が生じる。いったいどの法文条項をこの男に適用するのか？　条項をめぐるすったもんだと喧々囂々《けんけんごうごう》の議論。条項だ、条項だ！　死刑の適用を許す条項が何か一つでもありさえすればよかったのだ。幸いなことにイエスは、見張りが目を離していたふとした折に「王」云々と口にしていた。「ユダヤ人の王」だ。これに政治臭いニュアンスがあるように思われた。――「汝はユダヤ人の王か？」ピラトが訊ねた。――「そのとおりである！」〔マタイ福音書第二十七章第十一節。原文のルター訳聖書では Du sagst es（ギリシア語では Σὺ λέγεις）だが、この返答はじつは相手の質問に対する肯定とも否定とも解釈できる。すなわち、一般に訳されているように、「あなたのいうとおりである」という肯定の答えにも解されるし、「そういっているのはあなたである（私はそういっていない）」という否定の答えにも解される〕――どうやら勝算あり。そこであの総督府と廷吏の耳障りな悲鳴とてんやわんや。買収された弁護士どもの嘘で塗り固められた論告、目配せと登録書類の改竄、牢の独房のガサ入れ、「磔だ！」と大衆を煽る密偵《アジャン・プロヴォカトゥール》の唾棄すべき攪乱工作、日雇賃金欲しさにどんな牽強附会も辞さない共犯証人、新証人への伝令や法廷の雑沓。その騒がしさに検察官は頭痛で頭ががんがんしてくる――なぜって検察側が敗訴すれば（総督府当局からは政略的な訴訟と有罪判決が命じられているのだ）、出世はフイだ。毎日、新局面を迎え、一時間ごとに適用条項がくるくる替わる。「メシア」の条項、「神の子」の条項、「三日以内に神殿を取り壊したい」と彼が口にした行為が該当する条項、そのような法文条項が虱潰しに検討され却下された。「神の冒瀆」の条項では具合が悪い。今度は「不敬罪」の条項ならどうだ。「ユダヤ人の王」、しめしめ、これならうまくいく……

はたしてそうなった。物静かでぶっきら棒な役人のピラトは、この不快な怒号を腹の底から嫌っていた。そんな彼でさえ、求められている出口がどこなのかちゃんとわかっていた。すべては法の茶番でありペテンであることをすぐに見抜いた。つまり、政治問題へのすり替えであり、お粗末な法文条項の変更であり、法の歪曲なのだ。「あの人はいったいどんな悪事を働いたのか？　俺にはこの人を裁く理由が見つからない！」――しかし群衆からの威嚇は予想をはるかに上回っていた。最高法院《サンヘドリン》の犬どもがやたらに暗躍していた。いまや現実に政治問題になりはじめていた。そこでこうなる。イエスは小者だ。おまけにガリラヤ出身ときている。属州の人間だ。手職人だ。プロレタリアだ。しかも病んでいることは歴然としている。こんな男の生命など鐚《びた》一文の値打もないのだから、政治的な叛乱なんて起きっこない。――しまいにはローマへ直々に報告するよう催促されるのだろうか？――皇帝は顔をしかめるだろうか？――ああ、なんということだ！……

こうしてイエスは死んだ。死刑執行人の手で処刑されたのだ。一介のパラノイア患者、とはいえ、この精神の英雄は、パラノイア性妄想の揺るぎない強靭な力を尽くして、最後の血の一滴まで自分の思想を擁護した。殉教者として彼が命を落としたことで、彼のさまざまな内容の妄想が群衆に伝染し、かくして「精神病」がほぼ二千年の永きにわたって「真理」を獲得したのだ。

彼は、ソクラテスのように、サヴォナローラのように、フスのように、セルヴェ〔Michel Servet (1511–53). スペイン名、ミゲル・セルベート。宗教改革期の人文主義者、医師、神学者。三位一体説を批判したために異端とされ火刑に処せられた〕のように、ザント〔三〇二頁訳註21参照〕のように、ペロフスカヤ〔Со́фья Льво́вна Перо́вская (1853–81). ロシアの無政府主義者。ナロードニキ運動弾圧後に結成された秘密結社チャイコフスキー団に加わり、一八八一年のアレクサンドル二世暗殺の首謀者として絞首刑になった〕のように、アンジョリッロ〔三〇四頁訳註31参照〕のように、死んだ。心理現象としてユニークで比類のない意識、すなわち、死をつうじてはじめて理想主義思想が勝利する、という意識のなかで死んだのである。

この驚くべきアナーキストの聖人伝を書き綴る過程のなかで、福音史家たちは、これをおそろしく甘ったるいお涙頂戴物にしてしまった。その格調高い性格描写の大半は曖昧模糊としていてあてにならないものだ。しかし唯一たしかだと思えることがある。すなわち、一風変わった内容の思想がこの男のなかで徐々に芽生え、静かに育っていったということだ。まぎれもなくパラノイア性のこの思想は、まず第一義的には遺伝をつうじて発生し、その後、巌のように堅牢な観念にまでどこまでも着実に膨脹していく。それこそ、あの思想、あの妄想、いずれ世界を支配することになるあの精神の固定観念なのだ。——いったんそうなってしまったら、絶対に後戻りはしない《ヌンクアム・レトロルスム》〔ハノーファーの聖ゲオルク騎士団のモットー〕！　精神の発展という隘路にひとたび足を踏み入れたら、あの最後の瞬間……「そのとおりである！」に辿りつくまでは、なんとかじっと持ちこたえて、断じて後戻りしないのだ。——

かくして心理学者という名の無神論者ですら、彼が持ちこたえられるようにしてやるにちがいない。イェルサレムの見下げはてた弁護士、三文文士、警邏、官吏、博士、密偵、官僚どもは、どいつもこいつも、皇帝が一回でもウィンクしてくれさえすれば、寵愛のため、叙勲のため、昇給のために、一切合財どんなことでもやってのけたことであろう。そんな連中を前にして、彼は、一歩たりとも後に退かず、いかなる譲歩もせず、慈悲を請いもしなかった。彼はむしろ、こうした穿鑿好《カズイス》き《ト》たちから身を守る唯一の防禦手段として、自分の真心と心を打つ善意、ピカピカに光沢を放つ名誉の楯を構えただけだ。その楯は、ライプツィヒ正統主義者の最後の末裔の頭蓋骨がとうの昔に墓のなかで朽ち果ててしまってからも、彼の忘れがたい名誉称号となって残っていくことだろう。

フッテンの精神による対話（抄）

第四対話　無神論者と検事のあいだで交わされる三位一体論

無神論者　さてと、どうやら最悪の事態はもう越したようですな。庶民はまた一息つけるというもんです。

検事　はて？――最悪の事態とは何のことだ？――誰がまた一息つけるんだ？――いったい何の話をしているんだ？――

無神論者　わたくしのいわんとしているのは、哀れなドイツ人の首からもっとも重い軛を外すということにみんなこぞって賛成したということです。あんな軛に繋がれたままでは、ドイツ人はがっくりとしょげて、結局は、薄ら笑いを泛べるか、下手くそな駄洒落を飛ばすかするしかないんですからね。

検事　で、その上まだこの連中に一息つかせてやりたいと？

無神論者　原因と結果を取り違えておいでだ。まっすぐ立つことができれば、彼らはすぐに真っ当になりますよ。笑ったり嘲ったりするのは、あんな状況ではそうするほかないからです。

検事　頼むから教えてくれ！　そりゃいったい何のことだ？　貴殿はよもや、現行の社会体制の顚覆を企んでいるのではあるまいな――つまりだな、その、暴力的な蹶起……ということはつまりブルジョワ体制の変革を？

無神論者　まだお耳に届いておられませんか？　三位一体の構成における重大な変更がすぐ間近に迫っているのです。

検事　一体全体どういうつもりだ？――そんな必要はちっともないのに！――またもや官用書類が堆く積み上がって……どのみちこっちは山積みの仕事にうんざりしてるんだ……いまだって何百人もの定員外の無給司法官試補の扱いで手一杯というのに……

無神論者　にっちもさっちもいかず、連中は高笑い……

検事　万事恙なく運んでおる。わしらはもう連中から笑いを駆逐してやったわ……

無神論者　ある種の虚構《フィクション》が何百年もまともに持ちこたえられるものじゃありませんぞ。結局は誰かがやってきておじゃんにするか……さもなきゃ誰かが不意に馬脚を現わしてしまう。すると――みんな一斉に化けの皮が剝がれて――満座の大爆笑となり、誰かがヘマをするのをみんな待っていただけだったとバレてしまうんですよ。

検事　で、つまるところ、どうなるんだ？

無神論者　「三」に変更を加えるつもりらしいのです。

検事　血も涙もない革新というやつだな……もはやわしらの手に余る問題だな……これまでは至極スムーズだった。位格《ペルソナ》は**三つ**だったが、犯罪は**一つ**だけで済んでいたんだからな！　誰が何をいおうと、神を冒瀆しようと、だ。何もかも〈**一つ**〉の頂点で収まってくれたのも、〈**三**〉が〈**一**〉だったおかげだ。だが、書類を三つに束ねるなんてわしらにはできん芸当だ。またしても果てしのない書類仕事……こんなくだらぬ問題をまたぞろ持ち出してきたのはいったいどこのどいつだ？

無神論者　それが総意なんですよ。実際どうにもならんのです。

検事　やれやれ、弱ったなあ。

無神論者　要は、**聖霊**を捨てようって魂胆なんです。

検事　とんでもない、いったいどうなってしまうんだ？　そうは問屋が卸さんぞ。第百六十六条には誰も異を唱えておらん〔ドイツ刑法典第百六十六条は、「信条、宗教団体、ならびに世界観を共有する結社に対する冒瀆」に関する罰則を定めている〕。わしらの心の拠りどころはアタナシウス信経じゃよ。すなわち、位格は**三つ**だが、法文の条項は**一**条なんだ。いったいどうなってしまうんだ？　それではあんまりというものだ！　聖霊だけを独立したかたちで利用するわけにはいかんのだぞ。

無神論者　聖霊なんてなくなったほうがいいのです。あなた方を煩わせることは一切ありません。

検事　そうはいっても、この分離された神はいったいどうなってしまうんだ？

無神論者　こっそりトンズラするんです！――すなわち、除去されるんです。つまりですね、あれは弁証法的方法で揚棄されるのです。

検事　（懇願するように両手を合わせて）そうはまいりませんぞ！――断じてだ！――一つの神を法律の一条から抛り出すなんてまねはさせぬぞ……その後釜には何が収まるんだ？

無神論者　えー……えーと、その……**民族の守護神**を心の糧にするつもりらしい……

検事　（先ほどと同じ所作のまま）そんなものがあってたまるか！――実務上こんなのではまるで打つ手がない！――まったく雲を摑むような抽象的な概念にすぎんじゃないか！――そんなものに依拠していたのでは、判決はおろか起訴だってできはせん！

無神論者　そうなったら困りますよねえ。これは一種の誤解《クイ・プロ・クオ》にすぎないんですよ。あまりにも性急に、あの一者、超越的な霊を、民衆から奪わないために、やれ守護霊だ、やれ人間に宿る善意だ、やれ国民精神だのと、ちらつかせるわけなんで――

検事　どうケリをつけるつもりなのか、わしにはさっぱりわからん。はて、実際問題としてどう処理すればいいのか。なんてひどい無秩序をもたらすことか！――わしがキリスト教ですこぶる驚嘆した特色は、その偉大な美しさにあった。じつに法的見地から考え抜かれていて、そのまま犯罪学に適用できたんだ。〈一〉通の起訴状を作成していたんだ――南無三！　なにしろ一神教型の宗教体系しかないのだから！――当事者が何といおうが、〈一〉通の起訴状を作成していたんだよ。当人のしゃっ面《つら》に**神の冒瀆**という告訴状を投げつければ、顔面蒼白となった相手――それが大学の講壇にのさばる大学教授であろうと、ビールジョッキの背後で口元を泡だらけにしている無骨な百姓であろうと――が被告になって、六―八ヶ月、ないしは一年間の懲役刑をきっちり喰らってしまったものだ。それで判事も、裁判所書記も、研修生も、みな御満悦というわけだ……それなのになんという無秩序をこしらえてくれたんだ!?――ドイツ帝国憲法の条文から一柱の神を追い出すとは！

……

無神論者　神なんかじゃありませんよ。

検事　神ではないと?――その心は?

無神論者　あれは一つの位格《ペルソナ》にすぎません。

検事　一つの位格?

無神論者　一柱の神ではあっても、その神格のなかに三位があるんです。

検事　では、三分の一の神ということだな。そんなことは当方にはどうでもよろしい。法律の条文が**一つ**ありさえすればな。

無神論者　まるで違います！　とんでもないことですよ！――三分の一の神など存在しない！――現にここにその神がいるじゃないですか。世の人々は三性、三位、三柱の神々にすがっていたんですよ。神人同形説《アントロポモルフィスムス》のお話ですな。

検事　何だ、それは？

無神論者　**ズボン**の話です。

検事　いったいどんな**ズボン**だ？

無神論者　人々は自分の神々を着はじめたのです。つまり、神々を身にまとい、ズボンのなかに押し込みはじめたのです。こうしてドレス、ジャケット、靴、毛皮帽、ありとあらゆる服飾品が登場したのです。

検事　神かけて、そんなことはありえない！

無神論者　なるほど、「**神**かけて」なんて仰るんですね。正直、返答に窮しますなあ。最悪だったのは、トリニティ、すなわち三位一体を死守できなかったことです。どうやらそれは人間心理という装置に反していたのでしょう。ごく瑣細な問題が幻想によってそれなりに加工されてしまったのです。人々がこれまで聞かされてきたのは、神格は**三つ**なのに、神は**一つ**だということです。そしていまや人々はここから**三柱の神々**をつくりあげて、それを身にまとったのです。これが神人同形説《アントロポモルフィスムス》、擬人化と称されるものです。
検事　（思案顔で）こんな事態は予想外だ。そのかぎりでこの件は刑罰の対象外だ。
無神論者　途轍もないことが起こったんです！
検事　初耳だぞ！
無神論者　堅信礼のための授業の際に表沙汰になったのでありますが、堅信を受ける予定の少女たちは——内緒のひそひそ話から漏れ聞いただけではありますが——聖霊を男性と想像していたのです……
検事　なんてことだ！
無神論者　そうなんですよ、しかもズボンを穿いてるんですよ。
検事　おいおい勘弁してくれよ！
無神論者　逆に少年たちの場合では、女性像がイメージの大半を占めているようです。聖霊はたいそう薄着なんです。
検事　くわばらくわばら！
無神論者　少年がどうしてそんなふうになってしまうのか、すぐに気づかなかったのです。
検事　きっとどこぞの堕落した眩惑の産物であろう。
無神論者　違うんです。ベルリンの王宮《シュロス》橋のパラス・アテナ像のせいだったんですよ〔カール・フリードリヒ・シンケルにより設計されたウンター・デン・リンデン通りの東端の橋。一八二二年定礎。その橋にはヘルマン・シーフェルバインやアルベルト・ヴォルフらによって制作されたパラス・アテナ像が並んでいる〕。
検事　ちゃんと確認したのか？

無神論者　確認済みです。心理学の分野ではその件でもちきりですよ。ですからいまはこれをお払い箱にしようとしています。

検事　何をお払い箱にするんだ？　橋の大理石像をかね？

無神論者　滅相もない。三位一体を、神人同形説《アントロポモルフィスムス》を撤廃するんですよ。

検事　またか！　これはいただけない！　われわれは法律の条文の統一性を手放してはならんのだ。

無神論者　魂が拒絶しているのです。いまどきの若者たちの幻想というものがありますから……

検事　そんなものはどうだっていい。第百六十六条の統一性が崩れれば、他の条文もガタがくる。

無神論者　他の条文もガタがきますよ。とはいえ、本件については当の長老会議がすすんで賛成してくれました。

検事　いったい何の件に賛成したんだ！

無神論者　三位一体の刷新の件です、その……

検事　そんな言葉を弄して憚ることを知らぬとは！　自分が何を口にしているのか、どうかとっくりと考えていただきたい！　貴殿は言葉を濫用しておられるぞ。まるで………ふっと息を吹きかけることで国家の礎の一つを消滅させてしまおうとでもいうようだ！　ヘーゲルよりも性が悪いわ！

無神論者　さっき申し上げたことなんですが、じつにうまい文句にたまたまぶつかったものですなあ。この言葉がすっかり気に入ってしまいました。三位一体の刷新。これは掛け値なしの再生でして………

検事　何が再生するっていうんだ？

無神論者　子供のファンタジーですよ。若者たちにもう一度はっきり見てほしい。自由に周囲を見回すことができるようになってほしいのです。アポロンやアフロディーテを心から歓んで眺めてほしいのであって、これを図案集とみなしてほしくないんです。教理問答《カテキスムス》のイメージを気にせず、天国を位格《ピュポスタシス》だらけにしないで、ズボンを穿きジャケットを着てほしいのです。自然に美を見て、心に宗教を懐いてほしいわけなんですよ……

検事　敬虔主義者のような口ぶりだな。で、若者たちにいったいどんな宗教を心に懐いてもらいたいというわけなんだ？　聖霊はもう破壊されてしまったというのに……

無神論者　鳩としては破壊しました。——パラス・アテナとしては！——フリンジつきのズボンを穿いて顔一面にブロンドの髭を生やした、絵に描いたような女学院教師としてはね！——聖霊は鳩ではありません。パラスでもなければ、俸給九百マルクの女学院教師でもないのです。

検事　では、聖霊とはいったい何なんだ？

無神論者　聖霊とはわれわれの心情です。われわれの善行であり施しです〔ヘブル書第十三章第十六節を踏まえている〕。われわれの憐れみであり慈しみです。帝国議会や王の御前におけるわれわれの言語です。われわれの神聖なる抵抗であり反抗です。われわれの祖国愛、われわれの諦念です。われわれの無私の心であり、われわれの市民精神なのです……これには第百六十六条を持ち出してくる必要はありません。これをとやかく中傷することはできません。これを示すのに象徴を用いる必要はありません。ましてや裸体も鳥も必要ないんですよ。

検事　お引き取りを！　その口ぶりときたら、まるでヘルヴェーク〔Georg Herwegh (1817-75). かのハイネから皮肉交じりに「鉄のヒバリ」とも評されたドイツの革命詩人〕だ。

無神論者　話はまだ終わっておりません！　われわれは**第二の**形象も粉々に打ち砕くつもりなんです！

検事　**第二の**形象とはいったい何だ？

無神論者　主なる神のことですよ。

検事　主なる神だと！　そんなことを言い立てて良心が疼きはしないのか？

無神論者　ちっとも！

検事　いやしくも、ほぼ二千年にわたって、慈悲深く、かつ威厳を漂わせながら、憐れみに充ちた眼差しで見守りつつ、われわれの思考を支配してきた尊い形象ではないか……

無神論者　ラヴェンナのモザイク画のことを想い起こしてください。いままた修復されて、昔ながらの金地が絢爛豪華な耀きを取り戻しましたよ。それにしても、ドイツ人は図像を尊重しませんね。

検事　図像ね……じゃあ、われわれドイツ人すべてに共有する尊い御姿というのはないのかね？

無神論者　そんなことありません。ドイツではたいてい、顔中にゴマ塩髭を生やした老森林監督官がこれにあたるんですよ。きまってこういう人物は、ミケランジェロ風のドレープの衣裳をまとって「森に分け入」り、いかにも物思わしげに人差し指を額に当ててるんですよ……

検事　なんと不埒な。誰がそんなことを？

無神論者　人に訊ねてみるまでもないですよ。ロンドンの「心理調査協会《ソサイエティー・フォー・サイキカル・リサーチ》」の支部がドイッで五百人の小学生に質問したところ、かならず老森林監督官が出てくるんです……

検事　（考え込みながら）当該犯罪行為が刑法の何条にひっかかるものやら、ただちには断言しかねる——こんなことは滅多にないのだが——とにかく児童保護立法に着手せにゃならん……こんなのはもうまぎれもなく子供の生体解剖そのものだ！……

無神論者　そうですね。これが若者の頭脳にはどう映っているか、誰もが興味津々ですよ。

検事　全能の神の怒りに対する畏怖の念はないのか？

無神論者　わたくしは現在、さる自由信仰団体の広報担当を務めております。残念ながら研究には協力できませんな。冬の間中たいていは集会を主催したり、子供たちに課外授業をしてやらなければなりませんし、来春あたりまでに十中八九逮捕されているはずです。

検事　それにしても、言語道断のことを企んでおるな！——ふだんは誠実な人柄と見せておいて——ところがどっこい、国家秩序を破壊しようとするなんて、言語道断のことを企んでおる。わが王制も社会も、法務大臣の裁量権も検事の告訴権も、名門貴族の聖別叙階式もヨハネ騎士団の叙任式《リッターシュラーク》も、管区総監督の壁も救恤看護婦《ディアコニシン》の避難所も、この国家秩序を基盤にしとるんだぞ……われらの大聖堂を支えるこの花崗岩の礎石を破壊しようともくろんでおるんだ……

無神論者　思想は花崗岩の礎石より強し。われわれの意向としては……

検事　あんたは野蛮人だ！　神を冒瀆し、聖霊を藁箒《わらぼうき》に貶めるのか？　あまつさえ、もっとも神聖な存在を不当に辱めようというのか？　こうした存在は概念なぞではないぞ。あるいはもしや、神的なものをたんなる表象とみなしているようだな。むしろ、貴殿が狼藉を働こうとしているのは、地上を彷徨い歩き、荊冠を被ったあのイエス・キリストなんだぞ。

無神論者　個人的には荊の冠にべつだん文句はありませんよ。誰しも自分の肉体にちくちくした感じがしますからね。そして——ちゃんと話を聞いてくださいよ！——往古から伝承された思想の代わりに、自分の最高かつ至聖の思想を据えようとする人間、全世界を敵に回しても我を通そうとする人間は——よろしいですか！——二千年間、道を踏みはずさないでやってきたどこぞの馬の骨以上に苦悩せずにはいられないんです——そうですとも。死ななければならないでしょうし、荊冠を被らないわけにはいかないんです……

検事　……あのお方こそ、われわれのために血を流され、われわれのために刑場に赴いてみずからの命を犠牲とされたのだ。

無神論者　ほう、さっそくまた見解の相違ですねえ！　わたくしが望まないかぎり、何人もわたくしのために血を供することはできません。どんな人間が流した血も無用ですよ。その人にもその血にもわたくしは何の興味もありませんしね。

検事　なんと？　キリストの贖罪の死、ゴルゴタの丘で流された血による救済の教説を否定するのかね？

無神論者　わたくしはキリスト教全体を血の儀式と考えています。ユダヤ人のいわゆる血の儀式より百倍も悪質で百倍も本物の血の儀式と……

検事　それでよく大地に呑み込まれないでいられるな？

無神論者　いられますとも！　あるお話をさせてください。

検事　それでよくあいかわらずキリスト教国の空気を呼吸していられるな？

無神論者　いられますとも。ある話をさせてください。

検事　どうかお手やわらかなやつをね。

無神論者　何年か前わたくしはある青年と知り合いました。どの点をとってもすばらしい若者でした。金髪で、健康で、腹蔵なく、快活で、有能で、教養があり、あらゆる点で頭脳明晰ながら心根は子供っぽく、多感で、品がよく、清潔で、言葉にどこか人を惹きつける魅力を具えていて説得力があり、好感を抱かせる人物だったのです。——ただし、**彼は自分のことをひょっとしたらドイツ皇帝ではないかと思い込んでいたのです**……

検事　ええい、うんざりだ！　いったい何がいいたいんだ？

無神論者　御注意のほどを。もしも彼が皇帝ではなかったとしたら……

検事　ええ、むろん、当たり前だ。

無神論者　で、その若者は、この思い込みのせいだけで精神病院に入院してました。

検事　当然だ、疑問の余地はないな。

無神論者　精神病院のなかで彼はいたって物静かで、几帳面で、勤勉で、行儀よく、親切でした。彼は、入院仲間たちの病状を熟知し、自分自身のこともきわめてはっきり自覚しているよき観察者だったんです。ただ医師たちに対してだけは、自分のユニークな突拍子もない強迫観念を得々と語るのです——いまでも聞こえますよ。彼があの誠実な声で、患者たちが院内に通されて彼の狂気がおびき出されると、静かにこう呟くのが。「こう申し上げるほかありません。朕はドイツ皇帝なり！と」——彼は皇帝という思い込みが自分の現況と矛盾することをはっきりとわきまえておりましたが、微動だにせずにそこに立ちつくしていました。

検事　おもしろい症例だ。非常におもしろい。

無神論者　さあ、おわかりですね、あなたのイエス・キリスト、あれもこうした「ドイツ皇帝」だったのです。

検事　けしからん。で、結局、どういうことになるんだ？

無神論者　もちろんイエスは「ユダヤの王」を自称していました。まったく同じタイプです。ただあのガリラヤ人はみごとな倫理体系をかね具えていました。そしてこの機に——つまり行政府との抗争のなかで——そのことが露顕してしまったんです。実際にはそれが隠れた問題の核心だったんですよ。

検事　冒瀆だ——懲役二年——第百六十六条——加重情状。

無神論者　いまお話ししたあの若者もふだんは、世界を愛で包み込むようなささやかな甘い生き方に耽りがちでした。表向きにはどこからどう見ても、もう誠実さの**権化**でした。ただ彼が「ドイツ皇帝」であろうとさえしなかったら。

検事　まさしくそこに病いが巣喰っているのだ。

無神論者　違いますよ。よろしいですか、まさしくこの人畜無害で、温厚で、子供っぽい、無邪気な人間だからこそ、どこからともなくその人から狂気や神霊《デーモン》が頭をもたげてくるのです。これは

「病気」では済まされません。この概念を広義にとる必要があります。奇妙奇天烈なことに、そのような人間は他人に過ちを匡《ただ》してもらうどころか、その頑固さのせいで――ことによると荊の冠まで被って――他人をおのが教理に改宗させてしまうのです。かくして、そのような人間のなかに渦巻く精神力は、弱き者たちを力ずくで屈服させ、木偶の坊に変えてしまうように感じられるのです。

検事 うむ、嘆かわしいことだな。それでもキリストは神であって、その若者はただのうつけ者じゃないか。

無神論者 そのとおりですよ。キリストを神に仕立てたのはわれわれです。ですからまた彼を神の座から引きずり下ろすことだってわれわれにはできるんですよ。彼をふたたびあの若者のような、若くて病弱で朴訥な人間に、一人の偏執狂《モノマニア》に戻し、彼の最善の道徳観をこちらのものにすればいいんです。すなわち、汝自身と同じように、隣人を愛せ！です。すべてはわれわれ次第なのです。あなたやわたくしがその気になれば、彼は神ではなくなります。われわれの内面で起こっているのは、訴訟なのです。しかも、われわれは最高審です。ベルリンでは百万人がこの訴訟を今かいまかと待ちうけています。

検事 そうはいっても、神は絶対なのだ。鳩を忘れたとはいわせんぞ――ヨルダン河を越えて――あの方の頭上に舞い降りてきた鳩のことを……

無神論者 そうですね。つまり、当時のユダヤの国家によるイエスの処遇は、自分のことをドイツ皇帝と思い込んでいる例の若者に対する近代国家の措置とそっくりなのです。ただ当時は精神病院がありませんでした。そのためイエスは、なにやらある法令――こいつはあなたの十八番ですが

――を適用され、政治犯として処刑されたのです。ちなみに当時、精神病はちゃんと知られていましたし、家族はみんなイエスを精神病だと思っていました。あなたが最初の三福音書を批判的に読解できて、当時のギリシア語伝記作家の我慢のならない長ったらしい誇飾体《ユーフュイズム》〔十六世紀エリザベス朝イギリスの作家ジョン・リリーの小説『ユーフュイーズ』のような美辞麗句に充ちた技巧的な文体〕や紋切り型を不問に付し、「このことの起こりしは、預言者の云い給いし言《ことば》が成就せん為《ため》なり」〔マタイ福音書第一章第二十二節〕といったまったくお笑い種の挿入文の反復を恣意的な補足として差し引くならば――プロテスタント神学は百年以上も前からこうした分析に取り組んでいますが――そのときこそこの出来事は政治や官僚機構の渦のなかでありありと認識されるのです。ご存じのように、家族、母親、兄弟は、拷問を受けることになるその哀れな男の後を追って駆けつけ、物見高い群衆に、彼のいうことを聞いてはならない、あれは頭がおかしいのだ、とマルコ福音書第三章第二十一節で呼びかけています。そこに認められるのは、「口を開けば所定の見解を引き合いに出す」管区庁役人、「あらゆる点からして疑いなくわれわれにはここですべきことがあるとの一家言を持つ」聴診器をぶら下げた郡医官、スパイ、廷吏、秘密工作員《アジャン・プロヴォカトウール》、しかつめらしい役人面、書記官、羽根飾り〔Federbüsche. おそらくFederbüchse（筆箱）の誤植〕、要するに一言で申し上げるならば、あの哀れな悪魔を刑場や精神病院に送致するための行政機構全体です。

検事　それでは、キリスト教全体がペテンにすぎない、ということになりはすまいか？

無神論者　ですが、そうしたことはパレルモに埋葬されているホーエンシュタウフェン朝の偉大な皇帝フリードリヒ二世がとっくに語っていることです。それにまたもう一人のフリードリヒ二世、ポツダムに眠るあの偉大なフリッツ〔「老フリッツ」は晩年の愛称〕も、そう語っています。それにブルーノ・バウア

—だってそう語っています。いったいあと何度いわれればいいのでしょうか?——ともかく……

検事　もうたくさんだ!——やめたまえ!——さもないと、ウェイトレスを呼んで人だかりをつくらせるぞ。そうなれば、神を冒瀆した廉により貴殿は最高刑の禁錮三年を宣告されることになる。

——考えただけでも、身の毛がよだつわ!

第五対話　エラとルイのあいだで交わされるあらゆる時代の精神による愛の対話

エラ　わたしのことまだ見つめてるのね？

ルイ　まだまだ序の口だよ。

エラ　そんなまじまじと見つめて！

ルイ　目が釘付けなんだ。

エラ　あなたの瞳孔の黒眼が短剣みたいに突き刺さるじゃないの。その黒眼を見てわたしのなかにどんな気持ちが芽生えてくるのか、わかったもんじゃないわ。

ルイ　漠とした予感やほのめかし、目に見えないものの象徴だけさ――実際に事が生じるまではね。

エラ　いったいいま何を考えているのか、口に出していえないわけ？

ルイ　無理だよ。よしんばそんなことがわかったとしても――わかりたくないし、いえるとしても――いいたくはないんだ。

エラ　じゃあ、わたしはいつも待たされるってことね？

ルイ　それがきみの運命なんだ。ぼくら男もひたすらぼくら自身のことを待たなくちゃならない。きみたち女は――自分以外の人のことを待たなくちゃならないってわけさ。

エラ　ねえ、いったいどういうことよ。いつでも待っていなくちゃならないなんて？　うら若き乙女だっていうのにいつでも待っていなきゃならないわけなの？　いつもこちらは傍観するしかないの？　向こうのほうで何が起こっているのか、鵜の目鷹の目になっていやしないかってね。で、あちらがその気になったら――まるでつれないふりをして、しらばっくれてやるわね？　あちらが乗り気でなかったら――誘惑しなくちゃいけないのかしら？　プライドをぐっと抑えてね？　そしたら、もっと強引に誘惑すべきってことね？　黄色い服を着て、麝香《ムスク》やオポパナックスの芳香をプンプンさせればいいのかしら？　それからやっと――やっとよ――男が言い寄ってきたら、そのときはのぼせあがったりしないで、逆にこっちがその状況を利用するわけ？――そんなことしたら、隣近所から唾を吐きかけられるかしら？　女友達たちにどやしつけられるって？　そしてまるで狐につままれていたかのような彼の思い込みをなんとか払いのけてやるというの？――それってどういうこと？――

ルイ　そんなに息せき切って捲《まく》したてないでくれよ。獣みたいな振舞いはよしてくれ。これから獲物を狩りに出かけなくちゃならないというんだろ。雀よりも隼のほうが獲物をたくさんかっさらうんだからね。

エラ　まあ、ご苦労様なのね！　たったいまこの瞬間にも、わたしたちの頭上に空が崩れ落ちてきそうだというのに！　このわずかな一瞬だけ、わたしたちは人間を品定めすることが許されているのよ！　そのあいだは、愉しいどころか苦痛を味わうの！　打算たっぷり！　思惑たっぷり！　何尺《エル》ものカシミア！　何足もの半長靴《ハーフブーツ》！　艤装馬車《エキパージュ》の行列に、香水、扇、オペラグラス、ダンスの稽古……

ルイ　海が波打つように胸が高鳴ってるね。

エラ　嵐が近づいてくるのがあなたの瞳に映っているから。

ルイ　きみの眉間の、ほらここ、小さな皺ができてる、そこに不安なところがあるな。

エラ　順風満帆に航海してくれるのかどうかわからないからよ。嵐を突破できるのかしら。

ルイ　失望、軽蔑、吐気、陳腐《うんざり》といった病的な憔悴の表情が口元に泛んでるよ。

エラ　腰抜け、心変わりする男、口先三寸の軽薄なやつ、大言壮語する法螺吹きが怖いの。昼日中、獅子の皮をまとって闊歩してるくせに、棍棒をいつも家に置き忘れているヘラクレスさんたちが怖いのよ。

ルイ　きみの髪は震えて波打っている。この髪の薫りはなんとも名状しがたい。**エラ**としか名づけようがない薫り。譬えるべき言葉《テルティウム・コンパラティオーニス》が見つからない……波打つ髪、これだけがぼくに……

エラ　こんなときにスペイン語なんか話さないで、ドイツ語を使ってよ〔ルイはもちろんスペイン語ではなくラテン語を使ったのである〕。ほら——これがあなたをうっとりさせるのね——（髪の毛で男の顔を撫で回しながら）さあ、お好きなように名前をつけて。

ルイ　きみの腋毛にも惚れぼれするよ。

エラ　よして！　よしてったら！　わたしは前桟敷の貴賓席に媚を売るバレリーナじゃないのよ。

ルイ　愛の神々はこんな小さな捲毛のなかに住みつきたいんだ。

エラ　わたしから理性を奪わないでちょうだい。二人とも分別がなくなったらおしまいよ。どちらかが舵を取っていないと。

ルイ　この腕に滴っている露も飲みたいくらいさ。羊毛みたいな産毛で包まれた、ふっくらしたこの双腕。

エラ　不安に駆られて搾りとられるようにして、まずは雫になってわたしたち女の肌に滲《にじ》んでくるものなのよ。あなたたち男の欲望をそそるほどなの？

ルイ　ここに以前、お医者さんが予防接種時に穿刺器具《ランセット》の痕をつけている。一つ、二つ、三つ、あ、ここも！　四つ、五つ、六つ——もう一つあるぞ、七つ目だ——まるで童子が指先でここを押したみたい、愛神《エロス》がきみのここをそっと触れていったみたいだ。そして毒性のある酸で痕跡が残ったみたいだ。——七回の予防接種——なんて刺戟的なんだろう！——まるで七つの真珠の腕輪だ——黒死病のブレスレット——その真珠も銀白色——

エラ　そんなのがうれしいの？——うぶなのね！

ルイ　だんだんふくよかになって、きみの体重、きみの豊満な肉づきが痘痕を消し去ったんだね。痘痕がいまは撫子の花みたいに拡がって、水玉模様の斑点になってる。

エラ　まだねんねなのね！——そんなことではしゃぐなんて？

ルイ　本物の証しのようなものだよ。折り紙付きのヨーロッパ女。この腕に耀く大きな蠟燭の灯明はきみたちにしかないものだ。きみたち女よ、きみたちは何でも膨らませるなあ。だからクリノリンでスカートを膨らませるんだよ。傷や痛みまでも、何もかも実際より大きくしてしまうのさ。何もかも白いエプロンにくるみ込み、ぼくらを眩惑し骨抜きにしてしまう……

エラ　あらあら！　でも、わたしたちはそんなことまるきり考えてもいないわ。年端もいかない子供時分にわかりっこないでしょ？　お医者さんに連れてかれて注射されたのだわ。

ルイ　きみたち女性にあって自然はすべてを美しくしているんだ。後悔、苦悩、悲痛、疵痕、家族の不幸、公式追悼、貧血、失神でさえ、きみたちの場合には万事につけとびきり美しくなるんだ。だから、ぼくらは――讃美し――崇拝し――求愛しないわけにはいかないのさ。（彼女をひしと抱きしめてキスする）

エラ　何なの、痛いじゃないの！

ルイ　きみの肌に触れた童子みたいに、愛神の指先で軽くなぞるような芸当はできないよ。ぼくが触るとつい力んでしまうんだ。

エラ　痘痕の話をして、それでもう気が済んだ？

ルイ　この可愛らしい痘痕の話でずいぶん時間をくっちゃったな。だってさ――バツが悪いから釈明するけど――ぼくをうっとりさせるきみの**髪の毛**の薫りを一言でいい表わす言葉をなんとか思いつこうとしてたんだけど、結局どう形容していいのかさっぱりわからなかったんだ……

エラ　ほら、ハムスターさん。（またしても彼の頭上に髪の毛を垂らせる）

ルイ　木の実――榛《へーゼルナッツ》の実みたいだ――でも千倍も薄まってるけどね――おまけにすこしきな臭いな――

エラ　妄想にイカれてるのね！

ルイ　きみにはその匂いを感じることができないんだ。それを感知する嗅覚が欠けているんだよ。ブロンドの髪は千時間前から漂ってくる薫りのようだけど、いまにも手が届きそうだ。過去からそよいでくる芳香——とりわけ波打っている髪……
エラ ねえ、わたしの気を狂わせるつもり！
ルイ きみの口元は前よりほころんできて柔和でうれしそうだ。
エラ いまは信頼してるもの。あなたが強い人だとわかったから。わたしのことを守ってくれそうで逃げない人だって——でも、狂ってるわ——すくなくともいまこの瞬間は狂ってる——そしておそらくそれこそが、あなたたち男でいちばん価値のあるものなのよ……
ルイ きみの唇は乾燥で罅割れしていて、いくぶんひくひく震えている。強張った輪郭が消え、意志ではどうにもならないこの淡紅色の瘡蓋《かさぶた》に怯えわなないている。これは残酷、あるいは残酷への不安のしるしなんだ。——美しくないよ——いまのきみは美しくない——こんな表情は獣のように残忍だ——きみはいまやきみでさえない——まるでいつものきみではない——いまもきみのなかには災厄が猛威をふるっている……
エラ 黙って——それにまじまじと見つめないで。キスしているのに考えごとしないで。考えごとするくらいなら喋ってなさいよ。でも、わたしにはかまわないで。意地悪！ あなたが上になってるからすごく重いのよ。左胸がすっかりぺしゃんこになっているじゃないの。このがっつき屋！ いや、やめて！ いやよ、服は脱ぎたくないわ。わたし——え——恥ずかしいわ……貞淑ぶるつもりなんかまるでないけど。わたしバレリーナじゃないのよ。でも、でもこんなのはいや！ お願い、こんなところでボタンを外すなんていやよ。肩はだめ。でもそれならいいわ。あなたったら暴君ね！——シュミーズが裂けちゃったじゃないの！——ほら——もうビリビリだわ——このレース刺繍の胸飾り——これだけでも一マルク五十するのよ——せっかく妹が編んでくれたのに——きっとあなたは……
ルイ 静かに！——（激しくキスする）黙らないと絞め殺してやる……こん畜生！——気をつけろ、この……
エラ しいっ！——あれは！——ドアじゃなかった？
ルイ どこのドア？
エラ 廊下のドア——そうよ、きっと……
ルイ 閉めなかったのかい？
エラ どこのを？——外の？——いいえ！
ルイ いや、ここの部屋のドアさ。
エラ もちろん——閉まってるわよ——でも、だからって何にもならないわ。あなたがきてることは、みんな承知してるんですもの。
ルイ 知ってちゃいけないの？
エラ ええまあ——でも知っててもらいたくないの——ママのために——だってわたし恥ずかしいわ——ママが恥ずかしがるんですもの。
ルイ じゃあ、誰もきみに話しかけられないじゃないか。
エラ わたしに？——いいえ、そんなことないわ——家のみんなはほんとにかわいそうなの！——
ルイ きみの——ママ——きみの……

エラ　ええ、そうよ！――パパは病気なの――もう十年も寝たきりで――動けないの――仰向けになったきり――しょっちゅう讃美歌集を読んで口ずさんでいるわ――「汝の途を託したまえ……」〔詩篇第三十七篇第五節に基づくパウル・ゲルハルト詞の讃美歌〕って――眼鏡をかけて声を張り上げて。

ルイ　でもパパは知らない――まさかきみが……

エラ　とんでもないことよ――知ったら寝台《ベットシューレ》の柵木でパパに殴り殺されるところだわ――だってパパは、いまだにわたしが救恤看護婦《ディアコニシン》になると信じて疑わないんですもの。

ルイ　それで他の家族は？

エラ　ああ、イーダのことね――そうそう、あの子はお針子をしてるわ――まだ見習中なんだけど。

ルイ　彼女はいくつだっけ？

エラ　まだやっと十五歳。

ルイ　彼女もいつかきみみたいにきれいになるかな？

エラ　さあ、どうかしら――とっても可愛らしい女の子なのよ……

ルイ　じゃあママは？

エラ　ああ、ママはものすごく勤勉だわ――丸一日洗濯してる――家の外でも洗濯してるの――でもパパの面倒もみなくちゃならないし――しかもまだ兄弟が二人いるし……

ルイ　兄弟が二人だって！

エラ　そうよ――弟はいまラテン語学校に通ってて、コルネリウス・ネポス〔古代ローマの伝記作家〕やエレントの『ラテン語文法』〔Friedrich Theodor Ellendt (1796-1855) が一八三八年に刊行したロングセラーのラテン語教科書〕が入用なの――今日わたしが買ってあげたところ——ほら、そこに置いてある——それにノートと歴史の教科書も——しかもまだ年少だから着てるものに穴をこしらえるし……**食べる**ものだって……

ルイ　信じられないな……で、もう一人のほうは？——

エラ　兄はうまくやってるわ——錠前工で——手先が器用なの——二十年間奉公してお金もそこそこ稼いだわ——でも、いまさら結婚しようっていうのよ——エリーゼと——バカでそそっかしい女よ——だもんだから、兄はわたしに——「さしあたり」とか——「手付金で」とかいって——三百マルクも無心するのよ——ねえ、わたしいったいどうしたらいいのかしら？——兄にお金をくれてやるべきだったわ——ああ、どうしたらいいの！　だって家族がよってたかってわたしにのしかかってくるんですもの……（彼を愛撫して）ああ、いやよ、さあ、そんな顔しないで——だからってこんなことといってるわけじゃないのよ——

ルイ　ねえ——お願いだ……

エラ　しっ！——いま、外に誰かいるわ！——ママだったのよ——パパの具合を見にいっただけ——もう人の気配はしなくなったわ——

ルイ　パパはどこに寝てるの？

エラ　ずっと奥のほう——ああ、パパにとっては知らぬが仏なの！——何も感づいていないわ！——でないと今夜また、わたし大目玉をくらってしまう……

ルイ　なるほど、けど、たまげるなあ！……

エラ　なによ、根ほり葉ほり訊いてばっかし……あなたって子供みたいよ……こっちへきて！　やさしくして！――あらら、なんて顔してるの！……
ルイ　ううむ、こうして洗いざらい聞いてみると……
エラ　ん、何ですって？
ルイ　こ、こんな不幸《エーレント》を洗いざらい――
エラ　おバカさんだこと、エレントは、文法の教科書だけよ。
ルイ　どれもこれも悲しいことばかり！
エラ　何を勘違いしてるの!?――うちの家族はちっとも悲しくなんかないわ！――「人生を坦々と受け入れる［das Läben äben nähmen］」べきだ、とザクセン人はいうわ――うちじゃ今日プラム入りの蒸し饅頭《ダンプフヌーデル》をこしらえたのよ。下の男の子なんか大食漢みたいに――あら、いけない、錠前工みたいにって、あやうく口がすべりそうになったわ――がつがつ頬張ったのよ……
ルイ　じゃあ、錠前工のほうは？
エラ　兄は自宅では昼食を召し上がらないの――だから賑やかなの！――英国人なら「シロップ！」っていうところね。
ルイ　英国人が何ていうって？
エラ　「シロップ！」とか「シルップ！」とか。
ルイ　ああ、チーア・アップ！――つまり、陽気にやろう！ってことね――でも、シロップとは何の関係もないよ。
エラ　ふうん、どうだっていいわ。殿方にせめて愛嬌ってものがあればねえ。

ルイ　それじゃあ、何か別の話題にしよう。暮らしはどう？

エラ　（掌で顔を覆う）ああ――みじめだわ！――ああ、不幸よ……

ルイ　なんでさ？――だってきみはきれいじゃないか！　きみには崇拝してる男だって掃いて捨てるほどいるし――昨日お菓子屋さんでは、きみのまわりに猫も杓子も群がっていたよ――選り取り見取りだったじゃないか――おまけに――

エラ　おまけに？

ルイ　おんぶに抱っこで何の不自由もない――しかも、夜は枕を高くしておねんねさ。

エラ　よくもまあ、ずいぶんとバカげた想像をしてくれるじゃないの！……

ルイ　なぜさ？

エラ　そんなふうにとんとん拍子に事が運ぶとでも思ってるの？

ルイ　ふむ、じゃあ、どうだっていうの？

エラ　嫌がらせ――厄介事――苦境――お節介――軽蔑――駆け引き算段――病気――無理難題――でも、いつもエレガントで――いつも親切で――いつもおしゃれで――いつも手袋をはめて……それから――いきなり一人の紳士がウィンクするの。

ルイ　紳士がウィンクを？

エラ　制服を着た紳士がね――で、あなたなんかどこかに吹き飛んでしまうわよ――どうしようもなくなって――誰の助けも得られずに――牧草地から手折ってきた一輪の花みたいに――薫りが失せれば――ポイ！……

ルイ　そんなことをして申し訳が立つとでも？

エラ　なすすべがないのよ！　何の権利もないの。もう人間じゃなくて、一個の物――鉄道に預けられた小荷物なのだわ……つまり、一人の――あえてこの言葉をはっきり強調すれば――**人間**なんだけど、ほんとうは一個の物なのよ――どうしてかというと……

ルイ　どうして？

エラ　隣人の歓びを叶えるからよ――娼婦だからよ――庶民出の娘で、自分の天分をじっくり考えたことがないのだわ……

ルイ　で、それから？

エラ　それから――緑色の服を身にまとって広間に現われるの。すると、そこにまじめな紳士たちが、制服制帽姿に眼鏡をかけて、二折判《フォリオ》の分厚い本片手に腰掛けている……そしてそこでは……

ルイ　ふむ。

エラ　良風美俗により――目くばせするのも、色目を使うのも、小股に歩くのも、白いスカートをフレアにして膨らみをつけるのも、膝までのブーツも……一切禁止なの――すべてが罪悪――何もかも違法なのよ……

ルイ　というと？

エラ　つまり、某期間、人でなし《ベスティエ》として追放され、猿轡《さるぐつわ》を咬まされ、悪口雑言を浴びせかけられ、乳房が萎びてしまうほどとことんまで飢えさせ、目が潰れるまで干涸びさせるの……

ルイ　で、それから？

エラ　それから――声が詰まり――魂も窒息して――讃美歌の歌詞がふと頭に浮かぶの――パパが歌っているのがわたしには聞こえるわ、「おお、愛する魂よ、汝を飾れ……」って。

ルイ　それから？

エラ　それから――それから――何週間後だか、何ヶ月後だか、三ヶ月後だかに――ふたたび自分の小部屋に坐って――ふたたび白い下着を身につけ――ふたたびふっくらとして華やいで――部屋中に菫の香気が漂っているの――土曜日の晩のことよ――そしたら、あの人たちがやってくるの――あの紳士たちが――

ルイ　どの紳士たち？

エラ　緑の部屋の紳士たち……

ルイ　緑の部屋の紳士たち？

エラ　緑の部屋の同じあの紳士たちよ――眼鏡をかけた――お医者さんや司法官試補、ときには牧師さんも――ある方は白い下着がお好み、お次は黄色い下着がお好み、三番目のお方はシルクの下着がお好みで、四番目はレースのズロースがお好み、五番目はガーターベルトだけを弛めているのがお好みで、六番目は靴底で脳天をぶたれるのがお好み、七番目のお方は鼻眼鏡がずり落ちるというわけよ――いまや良風美俗は玉虫色でとらえどころがなくなっているの。これが売春婦みたいに大手を振ってまかり通り、しゃなりしゃなりと小股歩きでいちゃつきながら、すてきなブーツを履いて、秋波を送り、ペチコートを膨らませて……あら、どうしたの？――そんなふうに泣かないで！……

ルイ　ああ、なんておぞましい話だ！……

エラ　だからって泣くことないじゃないの！――さあ、いらっしゃいな、お悧口さんにして――これが高等警察だしキリスト教ってものなの――だから、わたしたちがこんな目に遭うんだわ――こんなことがなくなったら、わたしたちもようやくましになれるでしょう……

ルイ　キリスト教がいったいここで何の関係があるっていうのさ？

エラ　おやまあ、だってご存じでしょう。聖金曜日には外出すること罷りならぬ――我らが主たる救世主はわたしたちのために命を落とされたのではないから――復活祭前日の聖土曜日は断食せねばならぬ、なぜって、わたしたちは聖餐式に行くことすら許されないから〔通常、聖土曜日には聖餐式（聖体拝領）は行なわれない〕――それに復活祭の日曜日には、日中のお散歩は禁止。なぜって、我らが主たる救世主はわたしたちのために復活なさったわけではないから――だから、わたしたち生娘はいつも蒲団にくるまってザッヘル＝マゾッホを読んでるの……でも、だからって泣くことないじゃないの、ねえ。――ほら、ハンカチを取って！――あ、ちょっと待って、それは汚れてるわ！――待ってて、あなたの分を持ってきてあげる！

ルイ　いいよ、そのままベッドにいて！――涙はもう出てないよ……

エラ　まあ、鎖につながれた番犬みたいに吼えまくるのね！……さあ、おとなしくなさい――バカなまねしないの！――やれやれ、男ってこうなんだから！――わたしは何もいってないじゃないの！――ほら、わたしの髪の毛をあげるわ、喰いしん坊さん！――やっぱりハンカチを取ってくるべきだったわ！――ちょっとごらんなさいよ、ほら、わたしのシュミーズの胸で拭っちゃって。

ルイ　どうってことないさ。ただの水だからね。
エラ　違うわ、涙よ。
ルイ　だって、もうシュミーズを洗濯に出さなくちゃっていってたぜ。
エラ　そういう意味じゃないの。シュミーズじゃあなたに気の毒だと思ったから、ハンカチを持ってきてあげようとしたの。
ルイ　ぼくにはこれで十分だよ。
エラ　んまあ、あなたがそれでかまわないんなら。
ルイ　(彼女を揺さぶって) ひどい女め!
エラ　ねえったら、ちょっとお聞きなさいよ!
ルイ　(前言を撤回して) ほんとうは、あばずれっていいたかったんだ!
エラ　ふうん、それだってたいして変わりばえはしないじゃない。
ルイ　(口づけして) すてきな子!
エラ　もう、しゃんとなさいな。
ルイ　拳骨でぼくの頭を冷やそうってわけかい――容赦なく罵ったりして。
エラ　誰が罵ってるって?――罵ってるのはあなたじゃない!
ルイ　(口づけする) 絶望したからさ。
エラ　また絶望?
ルイ　……きみを独り占めにできない――きみのことを脳裡に深く刻み込んで――きみにむしゃぶ

りつくことができないからさ……

エラ　んんもお、そんなにわめき散らさないでよ！

ルイ　いまきみはぼくのものだ！

エラ　まだ違うわ！

ルイ　力を抜いて！

エラ　いや、そんなふうに摑まないで！――痛いじゃないの！……

ルイ　リラックスしなよ！

エラ　痛いったら！

ルイ　同情なんかしないぞ！――きみだって容赦しなかったじゃないか……

エラ　あなたがわからず屋だったからよ、自分がいったい何を……んんん、そんなにきつく押さないで！

ルイ　おっぱいを見せてよ！

エラ　いやよ。

ルイ　もう破れちゃってる……胸飾りが取れちゃった！

エラ　（金切り声をあげて）なんてことなの、わたしのシュミーズをずたずたに引き裂いてしまうなんて。

ルイ　妹さんがまた縫い合わせてくれるさ。

エラ　そりゃそうだけど、手間賃を払わなくちゃいけないんだもの。

ルイ　家族みんなにお金を払ってるんだね。
エラ　ちょっと見て、ここのところ、わたし一昨日ある紳士に嚙みつかれたのよ。
ルイ　さては、あのお菓子屋のご主人かい？
エラ　そうよ、そんなこと訊くまでもないじゃない。
ルイ　訊くまでもない、だって？――ふん、そんなこったろうよ！……
エラ　何がいいたいのかさっぱりわかんないわ。
ルイ　じゃあ、やっぱりきみはぼくにぬけぬけと嘘をついていたんだね。――
エラ　（絶叫しながら）いやっ――やめて！――バカじゃないの？――んんんっもう！――気でも狂ったのね。骨が砕けちゃうでしょ。
ルイ　（口づけしながら）すてきな子！――神の御手から非の打ちどころなく生み出されて……
エラ　そうよ、でもあなたの手からじゃ非の打ちどころなく生み出されて、ってことにはならないわ……
ルイ　この淫売め――おかげですっかり興ざめだ……
エラ　放してちょうだい――待って！　後生だから！――ちょっとだけ待ってってってば……
ルイ　もう――手加減なんか――するもんか……
エラ　よして！――ああ神様！――ああ！……――この禿鷹め！……

壁の内側でも外側でも《イントラ・ムロス・エト・エクストラ》

〈「城壁の内でも外でも犯罪は生じる」（ホラティウス『書翰詩』第一巻
第二歌第十六行（『書簡詩』高橋宏幸訳、講談社、二〇一七年、一三頁）〉

『チューリヒ討論』第十八―十九号、一八九九年

一八九九年十一月十四日、パリ。ほぼ二週間前からモンマルトルはお祭りだ。モンマルトルは小生の居住する街区。大道芸人、蜂蜜売り、福引回転籤《くじ》興行師、動物見世物小屋、回転木馬屋、露天写真商、蠟人形館興行師がセーヌ＝エ＝オワーズ県の津々浦々から一堂に会している。何百という屋台。クリシー通り、ピガール広場、ロシュシュアール通り、ド・ラ・シャペル通り——半時間にも及ぶ道のりに——屋台がずらりと立ち並んでいる。模擬結婚式《マリアージュ・アンテロンピュ》、へそ踊り、生身の人間を載せたギロチン台も見える。——なんてすばらしいんだ！——わたしは、提灯にまばゆく照らされながら、女子大修道院長まします我が閑寂なる書斎——アベス通り——を後にして——マルティール通りをずっと下っていく——と、実物大の白い野兎の一群がこちらに向かって殺到してきて——わたしは思わずぎょっとして後退《あとずさ》りする——何だ、これは？メルランがヴィヴィアーヌといっしょに妖術を操っているブロセリアンドの森に迷い込んじまったのかな？〔ブルターニュ半島中部にあるブロセリアンドの森は、フランスにおけるアーサー王伝説（とりわけクレチアン・ド・トロワ『獅子の騎士——イヴァン』）の舞台で、この森のなかで魔術師メルランは湖の妖精ヴィヴィアーヌ（ニミュ）の恋のとりこになる〕——雪のように白い野兎、ラパンだ。

——わたしはたったいま何といった？実物大だって？——実物の六倍だ、牡鹿並みだ。それが約五百羽、どれもこれも黄金製の皿みたいな大きさのルイ金貨を一枚ずつ口にくわえ、金ピカの馬勒《ばろく》に真紅の鞍敷きを装着して、まるで荒くれ者の猟師がすぐ後ろまで迫ってきたかのように全力疾走で駆けてくる。――もっと近づいてみると、何のことはない、回転木馬ではないか！　高台に設営され、電飾のどぎつい照明を浴びながら、長い白耳をピンと立てて、五羽ずつ併走して脱兎のごとく駆け抜けてくる。流れてくる音楽はグノーの『ファウスト』。――およそ八十人もの楽師がどこかに隠れているのだ。オーケストラだ。待った！　いや、これは手回しオルガンだ。――純白のラパンの頭上にはめいめい一個ずつ純白のアーク灯が吊り下げられていて、それが兎の動きにつれてゆらゆら揺れている。何もかもが白一色。流れてくる音楽はグノーの『ファウスト』。――そのラパン――野兎《ハーゼ》――いや、ラパンだ！――家兎《カニンヒエン》だ――パリジャンやパリジェンヌの心と頭のなかで、飼兎はある重要な役割を担っている。ラパンの象徴的な意味となるとキリがない。多産という本来の観念からひどく滑稽な意味にまで及んでいる。何でもかんでもがラパンだ。面倒や混乱が避けられない状況、もはや誰もが長々と描写するだけの能力もその意志も持ち合わせない状況なら、何だってラパンなのだ。したがって、ラパンは一つの状況だ。一つの出来事だ。誰かが何かあることを期待したが、その当てが外れたとする。**そりゃラパンだ！**――飼兎《カルニッケル》〔ヘマな奴〕だ。ご婦人がお金持ちだと当て込んである紳士を愛したのに、結婚してから金持ちでないとわかる――**そりゃラパンだ！**　ご婦人があるお金持ちの紳士を愛し、先方も愛してくれると思ったのに、その期待が裏切られる――**そりゃラパンだ！**　あらゆる殿方は、たとえ彼らについて何ら詳しいことはわからずとも、また彼らの実情がどうあろうとも、ア・プリオリにラパンなのだ。とはいえ、ラパンはあらゆるご婦人方に大人気の動物だ。ラパンはきまって愚かだ――それが殿方であれば、どんなに悧口でもひとしなみに、どうしようもないほど愚かなのである。ラパン、すなわち飼兎《カルニッケル》は、繁殖力が途方もなく旺盛なおかげで、ご婦人方のペットになった。その他諸々は、この多産性から派生してきたのだ。――いま全席をご婦人方が占めている。めいめい雪のように真っ白な動物の上に跨り、長い耳にしっかりつかまっている。流れてくる音楽はグノーの『ファウスト』。ご婦人方はスカートやドレスの乱れをきちんと直して、あの名高いパリの小さな足を覗かせている。女性たちはさも鼻高々とあの高鞍に跨りながら、帽子に挿した駝鳥の羽根飾りをなびかせている。ウォルター・スコット描くところの、白い橇の前でリンリン鐘を鳴らす妖精の国の女王様といえども、この誇らしげなご婦人方より鷹揚な物腰で応じることはできなかっただろう。いまや轟音とともに駆歩《ギャロップ》がはじまる。野兎は三通りの動作をする。木馬のように上下に揺れる、前方にいきなり跳躍する、円形舞台を急旋回する、の三通りだ。約五百頭の動物がとるいろいろな体の姿勢のなかでも、彫刻家のお眼鏡に適う姿勢は、六種類しか見つからない……叫び声があがった……騒々しい絶叫だ……あっちのほうだ……あそこでご婦人方が一、二名、初乗馬しているんだ――ご婦人方がこのからくり仕掛けに振り回されて前方に投げ出される――彼女たちはいましがた通り過ぎていった――背筋も凍りつくような戦慄の表情を顔に泛べて――彼女たちは痙攣を起こしながら死に物狂いで長い耳にしがみついている――流れてくる音楽はグノーの『ファウスト』――よござんす、淑女の皆様方、野兎ぴょん！――回転木馬の技師はミスしない！――一同大笑い――何千人もの群衆がまわりをぐるっと取り囲んでいる。ほとんどが騒がしい殿方ばかり、騒がしいラパンばかり――一同大笑い――一同歓声！――あそこで紳士も一人騎乗して、**青いネクタイ**を締めている――ますます壮観だ――回転木馬の内側、上品な紳士しか立ち入りできないその台座から、色とりどりの長い紙テープが、群がるご婦人方めがけて投げつけられる――それから回転木馬の回廊《ガレリー》からもご婦人方の頭上高くへ――回転木馬はちょっとした都市の縮図だ――紙テープが騎乗のご婦人方に投げつけられる――ご婦人方はぐるぐる巻きになり――橙色のリボンが幾筋もご婦人方の後を追うようにさっとかすめていく――プロセリアンドの森だ――流れてくる音楽はグノーの『ファウスト』――あそこでは**青ネクタイ**が乗っている！――続々とやんやの大喝采――テンポがべらぼうに加速する――親方、親方！止めて！――ご婦人が二人落ちる！――だめだ――もう止められない――二人の小僧がぴょんと跳びうつる――固唾を呑んで一同見守る――何人もの小僧が円形舞台にいっしょに乗っかる。――建物の上階からいくつもの頭がぬっと突き出し、いったい何事かと下を覗き込もうとしている。――手馴れたご婦人の騎《の》り手だけが、華やかなドレスを着込み、駝鳥の羽根を高々と挿し、華奢な足で、橙色のリボンに全身を幾重にも絡めとられながら、むっとする人いきれと喧騒と喚声のさなかに、周囲にたむろする何千というこのラパンの群れに対して、じっと冷めた視線を投げかけている……わたしは踵を返す。心臓がなんだか小刻みに震える。――わたしは階段を上って尼僧院長のところの自分の静かな書斎にふたたび帰っていく。わたしが目撃したのは、世界を揺るがし心躍らせる歓喜の一瞬にすぎない。熱狂に充ちたこの長い縁日のほんの一齣にすぎない。これが延々とおよそ三十分も続くのだ。ジャルダン・マビーユ〔パリの有名なダンスホールの一つ〕やムーラン・ルージュの蠱惑的なフリュネの踊り〔グノーの歌劇『ファウスト』中のバレエ音楽。フリュネとは紀元前四世紀の古代ギリシアで有名な高級娼婦の名前〕ではない。沸き立ち溢れんばかりのガリアの民衆の余興だ。ここでは猫も杓子も小刻みに震えている。猫も杓子も神経をピリピリさせている。そこにどっとなだれ込んであたりに蝟集している何千人もの人々の真っ只中に一言、一閃を投じる

——すると、たちまちパッと稲妻が走るのだ。マルセイユ人《ラ・マルセイエーズ》たちよ！　いざ行かん、祖国の子ら《アロン・ザンファン・ド・ラ・パトリー》よ！　回転木馬の外へ、何マイルにも及ぶ遊興場の外へと、民衆はまっしぐらに転げ落ち、ご婦人方は誇らかに騎っている自分の飼兎から、孔雀から、駝鳥から跳び降りて、万人は吼えたけりつつエリゼ宮の国家元首のところへ詰めかけ、絶叫し、国家元首を問いつめ、自由を守るのである。——一夜明けると、内閣は退陣し、ヘマをやらかした張本人たる国家元首、大統領もしくは王は失脚する……すると民衆は、唄い笑いながらめいめいの仕事に、それぞれの遊興に、自分の飼兎に戻っていく……さてと、こうした民衆から諸君が教わるものはもはや何もない、とお考えかな？　諸君にとって、民衆はもう死んでしまっているとでも？　かろうじて諸君に自前の服を仕立ててやり、小説の書き方を教えてくれるにすぎないとでも？——わたしは嘘はつかない、この民衆は生きている、あの当時にもまして今日強く生きている。民衆がいなければ、諸君はヨーロッパで生存することはできないだろう——**すくなくとも諸君は民衆から、いかに自由を獲得するかを教えてもらわなくてはならないだろう！**——民衆は生きている、民衆万歳、**フランス万歳《ヴィヴ・ラ・フランス》！**——

パリからの手紙　七月十四日《カトルズ・ジュイエ》

『ヴィーナー・ルントシャウ』第四巻、
一九〇〇年、二七九―二八二頁所収

パレ・ロワイヤル庭園はブーンブンブンまるで蜜蜂の巣箱みたいな大騒ぎだ。そこではおびただしい数の人々がしきりに身振り手振りをしながら雑然と犇《ひしめ》き合っている。淑女方はいまだに裾飾《ヴォラン》りのついた短めのフープスカートを身につけ頬っぺには付けぼくろ〔バロック・ロココ時代の流行〕。男どもは辮髪を短く結って三角帽《トリコルヌ》を冠っている〔十八世紀に流行〕。しかしなかにはすでに流麗な装いも見かける。高く帯を結んで胸下でウエストをきっちり締め、下半身はすっかりアナデュオメネ風に**一本の**流線のように目に映る〔アナデュオメネとは「海より出づる」の意で、アフロディーテ（ウェヌス）の異名〕。新たなモードの黎明だ。皆あるがままの自分を装っているのだ。付けぼくろは時代遅れになる。自然が割り込んでくる。**ルソー**だ。ルソーのことが話題にされる。そんなふうに庭園内はブーンブンブンしっちゃかめっちゃか。学生、文士、若い法律家、俳優、あらゆる種類の女性たち、あらゆる女性たちの種類。これに続いて林檎売りや駄菓子売り、のらくら者、野次馬、こうした手合いがどいつもこいつも押し合いへし合いしながら、さて明日はいったい何をやらかそうかと密談中。話題になるのは「自由」やら「第三身分」やら。不敬罪に類する言動は皆無。というのも、宮殿《パレ》の壮麗な石の巨像にぐるっと囲われ、その回廊をかの有名な「パレ・ロワイヤルの二千百人の娘たち」〔一七九〇年の「パレ・ロワイヤルの二千百名の乙女たちによる国民議会への請願書」〕がそぞろ歩いているこの庭園は、**オルレアン**公所有のものだからだ。しかもオルレアン公は王への反感からとっくに民衆の側に寝返っている。**ネッケル**長官についても間違いなく知られている〔ネッケル財務長官は貴族ではなく第三身分であったため民衆に人気があった〕。だから、「自由」、偉大なフランス、民衆の主権、特権の撤廃、社会契約、共和政が取り沙汰されるのだ。誰もが身振り手振りをしながらがなり立てている。そうしたパンフレットを購入しようにも、回廊下の**ドゥズーヌ**《〔ママ〕》書店〔Deseune. おそらくドゥセンヌ（Desenne）の誤植〕では、まず人波をかき分けて勘定台《コントワール》まで辿りつくことはできないだろう。一時間に一冊新しいパンフレットが出る。昨日は十三冊だった。今日は十六冊。先週は九十二冊だった。二十冊のうち十九冊は「自由」を論じている。[1] **デムーラン**がパンフレットを一冊書いている〔Lucie Simplice Camille Benoist Desmoulins (1760-94). 革命派のジャーナリスト。バスティーユ襲撃の折、パレ・ロワイヤルで群衆を煽動した。ダントンらとともに処刑される〕。猫も杓子もカミーユ・デムーランのパンフレットを買い、読み、議論する。ある小さな愛らしい女の子、そう、お嬢ちゃん《ユンヌ・ミニョン》が、パパに庭園中を肩車してもらいながら、大人に吹き込まれたスローガンを訳もわからず棒読みしている。「**ポリニャック**（王の愛妾）をパリから叩き出せ、**コンデ**公も**アルトワ**伯も**コンティ**公も右に同じ、**モーリー**僧正は鉄の首枷をはめてポン・ヌフの上にさらせ、王妃は……まあ、御想像にお任せします……」[2] 割れんばかりの拍手喝采！ お悧口さんだ！ 誰もが感涙に咽《むせ》ぶ。事態は進捗する。思想が頭脳を籠絡する。若手の法律家の何人かが真摯に語りかければ、与えられた示唆がしっかりした組織づくりに活かされる。デムーランのパンフレットは売切れだ。デムーランは何といってるんだ？ 誰も知らない。デムーランって誰だ？ 若い法律家だ。酔っぱらいが数人闖入し討論に加わろうとして追い返される。事は重大になっているからだ。「ワイン蔵が略奪されたぞ！」こればっかりは如何ともしがたい。似たようなことはどんな政治運動にもつきものである。革命は薔薇水じゃない。**ムッシュー・シラー**……あれは何だ？ 胸像が二体、祝典行列のなかを右へ左へ持ち運ばれ取り囲まれて盛大な喝采を受けている。あれは何だ?——オルレアン公とネッケル財務長官の胸像だ。ネッケルは民衆の味方だ……群衆がもみくしゃになる。あそこのテーブルの上に立って身振り手振りをしているのはデムーランではないのか? もみくしゃがひどくなる。何人か噴水盤に落ちた。いや! あれは罰だ。小癪にも民衆の言動に楯突いて、王制こそは秩序なりとぬけぬけと宣《のたま》った連中に対する見せしめの罰なんだ。連中はつまみ出される。満場どっとばかりの哄笑。やつらズブ濡れだ。したたかに殴られている……(3)。あれは何だ? 男が一人跪いている。そいつが殴られている。背後から殴られ足蹴にされている。やっと暴力が止んだ。男は地面に顔をかがめ庭園に口づけしている……あれは何だ? 儀式だ。あの男はフランスの大地に口づけしているのだ。またしても罰だ。出しゃばりに対する見せしめの罰なんだ。彼は囈言《たわごと》をほざいたのだ。反革命的な戯言《ざれごと》をくっちゃべったのだ……(4)。みな歌っている。ほら、耳を澄ませて、歌だ!……至極はっきりと、トラララララ!……。歌詞が聞こえますか?——歌っている!——近づいてくる!——もう聞こえない。デムーランが耳を聾さんばかりに叫んでいる。われわれはデムーランのテーブルに近づきすぎている。デムーランのパンフレットは品切れだ。デムーランは何といったのか? 彼が人々に語るのは、ほぼ自分が書いたことそのままだ……歌がいよいよ近づいてくる。トラララ
ラ!——耳を澄ませて! 歌詞を知ってますか?——歌ですよ!——何百人も歌っている!——デムーランは何といったか? デムーランの絶叫がうるさすぎる!——ほら、歌だ。てんでに帽子に小枝を挿している……

いざ行かん、祖国の子らよ《アロン・ザンファン・ド・ラ・パトリー》

栄光の日ついにきたれり《ル・ジュール・ド・グロワール・エ・タリヴェ》！

行進している。みんな一斉に口を開けている。ネッカチーフが風にはためく。ドンドン足踏みする。跫音がズシンズシンと響く。大地が轟く……行進は通り過ぎてゆく……歌が聞こえる。

……隊列を組め《フォルメ・ヴォ・バタイヨン》！

汚れた血が我らが畠の畝を潤すまで《カン・サン・アンピュール・アブルーヴ・ノ・シヨン》……

デムーランはどうなった？　あいかわらずの身振り手振り。絶叫の度が過ぎた。声がすっかり嗄《か》れている。彼が喋っているのはおおよそこうだ。

「獣が罠に掛かった以上、殴り殺すがいい。勝者にこれほどどっさり分捕品が提供されたためしはついぞなかっただろう。四万の宮殿、邸宅、城、フランスの五分の二の財産が価値ある褒美となるだろう。征服者づらした者が今度は征服される番になるだろう。国民は浄化されるだろう……(5)」

そういい終えると、デムーランはパレ・ロワイヤルの緑なす春の樹木から小枝を一本折りとる——

すると、みんながパレ・ロワイヤルの緑なす春の樹木から小枝を一本ずつ折りとる……

それから**バスティーユ**めざして行進がはじまる——

一七八九年七月十四日のことだった。

*

コンコルド広場。朝九時というのにもう、むっとする息苦しい夏の暑さ。この大広場の燭台型《カンデラ》街灯《ブルム》には何千という色鮮やかな花々や電球の花綵が結わえられている。宵の口ともなるとパリ中がイルミネーションだらけになるからだ。見れば軍楽隊の朱色の縁取りのある演台《エストラーダ》があちこちに設置されている。夜分ともなるとパリ中の街路や広場でみんなダンスを踊るからだ。アルザス＝ロレーヌ協会の会員が押し黙ったまま、軍旗や連隊旗を掲げ、花冠や花飾りを片手に大勢詰めかけてくる……何千人という人出だ。黒い燕尾服を着てカラフルな腕章を巻いた一人の紳士、協会委員の一人が彼らを出迎え、市区幹部のめいめいに低声で囁いている。演説は御勘弁願いますよ、皆さん、いいですね？　声明発表も御勘弁……パ・ド・ディスクール、ネスパ、メッシュー？……呼びかけが続く。パ・ド・ディスクール！　演説は抜き！　すこし離れたところで何千人もの警吏《セルジャン・ド・ヴィル》が立って、式典のなりゆきを静かに見守っている。この民族主義団体のメンバー以外、立入り禁止。すこしずつ近づいてくる行進が一心にめざしているゴールは、広場の北東の隅に聳えるストラスブール市の立像だ〔コンコルド広場の八角形の隅それぞれにはフランスの八つの都市を表わす彫刻が置かれている〕。パリで革命が起こるとかならずそこから野次馬が見物する、隣接したテュイルリー庭園の傾斜路の高台――革命はたいていコンコルド広場ではじまりコンコルド広場で終わる――そこに何千人もの人がどっと繰り出し、石の回廊ごしに腰を屈めながら、ストラスブールの立像を花環で飾る式典を待ち構えている。隣のテュイルリー庭園の回廊に、ご婦人方が差した空色や黄色の明るいパラソルが何百も林立している。演説は御法度！「パ・ド・ディスクール！」の呼びかけはもう彼らのところまで届いている。仲間内でこの合言葉を繰り返している。演説はないだろう！　警察がデモ行進とどういう条件で折り合いをつけたのか、そのわけは、そこに上がって見物している一万人から二万人の群衆のにわかに知るところとなる。というのも、パリの公衆はこんなときはいつだって**一心同体**なのだ。一人が知っていることは別の誰かも知っている。一人が拒否することは別の誰かも拒否する。こういうときにスローガンを発するのはきまってご婦人方だ。ここにはご婦人方に反論する人間はいない。だから、演説はだめ！パ・ド・ディスクール！……どうして抜きなの？――**博覧会**〔パリ万国博覧会のこと〕**よ**！　**外国人よ**！――そのとおり！――外国の**君主**よ！――パリを訪れた人に誰一人不愉快な思いをさせたくないわ！――たしかにそうよ！――外国人の目の前で洗濯したりしないものよ！――まさしくそのとおり！……金色の馬に跨る美しいオルレアンの乙女〔ジャンヌ・ダルク〕像が立っている広場、デモ行進が向かっている先にある、近くの小さなピラミッド広場でも、すでに皆に知れわたっている。演説はないようだ。パ・ド・ディスクール、ネスパ、メッシュー！……

　アスファルトに覆われたコンコルド広場はじりじりとした灼熱でいよいよ耐えがたくなる一方だ。まるで広場の真ん中に屹立する巨大なルクソールのオベリスクが、上エジプトで三千年間たっぷりと吸い込んだ沙漠の熱気の一部を放出しているみたいだ。黒服姿の新たな同業組合の一団が組合旗と花環を携えて続々とこちらに行進してくる。警吏《セルジャン・ド・ヴィル》たちがまた場所を空けてやらなければならない。「演説は禁止ですよ、皆さん、よろしいですか？――パ・ド・ディスクール！」ここでもまた口伝てに拡がっていく。警吏たちは、みんな合言葉を知っているから今日は危険はないさ、とでもいいたげな顔をしている。次々とこの合言葉が伝わってゆく。そして皆がそれに従う……まさしく博覧会よ！――まさしく！――外国人の目の前では洗濯したりしないものよ！　そうよ、外国人の目の前で洗濯なんて！……

　いま軍隊組織風の一団とアルザス＝ロレーヌ協会の若き護衛部隊がやってくる。体操選手たち、サン・シール陸軍士官学校の一隊、エコール・ポリテクニークの一隊がやってくる……演説は御法度！――もちろんだとも！――どのみち演説は禁物だ、当たり前じゃないか……

小男が一人、**ストラスブール**市の立像に攀じ登っている――いや、下から担ぎ上げられているんだ――委員のメンバーに相違ない。引きずり下ろされているのか？――いや、彼も一味《ぐる》だ。彼のやることは式典のプログラムの一部だ。彼もプログラムのうちなのだ。――彼は演説をぶつだろうか？――否、断じて否！――そうだ、そもそも演説抜きなんだ。パ・ド・ディスクール！――警察が介入して、攀じ登っているこの男を即刻引きずり下ろすよう要請してくるだろうか？――いやいや、そんなことはしない！　彼は攀じ登ったが、梯子で登ったわけじゃない。というわけは、こういう場合であれば、梯子では詩趣を欠いているように思えるだろうし、「攀じ登る」ほうが大胆不敵で無鉄砲な感じがするし、おまけに体操選手も居合わせていることだし……

炎暑は鰻上りに酷くなる。モロク神〔家畜を生贄にしたり幼児を人身御供にしたりして祀る古代セム族の神。「牛頭人身の炉」として表象される〕のごときものが何千万もの灼熱した牡牛《ヘカトンベ》の生贄を要求しているみたいだ……

喪章を巻きつけ三色リボンを結ばれた特大の**不凋花《ムギワラギク》の花環**がロープで引き上げられ掲揚される。立像の上には、枯れて埃だらけになった数十、数百もの花環がすでに飾られていて、まるで水分を渇望するかのように花々が立像に絡みついている。そして例の小男が、この花環の山の上に新たな花環をもう一つ飾りつけている……

参列者一同、帽子を脱いでいる。広場中の何十万という人が脱帽している……演説まかりならぬ。パ・ド・ディスクール、メッシュー！――埋めつくすほど大勢の巡査たちが警帽を脱ぐ。――演説は厳禁ですぞ、メッシュー、ネスパ！――七月十四日のパリでは、夏の猛暑の日射しが、突然燃え上がる綿さながらに、ぎゅうぎゅう詰めの群衆の脱帽した頭を照りつける……すると突如、この酷暑の拷問に責め苛まれた人々の喉から、若鷺の鳴き声のような嗄《しわが》れ声で、フランス万歳！が叫ばれる。フランス万歳！との解放の叫びは――広場の隅から隅まで、下院《シャンブル・デ・デピュテ》、はたまた博覧会門〔コンコルド広場に建てられていた建築家ルネ・ビネの設計によるパリ万国博記念入場ゲート〕やセーヌ河のほとりまで……さらにははるか向こうのテュイルリー庭園の長い傾斜路で見物している、汗をびっしょりかいてぐったりとした何千人という人々の耳にも――子供たち、ご婦人方、小間使いたちの一斉に叫ぶ声が、フランス万歳！……うだるような暑さが何週間も続いたあとに、霰《あられ》まじりの雨が野菜畠に降りそそぎ、乾ききったトウモロコシの穂軸や葦の葉の上に大粒の霰がけたたましい音を立てる、あたかもそんなときのように、このとき一斉にあがったフランス万歳！の歓声が、何時間も待たされ、くたびれ果て、黙り込むほかなくなった人々の心をほっと安堵させたのだった……

それから行進は、黄金の小馬に跨った美しき若き乙女の像のほうにぞろぞろと移動して同じ科白を繰り返すのだ――途々ずっと、おたがいにこっそり小声で耳打ちし合う。パ・ド・ディスクール！――演説は抜き！――ですよね、皆さん？　おわかりですね？……

一九〇〇年七月十四日のことだった。

進歩的無政府主義狂《マニア・アナルヒステイカ・プログレッシウア》

『チューリヒ討論』第二十八—三十二号、一九〇〇年

君主を標的にした暗殺が頻発し、ヨーロッパ政治による王族の疲弊がいよいよ募ってくるにつれて、案の定、凄惨な大量殺戮を食い止めるためのさまざまな措置を模索しないわけにはいかなくなった。すでに何年も前からわれわれは書面による問い合わせを頂戴している。その一部は、爆破され宙に舞い上げられた鉄道に乗り合わせながら無事に地上に下車した人々からの手紙であり、また一部は至近距離でダイナマイト倉庫が爆発しながらかすり傷だけで命からがら助かった皇太子たちからの親書で——しばしば当該の勲章——「功労章《プール・ル・メリット》」など——の納められた天鵞絨《ビロード》張りの小匣が同封された、雨霰とばかりの敬礼ずくめの問い合わせもあった。天職からして尋常ならざる危険にさらされている神のごとき血筋の方々を、大衆的人気に充満する爆発性ガスやその他臣下としての忠誠心の噴出からこれまで以上に確実にお守り申し上げるために、われわれが、自分の前歴である医師や精神科医としての立場から、いったいいかなる方策や生活規則を処方できるのかを問い合わせるものだった。通常われわれは、このような助言を具申するのは好まない。なぜならわが国の政権《レジーム》を掌握しておられた高位のお歴々が、にもかかわらず鰯の缶詰が詰め替えられるように大衆ががらりと心変わりしたせいで、かりに御一方でも駆逐されようものなら、われわれの助言にその責任がなすりつけられ、われわれの面目は丸潰れになるからである。何年か前、ヨーロッパのあちこちで野兎の梅毒が蔓延したことがある。その際、われわれの側から有益な示唆を与えることができた――健常な動物の隔離、および飼兎《ラパン》との交配を推奨した――のは、成功例である。その結果として、稀少動物の絶滅を食い止めることができて――当時われわれは、報酬を辞退するという条件で衛生顧問官の称号を賜った。――しかし、それ以来われわれは医師としての臨床現場から身を退き、いまではもっぱら哲学を生業としていて、そのような照会にこちらから助言することはなるべく控えるようにしている。以下のとおり、ここであえて例外を設けるのは――モンテネグロ〔モンテネグロ公国は一八七八年、露土戦争の講和条約であるサン・ステファノ条約、およびベルリン条約でオスマン帝国から完全な独立を承認された〕やバルチスタン〔現パキスタンの南西部、イラン東南部、アフガニスタン南部にまたがる地域。イギリス保護領として四つの藩王国に分割されていた〕にいたるまでの――王侯君主国圏からの問い合わせが、じつに尋常ならざる件数に及んだからであり、さらにはまたこの稀有な人間種の（ずっしりと詰め物をして剝製にされた）標本を何体か、ともかく後世に残したいと思うからである。そこで以下、王侯君主の方々をアナーキストの襲撃から守ることができる最善策とはいかなるものかという質問に対する、われわれの善意からの助言をごく簡潔にお目にかけることにしよう。

まず朝からはじめよう。

われわれは朝寝坊におおむね反対しない。これはたんに偉大な精神の――睡眠をたっぷりとって英気を養う――習慣であるばかりではない。むしろ朝寝坊することによって、あたかも件の権力者が前日に大量の「御神勅」を発布したせいで、養うべきものが多々あるのだ、とでもいうがごときふりをするためなのである。それに、いうまでもなくベッドで過ごす時間はいずれも、人生の時間稼ぎである。というのも、君主御当人が日中の十二時間のうち正午頃にようやく起床するのであれば、その分だけ無政府主義者からのリスクが低減するのは道理だからだ。もちろんそんなふうにできるだけ長く寝ているならば、ロシアのツァーによくあるように、ベッドの下に暗殺者がひそんでいるようなことがあってはならない。ベッドで朝食を済ませてもいいが、食後のコーヒーは控えていただくようお諫め申し上げるつもりだ。この飲み物は亢奮をもたらし、空想力をすこぶる刺戟するのである。すると、しまりのない欲望（放埒な色欲《コンクピスケンテイア・デソルデイナタ》）が沸々と頭をもたげてきて、陛下は寵姫を御所望になる。しかも、宮廷の側室や女官もこの時間帯は就寝中なので、お下《しも》のものやら分泌物やらが出て、寝衣《ねまき》や褥《レクトウルス》にその跡が残って近習がそれを見つけると、この人も一人の人間なのだと、不埒なことを想像してしまうのである。コーヒーはまたオリエントの飲み物であるからして、暴君じみた感情の原因になる。今日の、ああ嘆かわしや！　かくも民主的な時代にあってはこのような感情はかえって抑圧されたほうがいいのだ。むしろ朝の飲み物にうってつけなのは大人気のココアだ。これについては、いまは亡きルイーゼ・ミュールバッハ〔Luise Mühlbach (1814–73). 本名クララ・ムント。『フリードリヒ大王とその宮廷』や『皇后クラウディア』などの歴史小説で一世を風靡したドイツの閨秀作家〕がかの王室御用達の小説群のいたるところで語っており、代々のプロイセン王がご愛飲した飲み物だった。ココアの有効成分であるテオブロミンが笑筋《しょうきん》に特段の影響を及ぼすのかどうかは判然としないが――ミュールバッハの小説だと、プロイセン王たちはココアを召し上がるときにはかならず「微笑んで」おいでなのだ。なんてこった、「微笑んで」ときたもんだ――今日の王侯君主たちにはなるほどたしかに過去の遺物となっているきらいのある、腹の底からの大笑いはせずとも――それでもまだ横柄な口の利き方をしたり、おのれを神のごとく祀り上げる罰当たりで卑猥な冗談をわめき散らしたりするよりはよっぽどましだ。だからココアなのだ！

それにココアには二度寝したくなる利点まであって、これでおそらくはまた数時間ばかり時間稼ぎして暗殺者に付け入る隙を与えないようにするわけだ。——こんな朝っぱらの早い時刻から高位の身分の方の誰かがもしもささやかな精神の朝食を召し上がろうとなさるなら——とはいっても、そんな食欲は滅多に起こらないが——あらゆる善に対して敏感になるこの最初のお目覚《めざ》には、かのボガツキーの『寶鑑』の一節が大いに有益だろう〔Karl Heinrich von Bogatzky (1690–1774). ハレの敬虔主義者。一七一八年に公刊された精神修養書『神の子らの黄金寶鑑［Güldene Schatz-kästlein der Kinder Gottes]』は、彼の主著で広く読まれていた〕。一般に、われらが主君に精神の糧を与えるについては、われわれは諸手を挙げて賛成しているわけではない。たとえパウル・ゲルハルト〔Paul Gerhardt (1607–76). ルター派神学者。讃美歌作者としても知られ、なかでも「血しおしたたる」は有名〕であろうとも、またしみじみとした味わいのある歌を作詞するすべを心得た人であろうとも、神学者諸氏は、きまって君主制を敵視するちょっとばかり不遜な鬱憤《ギッケル》を抱えているものだ——こういう人たちのことは彼らに似つかわしい民衆に委ねておくほうが無難である。しかし、早起きの王侯君主の誰かがいざ命知らずの無鉄砲をするつもりならば、どうぞ御随意に、君主御自身、「暴君暗殺」を訴えるパンフレットをベッド脇の小卓の上に堂々と拡げておけばよろしい。このたぐいの檄文は、カトリック側からもプロテスタント側からも大量に頒布されており、ドイツ語でも出版されている——かててくわえて当該のテーマについて書かれたレクラム文庫ならさしずめ一冊二十ペニヒで——おまけにこれを肴に火酒《シュナプス》をしたたか呷《あお》るというわけだ！——起きぬけでも、老婆にまずマッサージさせるフランスの王様ほど、煩わしい思いをさせないようにし——いまどきこんな按摩婆《マッスーズ》はいともたやすく無差別殺人鬼《マッサクルーズ》に豹変しかねない——また国王起床の儀も、ズボン下を取り替える手順に宮廷中が列席していた在りし日ほど、儀式ばって催さないほうがいい——いまどき廷臣のなかには一ダースにつき一人かならず爆弾テロリストが混じっているのだから――むしろ、清々しい気分でベッドから這い出していただき、すぐさま続けて左足をお出しにならないようにすべきだ〔左足から先にベッドを降りるとろくなことがないという迷信を踏まえている〕。なぜならここでまたしても、いつ何時起こるやもしれない暗殺を猶予し延期する機会が与えられたからだ。そうすれば、相も変わらぬ昼間の喧騒も、汚斑《しみ》一つないズボンのまま迎えられるだろう。――朝食は、他の食事と同様、神により娶《めと》りし令夫人だけが配膳するようにさせること――つまり、対立する宗派の家系出身の妻は許されず、したがってホーエンツォレルン家の男子にヴェルフ家の女子とか、ヴェルフ家の男子にアウグステンブルク家の女子といった婚姻は容認すべきではない――こうした配膳の決まりは、ほんのちょっとでも用心したらすぐにも対処できることだ。それを怠って油断していると、こうした青い血を受け継ぐ名門の家柄の支配者は、毎朝召し上がる褐色のココアのなかにカカオの代わりにシュヴァインフルト緑を混入され、おかげで目の前がくらくらして視界が青緑色に染まるに決まっているのだ〔一八〇五年にオーストリアの化学者イグナーツ・エードラー・フォン・ミティスが発見し、一八一四年にバイエルン州の都市シュヴァインフルトで工業生産されたシュヴァインフルト緑はパリ緑とも称され、その顔料の有毒性は一八四四年にメルゼブルクの医師カール・アドルフ・フォン・バゼドウによって指摘された〕。――国王陛下には、これからはじまる御自身の一日の公務をやりくりして、いかなる不慮の事態にも対応できるよう準備を整え、かの――陛下の――不滅の魂が神の玉座の前にいつでも臨むことができるよう按配していただきたい。なぜなら、

「死は突然に人間を見舞う」

からだ。王宮の回廊の壁龕《へきがん》という壁龕から、だしぬけに不審な導火線がはみ出していたり、シラー風の弱強格《イアンボス》が響いてきたりする。

「死は突然に人間を見舞う。」〔「死は即座に人間を見舞い／一刻の猶予もない／道半ばで襲いかかり／盛りの命を奪う／近く心があろうとなかろうと／審判の場に臨まざるをえない！」シラー『ヴィルヘルム・テル』第四幕第三場末尾〕

むろんこの詩句は神聖な血統の君主にじかに向けられたものではない。しかしはなはだ遺憾ながら、十八世紀末にフランス人が念入りに行なった数々の実験によって判明したところによれば、一人の君主の頸静脈から約十三リットルの血を瀉血し、この目的のために首から頭を取り去ると、君主はそれでお陀仏になるということだ。それゆえ、君主というものはこの点では、優雅にして敏捷に動き回る蜥蜴、たとえば尻尾のようなどこかの肢節を切断されても後からまた再生してくるあの蜥蜴よりもはるかに不出来な存在なのだ……ああ！　私としたことがいったい何を考えているのやら！……——

　君主が最初の朝食を済ませてから半時間足らず——現在の時刻は午後三時——でもう二度目の朝食——たとえば豚の腎臓の酢煮込み《ザウレ・ニーレン》か何かそんなもの——を召し上がろうとなさるつもりなら、その料理の酸味成分が硫酸でもないかぎり、われわれは原則としてこれに異論はない。ただしその場合には、相続権ならびに王位継承能力を持つ同じ宗派の后妃が片時も離れないようにしておくべきである。まずは前もって一口毒味していただくため、そのあとでソースのなかにすくなからぬ枚数の月桂葉を加えていただくためである。というのも、まずもって月桂樹というこのいかにも君主らしい樹木を眺めていると、為政者はおしなべて心が晴れやかになるものである上に、名誉の象徴である月桂樹《ローリエ》の葉を食べると、政務活動にいっそう意欲が湧いてくるからである。であるからして、君主がこの月桂葉を召し上がったあとで、ゲロークの『椰子の葉』〔Karl Friedrich von Gerok (1815-90). ドイツの神学者、抒情詩人。一八五七年刊の詩集

〔『椰子の葉』は、一九〇〇年頃までに四百版を数えるベストセラーとなった〕を食後の精神のデザートとして二、三枚供するつもりならば、われわれはこれにもべつだん異論を唱えるつもりはない。ヴィルデンブルッフ〔Ernst von Wildenbruch (1845–1909). ドイツの劇作家、外交官。シラー風の壮麗な文体の愛国的な歴史劇で有名〕と並んで、およそゲロークほど、王宮とうまく折り合いをつけたドイツの詩人は一人もいないのだから、なおさらである。なるほどたしかにゲーテ——シラーはいわずもがな——は、恭しくへりくだって、おべんちゃらたらたらの面従ぶりを見せてありとあらゆることをやってのけたが、そのゲーテにしたところで脛に傷がないわけではなかった。たとえばナポレオンがドイツに侵攻してきた折に、ゲーテはナポレオンにも涎を垂らして尻尾を振ったのだ。こんなことは毛頭許されるべきことではない。——

さて、そろそろ王宮庭園を乗馬する時間だろうか？——五時か？——どうぞご遠慮なく！　ただし、万が一の用心は怠らぬように。ミュンヘン宮廷劇場で演じられた『ヴァルキューレの騎行』のときのように、馬の蹄を脱脂綿でぐるぐる巻きにして、蹄鉄が思いもかけず石に当たって火花を発し、いたるところに張りめぐらされたアナーキストの爆薬に引火して、馬が騎手もろとも宙に吹き飛ばされぬよう、くれぐれも念には念を入れていただくようご注意願いたい。

用心のために王宮の敷地外まで遠出して馬を駆ってはならない——「ロマンスの地への騎行」〔クリストフ・マルティン・ヴィーラントの叙事詩『オベロン』（一七八〇）の巻頭句「汝ら詩神ムーサたちよ、我がためにふたたび天馬に鞍を掛け／いざ古のロマンスの地へと疾駆せん」から〕などもってのほかだ——大臣各位が上奏なさるために王宮に参上するなら、乗馬を愉しんだ後の時間がうってつけである。君主の精神はいまや新鮮な空気をたっぷりと吸い込んでいる上に、いずれにせよその精神がまぎれもなく神の恩寵に浴しているおかげで大臣たちには燦然とひときわ光り耀いて見えること請け合いだからだ。ただし、彼らのポケットのなかにあらかじめ探りを入れ、制服の縫い目という縫い目をほどいて調べ、臼歯の凹みにもしや火薬を仕込んでいないか、丹念にレントゲン検査させておくことだ――なぜなら――誤解しないでいただきたいが――『ファウスト』なり、庭園なり、娼婦なりがきっちりと保証されさえすれば、何でも唯々諾々《ヤー・ウント・アーメン》と甘受するゲーテ流の大臣像など、もはや過去の遺物だからだ。プロイセンの大臣の口から先日聞かされた演説、すなわち、プロイセンの法務大臣が最近召集された帝国議会で表明したところによれば、司法の裁定に干渉しようとする「上からの圧力」をきっぱりと斥けて屈することはないとの由で、そのかぎりでこの法務大臣の顔色一つにすべてが懸かっている。君主を顧みず神をも忘却したこんな徒輩《やから》が意気軒昂として、神聖にして新鮮な空気にうっとりと酔い痴れている御方に向かって、全廷臣、全国民の面前で、こともあろうに、こんなのはぐうたらだとか、お荷物だとか、こいつがだめなら、あの御方がいい、などとほざき――一気に形勢逆転――大臣ではなく君主が馘られ……こんなやつは真っ平御免だ！とくるのだ――

つい先頃、万国博覧会のロシア館で大臣による暗殺を防止するための最新装置がお披露目された件について、ここで手短に触れなければならない。あらゆる専制君主国ですでに特許取得済みのこの防御装置は、ひどく部厚い壁で四方を囲まれた正方形のガラス柱で、鉄製の低い台座の上で回転することができ、大人の背丈を少々上回るくらいの高さがあって、その内部に奏上する大臣を閉じ込めるという仕組みになっている。君主のほうは部厚いガラス越しに上申された書類原稿をすべて読むことができるし、自分の身はこれっぽちも危険にさらすことなく、大臣だの、そいつのしかめ面だの、何もかもとっくりと観察できるのである。奏上し終わると大臣はガラス柱の下に連れ出され、外に出てようやくアナーキスト防禦装置を解除されるのである。大臣を隔離するこのガラス柱はあいにくいまのところべらぼうに高価で、群小君主国の宮廷予算では負担が重過ぎる。したがって、全閣僚陣が上申を命じられて、必要な数のガラス柱が用立てられないとなると、そのときは君主ご自身を一つしかないロシア製のガラス柱に閉じ込めるのである。そうすればもう矢でも鉄砲でも持ってこいだ。これで大臣閣下各位はもうやりたい放題にやってのけられる。柱のまわりでインディアン踊りをやってもかまわないし、それどころか毒舌たっぷりのアルカリ性腐食液を陛下にじゃぶじゃぶ注ぎかけても、本物の硫酸や塩酸を浴びせかけてもいっこうにかまわない――それでもルイーゼ・ミュールバッハの小説でのように――君主は微笑んでおいでなのだ――にこにこしながらアナーキスト防禦装置からお出になって、腹心の従僕に秘密の合図をなされると、従僕は、消防隊を呼びにやってこの乱痴気騒ぎにけりをつけるのだ……

このような君主への奏上が終わっても――もう夕方六時だ――君主の死への不安は途轍もなくどんどん拡がっていく――そうこうしているうちに黄昏が迫ってきて現実離れした幽霊の存在を信じ込んでしまっても、ココアを給仕する従僕にさえどうにも疑心暗鬼になってしまっても、首都のまわりを馬車でぐるっと一巡りして戻ってくるとちょうどそこになにがしかの凶兆を、たとえば屠殺されたばかりの牡牛を肉屋の軒先に見かけてしまっても、悪しき徴候に関連づけられる青春時代の季節を占ったジプシー女の予言をいまだに忘れられずにいても、はたまた、つい先頃、隣国で君主の血が飛び散ったりしても――そんなときは、ホフマンの悪魔の霊酒を二、三滴、さもなければボーネカンプ・オブ・マークビター〔一八四六年にフーベルト・ウンダーベルクが生産を開始した食後に飲むドイツの国民的薬草酒〕の強いのを一杯キュッと聞こし召しながら、主として宗教書に庇護と慰安を求めるがよろしい。こんなときには、キリストの苦しみと死に深く沈潜する——平明なマタイ福音書に準拠するのが一番いい——のが大いに役立つだろう。とりわけ一章を読むごとにヒヨスチアミン〔鎮静剤の成分〕の十パーセント溶液を君主に皮下注射するがよろしい。また、ボエティウスの『哲学の慰め』もお薦めできるだろう。この本を原典で読むだけの素養を持ち合わせていない場合には、秀逸なドイツ語訳（ビンダー訳、シュトゥットガルト、一八七三）があるからぜひそれを手に取られるといい。それでも症状が快方に向かわなければ、そのときはできるだけ早く床に就かれるように。湯たんぽ、毛布、寝間帽子《ナイトキャップ》、腹巻き、コニャック一瓶。左足はすぐに引っこめること。というのも実際、やんごとなき君主閣下がすっぽりとベッドのなかにくるまるのが早ければ早いほど、そのぶん知性溢れる君主は、アナーキストからの危険にさらされる時間を一瞬でも短縮できるのだから。

　それはそれとして最後に、われわれが年来、あらゆる王侯君主に推奨してつねに首尾よく功を奏してきた、金科玉条とすべき三箇条の処世訓をお薦めしておきたい。すなわち、朗らかな性格、解放された肉体〔「快便」の意もある〕、そして——できるだけ多くの自由！

原註

犯罪精神病

（1）近代の精神医学では、脳皮質強迫は、高度な思考径路の中枢にあたる大脳皮質に起因する、他人からの示唆や暗示に対する抵抗感と了解されている。したがって、行政側のどれほど好意的な意向ですらも、脳皮質強迫を受けているこのような独りよがりな頑固者にはけんもほろろに跳ね返されてしまう〔おそらくここでパニッツァが念頭に置いているのは、ドイツの出版者、著述家、経済統計学者であったゲオルク・ヒルトが一八九二年に自社刊行した『脳皮質強迫としての立体視』[Georg Hirth, *Das plastische Sehen als Rindenzwang*, München, Leipzig, G. Hirth] のこと〕。

（2）Mommsen, Th., *Römische Geschichte*. Bd. II. 5. Aufl. Berlin 1869. S. 87-94〔テオドール・モムゼン『ローマの歴史 III 革新と復古』長谷川博隆訳、名古屋大学出版会、二〇〇六年、七四―八五頁〕. ここではたしかに「農耕最下層民階級《プロレタリアート》」や「古代イタリアの農民階級の没落」が取り沙汰されてはいるが、どこを捜しても古代ローマ人もしくは古代イタリア人が餓死したとは一言たりとも記載されていない。

（3）Arndt, R., *Lehrbuch der Psichjatrie für Ärzte und Studirende*. 637 S. Gross-8°. Wien und Leipzig 1883. ——この称讃に値する教程書は十分な評価を得ているとは到底いいがたく、初版が出たきりいまだに再刊されていない。

（4）Thomasius, G., *Darstellung der evang.-luth. Dogmatik vom Mittelpunkt der Christologie aus*. Erlangen 1852. S. 175.

（5）Spener, Ph. J., *Pia desideria oder Verlangen nach gottgefälliger Besserung*. Frankfurt 1673.

（6） Heinroth, F. C. A., *Störungen des Seelenlebens*. Leipzig 1818. S. 127.
（7） Heinroth, F. C. A., *Die Lüge. Beiträge zur Seelenkrankheitskunde*. Leipzig 1834. S. 38.
（8） Schüle, H., *Klinische Psychiatrie*. 3. Aufl. Leipzig 1886. S. 376.
（9） Baillarger, J., *Recherches sur le système nerveux*. Paris 1847〔より正式な書名は *Recherches sur l'anatomie, la physiologie et la pathologie du système nerveux*〕.
（10） Magnan, V., [*Leçons cliniques sur les*] *Maladies mentales*. 2ème édit. Paris 1893.
（11） Griesinger, W., *Pathologie und Therapie der psychischen Krankheiten*. 2. Aufl. Stuttgart 1861.
（12） Schüle, H., *Handbuch der Geisteskrankheiten*. 2. Aufl. Leipzig 1880. S. 513.
（13） Hyrtl, Jos., *Lehrbuch der Anatomie des Menschen*. 20. Aufl. Wien 1889. S. 236〔ここには該当する引用は見当たらない〕.
（14） Mendel, E., *Die progressive Paralyse der Irren*. Berlin 1880. S. 97.
（15） 一七八二年版〔第二版〕には、本の扉に「右側に跳躍する」獅子が描かれ、翌年の版には「左側に跳躍する」獅子が描かれている。そうすればようやく誰もが自分に合った歩き方を見つけるだろう。しかし、これではあたかも獅子ではすでに飽き足らなくなっているかのようではないか！
（16） Thomasius, Gottfried, *Erste Religionsstufe*. Erlangen 1853 ff. いまは亡き神学者のこの手頃な名著は、いくども版を重ねている。彼は国から賜った最高勲章を胸に飾り、将来の役人を育成する名門の予備学校を創設した。
（17） 犯罪精神病の症例報告では、折に触れて遥か遠い古代にまでさかのぼって事例を引かざるをえなかった。というのも、その当時にはまだ政治家の脳の思考過程を精神医学によって解明できていなかったからで、個々の症例は、精神病院とは縁もゆかりもない公然の場で広汎に起こっていたことだからである。そしてまたこうした症例は、個人の病的な理念が人民の政治的な生活全体に最悪のかたちで影響を与えることがあるということを、ぞっとするほど如実に示しているからである。

(18) Mommsen, Th., *Römische Geschichte*. Berlin 1869. 5. Aufl. Bd. II. S. 92〔前掲邦訳書八〇頁〕.

(19) 名著 Gneist, Rud., *Englische Verfassungs-Geschichte*. Berlin 2. Aufl. 1889.

(20) Sybel, H. von, *Geschichte der französischen Revoluzions-Zeit 1789–1800*. 5 Bde. Stuttgart 1853–79. この種のものでは最良の書物。

(21) Mommsen, Th., *Römische Geschichte*. Bd. I, II, III und V. Berlin 1854. 8. Aufl. ebd. 1888. いわずと知れた傑作！ もしかりにこの端倪すべからざる著者が自国の政治状況に口出しすることを控えたとすれば、手厳しい叱責はぐんと減り、勲章についてはもっと増えていただろう。また、もっとも首を長くして待望された『ローマの歴史』第四巻が出版されていたことだろう。しかし実際に彼は口出ししたせいで、しかるべく——短期療養では患者を隔離することができないので——刑事裁判官によって有罪判決を受けたわけである〔モムゼンは歴史家としてのみならず政治家としても活動し、ビスマルクの政策を激しく批判し、反ユダヤ主義に反対していた。その後も第四巻は出版されず、『ローマの歴史』は結局未完に終わった〕。

(22) つい先頃、知識層で盛んにもてはやされた絵葉書《アンジヒツ・ポストカルテ》の需要にできるだけ応えようとしたドイツ官庁の対処は、かなり功を奏しているというべきである。なぜなら——国家の歳入増は考慮しないとしても——このように一般庶民は、せめて絵葉書というかたちで、自国の政治に対する意見《アンジヒト》を獲得したいという犯罪じみた欲求を充たすことができるからである。かといって、彼らは政治に精通したいと願っているわけではない。すくなくとも目下の時局から推して、大衆のどんな浅知恵も到底通用しないのだから〔一八七〇年代から絵入りの葉書が商品化され、七五年以降、その需要が大幅に高まった〕。——

(23) Lombroso, C., *Il genio nei pazzi: L'uomo di genio*. 5^a ediz. Torino 1888, p. 150 ff. / Carl du Prel, *Mystik im Irrsinn. Psychische Studien*, Zeitschrift der Untersuchung der Phänomene des Seelenlebens gewidmet. Leipzig 16. Jahrg. 1889.

(24) 犯罪を病気や強迫行為の一種と解釈する近代の学説は、聖書の記述に合致せず政府の公認も得ているわけではない。しかし、当該箇所におけるように、こうした学説がきわめて広汎に病気の痕跡までさかのぼっている点に研究者や病理学者たちは関心を寄せることだろう。

(25) 司法側が押収したヴァイトリンクの草稿の抜粋。

(26) こうした煽動的な言辞は、今日でも、最近ならばハンブルクの港湾労働者の大規模ストライキの折に口々に叫ばれていたもので、どう見てもつねに倒錯的なかかる文言には、領邦君主に対する好意が微塵も感じられないのである。

(27) Weitling, W., *Das Evangelium eines armen Sünders*. Bern 1845. ——このような連中に聖書を手渡すとこうなってしまうのだ。この点ではカトリック教会が打ち出した見識は正当であって、平信徒に聖書を与えることを断乎拒絶したのである。彼ら俗人は詩的な表現だけを身につけ、結局は、聖書を楯に、キリスト教が根拠を欠いていることを誰かれとなく吹聴して回ることになる。こんな風潮が領邦君主のためになるはずがない。

(28) Weitling, W., *Kerkerpoesien*, Hamburg 1844.

(29) 精神病に冒されたヴァイトリンクの駄文さえ依然として売れつづけ、新版が出ているほどだ。『貧しき罪人の福音』(ベルン、一八四五)は、一八四八年にはすでに三版を重ねている。一八四三年にフランス語訳、一八四六年にノルウェー語訳が相次いで刊行されている。一八八〇年代末にはベルン初版が凸版印刷によって再版された。一八九四年にはミュンヘンでエドゥアルト・フックス編の新版が刊行され、一八九七年にはすでに第二版が出ている。——一八四二年にヴェヴェイで出版された『調和と自由の保証』(この本は精神病研究用の蔵書棚には欠くべからざる文献だ)は、一八四五年に第二版、一八四九年に第三版、一八四六年にノルウェー語版、一八四九年にフランス語版が刊行されている。シュトゥットガルトのC・フーゴー博士がヴァイトリンク全集校訂版に向けて着手したとすらいわれている。こんな事態がいったいどこまで続くというのか？　ドイツの領邦君主たちであれば、よもやこんなことを容認したりはしなかっただろう。それはそれとして正直にいえば、そんな詩のたぐいは、シラーでもうたくさんなのだ。

(30) Schüle, H., *Klinische Psichjatrie*. 3. Aufl. Leipzig 1886. S. 131.

(31) Schüle, H., a. a. O. S. 131.

(32) ついでにいっておけば、きわめて多感で心理的に暗示にかかりやすい若輩の青年たちにギムナジウムや文科系教育機関で何の註釈も交えずに――指にやけどしていいのはもっぱら神に指名された領邦君主のためだけなのであって断じて共和政のためではない！といった解説も差し挟まずに――ムキウス・スカエウォラ等々の物語を読ませているなど、言語道断である〔「指にやけどする」とは、ひどい目に遭う、多大な損害を受けるという意味の慣用句だが、ここではスカエウォラが右手を焼いた逸話を示唆している〕。こんな連中が役人にでもなったら、いずれなにがしかの混乱が生じること請け合いである。しかし、そんなときに若者たちがたとえばオンケン教授〔Wilhelm Oncken (1838–1905). ドイツの歴史家〕の『英傑皇帝伝［Geschichte des großen Heldenkaisers］』のように、何か立派な模範となる歴史書をひもとけば、実際、彼らにとってはそのほうが随分ましなことだろう。不朽の道徳心に転向する以前――したがってほぼ一七九〇年以前――のシラーの散文は原則として学校には一切持ち込み厳禁とすべきところだ。純真な心の若者の誰もが二十ペニヒでシラーの『群盗』を買えてしまうような国民は滅亡を迎えてしかるべきなのだ〔『群盗』は一八九五年にレクラム文庫に加わったが、当時の価格設定では星印一つにつき二十ペニヒであった〕。

(33) 半世紀前に多くの人々が読み、驚愕したシュティルナーの本を参照のこと――そのタイトルをいまうっかり度忘れしてしまっているが――。この本もレクラム文庫ならば二十ペニヒで入手できる!!!

(34) この点については本書冒頭ですでに述べたので当該箇所を参照のこと。

(35) 宗教観にかかわる有名な原則「領土を治める者が宗教を決める［cujus regio, ejus religio］」のことを考えてみるといい〔一五五五年のアウグスブルク宗教和議でこの領邦教会制の原則が定立されたことで、領邦君主の宗教がその領内に行なわれ、自国内の民衆教育への関与が正当化されることになった〕。

（1） Hauptmann, Carl, *Beiträge zu einen dynamischen Theorie der Lebewesen*. Jena 1894.

（2） 「無意識の想念」――現代にあって哲学はこのどっちつかずの概念に臨もうとしている（「無意識の哲学」）。脊髄神経節や脳解剖の研究によって、この哲学は、**思考**に通用するような直観を得ようとした。その著者はいったいどうやって**無意識を知った**のだろうかというとぼけた問いを投げかけることで、ビューヒナーが一貫してこうした試みを却下したのも至極もっともなことだ。きっとじきにこの哲学は、ドイツ哲学史のしかるべき場、つまりは最底辺に収まることだろう。

（3） 本論文を書き下ろすにあたって、たまたま私はインドの宗教に関するある昔の小論文を見つけ、そこにバラモン教についての以下のような記述を読んだ。「ブラフマーについては、それがいったい何かと明言することはできない。「目、言語、悟性はこれに達することができない。われわれはそれを認識していないし、そのことについて誰かに教えることはできない。これは、既知の事柄とも未知の事柄ともまったく違うものなのだ」（『ケーナ・ウパニシャッド』、別名『タラヴァカーラ・ウパニシャッド』第一巻第三章）。ブラフマーが精霊《ガイスト》であるのは、あくまで語のもっとも低次の（もっとも外的な）意味に限られるのであり、あくまでそれが物質ではなく本質的に力であるかぎりにおいてなのである。――しかし、ブラフマーは自覚し思惟し意志する存在としては断じて精霊《ガイスト》ではなく、人格ではない。そうした精神的な尊称を思わせる根源存在の名称はすべて、インド的な意識連関全体にならって譬喩的な表現としてのみ理解されるべきものであり、自然の統一を覆い隠す一つの仮面なのである。――世界はブラフマーからの流出である。世界のさまざまな要素は無知や欺瞞に端を発している。――『ヴェーダーンダ・サラ』のなかでヴェーダーンダ哲学はジレンマを立てている。すなわち、実在するのはブラフマーで世界は存在しないか、あるいは世界は実在しブラフマーが実在しないかのいずれかなのだ。ところがどうしてブラフマーは実在する。したがって世界は実際には存在しない。（ブラフマーの）現実に（世界の）非現実を付け加えているのは憶断である。こうした憶断は無知や欺瞞に端を発する。世界はこの無知によってかたちづくられた。――外界から自分の思想を逸脱させる……哲人は……ありとあらゆる両面性が欺瞞であり、世界のあらゆる客体がブラフマーであり、そして自分自身がブラフマーであることを悟ることになる。主体と客体、ならびにその主客関係は消滅するのである」（P・ヴルム『インド宗教史概要』バーゼル、一八七四年、七八、八〇、八四―八五、一一八―一一九頁）。

（4）マックス・ミュラーは、インドにおける民衆宗教と個々人の秘教的な悟りとのこうした関係について、『十九世紀』誌への一八九三年の寄稿論文で以下のように説明している。「バラモン教の教義は、万人に近づきやすいものであった。ただし、それはもちろん、一握りの人だけしかその奥義を究めつくすことができなかったほどの永苦を乗り越えてバラモン教がしかるべく流布されてからのことではあったが。バラモンは出家し、浮世の交わりを一切断って森の静謐さのうちに隠棲しなければならなかった。この内省的な隠遁生活の最大の目的は、たんなるエゴ（自我）とは違う自己の魂、自己の我を悟ること、すなわち真我《アートマン》の認識であった。これは、当時すでに魂の実在が否定されていただけに、困難な使命であった。肉体と魂を一体のものとみなす者がいたり、魂を生命の息吹と考える者がいたり、はたまた、魂はたんなるエゴであり、あらゆる知覚や能力を具えた精神にすぎないと考える者もいた。魂は、その固有の本性に従えば、眼であれ耳であれ、いずれの方法でも、周囲で存滅する物質界と同じようにはおよそ外的には知覚しえない。このことを森の隠遁者は悟らなければならない。なぜならば、魂が外的に知覚できるならば、それはすぐさま、知覚しうる主体から完全に区別された客体的なものとして現われるからである。とすれば、それはもはや魂ではないということになる。かつて魂と呼ばれた、外的に知覚できない不可視のものは、そのとき真我と呼ばれた。この真我については、「実在し、把握し、思惟するもの」としか告げられていなかった。とはいえ、われわれの内なる真我に帰すことのできる無比の特性が、ブラフマー——自然および、かの自然神に宿っている不可視の存在——に属していた諸特性と一致しているということがいったんまず発見されたならば、真我とブラフマーの根源的な同一性、神と人間の統一、神性と人性の事実上の一致が発見されるのも時間の問題にすぎない。この同一性をすっかり純粋なままに取り戻し、ついにはこの同一性によってこれまで覆い隠されてきた無知の害悪を払拭することこそが、以後、森の隠者にとって人生の至上目的となったのである。森の孤独のなかで培われたこうした哲学的な考察の成果を含む数々の教えは、ウパニシャッド、あるいはラハスィヤ（秘教）と名づけられた。この教えは、若者や既婚男性には秘密のままとされてきた。彼らの崇拝する神々が自然にひそんだ未知のものに対するさまざまな名にすぎなかったこと、そして、あらゆる知恵がブラフマーの一語に極まっていることを、あまりにも若いうちからこうした人々の耳に入れてはならなかった。神々への供物や、これまでしきりに推奨された礼拝儀式は、いまやことごとく無駄であるばかりでなく、次の輪廻での因果応報の考えが彼らの根柢にある場合には、まったく拒絶されるべきであるように思われたのである。当初、ヴェーダ（インドの聖典）がその全体で人知の及ばぬ霊感のまぎれもない産物とみなされていたのに対して、いまでは祭事部《カルマカンダ》はなおざりにされて、個々の魂とブラフマーの関係を扱った知識部《イナナカンダ》だけが遵奉されたのである〔後世のバラモンたちはヴェーダ全体を祭事部と知識部に二分した〕。行ないによってではなく、悟り、醇乎たる信仰のみによって獲得されるべき福楽への途を拓くのは、知識部、ことにウパニシャッドだけだったのである。」

（5）「神《デウス》」、汎神論的な実体とはけっして人格を具えたものとして理解されるべきではなく、むしろ自然——ここでは思惟し、あちらでは延長されている自然なのである、とスピノザがくりかえし断言しているとすれば、それはわれわれには想像できる。しかし、一つの視点の下でこの思惟と延長を同時に行なう自然は、われわれには想像できない。なぜなら、ここでわれわれは、そんなことが同時にできない自分の経験的な知能を捨象しているからである。個は個からのみ帰結し、物体的なものは物体的なものだけが、思考過程は思考過程だけが原因でありうる、というスピノザが折に触れて語る命題（『エチカ』第二部定理九証明〔畠中尚志訳、岩波書店、一九五一年、上巻、一〇二―一〇三頁〕）は、彼自身、肉体と魂を二元論としてしかるべく想定していたことを示している。スピノザによる解決策は、ひとえに論理命題に導かれた純粋に概念的な解答なのである。それゆえ、スピノザがもっぱら唯物論的な観点からのみ哲学を心得ていたということを知れば、われわれはこうしたことに納得がいくだろう。スピノザにとって、実体とは一つの正方形なのであり、その正方形の内部に、延長と思惟はそれよりも小さな二つの正方形として描き込まれていた。したがって、延長と思惟との合一は外面的に示されはするが、把握できないのである。

キリストの精神病理学的解明

（1）　かりにキリストを純粋に精神医学的な見地から観察し、福音史家たちが当時慣例のギリシア人伝記作家の文体――たとえばテュアナのアポロニウス伝〔一世紀の新ピタゴラス学派の哲学者。イエスとほぼ同時代に生きたとされ、しばしば彼と比較される。フラウィオス・ピロストラトスによる彼の伝記『テュアナのアポロニオス伝』秦剛平訳、京都大学学術出版会、二〇一〇年（第一巻のみ刊行）が有名〕のごとき文体――を援用しつつキリストについて施した、じつに無惨な甘ったるい砂糖漬けの作業を度外視できるとすれば、キリストはたぶん「頭のちょっとおかしな人［Mattoïde］」と目されることだろう。ロンブローゾは、パラノイア（発狂）の下位範疇の名称にかならずしも適切とはいえないこの表現を用いたのだが、この病名からわれわれが対峙するのは、論理も知性も手抜かりなくじつに研ぎ澄まされていて感覚中枢にも瑕疵がなく、しばしば一風変わった感情の営みを秘めているが、それでいてまさに途方もなく発達した人格・感覚をかねそなえた人物なのだ。要するに、今日でならさしずめグットツァイト〔Johannes Friedrich Guttzeit (1853–1935). プロイセンの自然哲学者、伝道師、詩人で、原始キリスト教的な理想を掲げ、教会を批判した〕、プードル〔Heinrich Pudor (1865–1943). 生活改善を世に広めた評論家でドイツにおけるヌーディズムのパイオニア〕、とりわけ著名な画家ディーフェンバッハ〔Karl Wilhelm Diefenbach (1851–1913). 象徴派の画家で社会改革家。ヌーディズムの普及や平和運動にかかわる〕と重なって映るような人たちである。正常な冷静さと完全な狂気の境界を守り、それゆえにいわば最大限の精神の独創性と天才的な生のひずみとを自在に発揮するので、概してこうした人々が同時代人に深甚な影響を及ぼすこと請け合いなのである。

パリからの手紙

（1） Taine, H., *Les Origines de la France contemporaine. La revolution*, tome I, p. 43.
（2） 同書四四頁〔この引用は典拠の当該箇所の文言と若干異なっている。末尾のところは、「王妃は……あえて繰り返すまでもない」となっている〕。
（3） 同書四三頁。
（4） 同書四四頁。
（5） 同書四三頁。

訳註

〔1〕 *Die kriminelle Psychose, genannt Psichopatia criminalis*, Matthes & Seitz Verlag, München, 1978 にある編者によるエピグラフ。Friedrich Schlegel: Lyceums-Fragment Nr. 108. In: *Kritische Friedrich-Schlegel-Ausgabe*. Hrsg. von Ernst Behler. Erste Abteilung: *Kritische Neuausgabe*. Zweiter Band: Friedrich Schlegel. Charakteristiken und Kritiken I (1796-1801). München/Paderborn/Wien: Schöningh, 1967, S. 160（F・シュレーゲル『リュツェーウム断章』第一〇八番、『ロマン派文学論』山本定祐訳、冨山房百科文庫、一九七八年、三一―三二頁）.

〔2〕 Oskar Panizza, *Dialoge im Geiste Huttens*, Matthes & Seitz Verlag, München, 1979 の裏表紙および巻頭に掲げられた評言。

犯罪精神病

〔1〕 パニッツァが自費で設立した出版社で、『チューリヒ討論（Zürcher Diskußjonen）』とは、その創立と同時に発刊された雑誌名。スイスの宗教改革者ツヴィングリがチューリヒで一五二三年に開催したローマ教会との一連の公開討論会に因んでいる。

〔2〕 十七―十八世紀の新教徒迫害によりザルツブルク大司教領から国外追放され、プロイセン、デンマーク、スウェーデン、オランダ領などに散らばった約二万人のプロテスタントのこと。

〔3〕オーストリア・チロル州の州都インスブルックの東、インタール渓谷南部に広がるツィラータール渓谷に住んでいた一群のプロテスタント。一八三七年にオーストリア皇帝フェルディナント一世は、アウグスブルク信仰告白を遵守するツィラータール派に国外退去を命じ、四百名以上が故郷を捨ててリーゲンゲビルゲに移住した。

〔4〕フス派の流れを汲むボヘミアの宗教改革者ペトル・ヘルチツキー（一三九〇頃―一四六〇）を精神的な父として一四六七年に誕生した宗教組織で、『世界図絵』で著名な神学者、教育学者コメニウスも属していたことで知られる。

〔5〕オーストリアの宗教家ツィンツェンドルフ伯爵（一七〇〇―六〇）が、信仰の自由を求めてモラヴィアから逃れてきたフス派を自分の領地に住まわせてヘルンフート（主の守り）と称する共同体を結成したのが元なのでヘルンフート派とも呼ばれる。

〔6〕「納税する憐れむべき平民（Misera contribuens plebs）」とは、ハンガリーの法律家ウェルベチ・イシュトヴァーン（Werbőczy István, 1458–1541）の『三分原理（Decretum tripartitum）』（一五一四）の一節。

〔7〕Nikolaus Storch（c. 1500–c. 36）. ツヴィカウ生まれの織工、平信徒の説教者で狂信的な宗教改革者。「ツヴィカウの預言者たち」という名で知られる宗教改革集団を主導してトマス・ミュンツァーに協力し、大きな影響を与える。

〔8〕十七世紀末からプロテスタント教会内で強まる、個人の敬虔な内面的心情や愛に信仰の本質を見ようとする立場。「敬虔主義の父」と呼ばれるフィリップ・ヤーコプ・シュペーナー（一六三五―一七〇五）がその創始者。

〔9〕ツィンツェンドルフ伯の創立したドイツ敬虔主義の信仰共同体。前出の訳註5参照。

〔10〕カジミール・フォン・ヴィトゲンシュタイン・ベルレブルク伯爵の庇護の下に集った敬虔主義の急進的

な一派。翻訳と厖大な註釈からなるベルレブルク聖書を刊行した分離主義の神秘主義者ヨハン・フリードリヒ・ハウク(一六八〇―一七五三)などが有名。

〔11〕八世紀前半にヴェッテラウを本拠地として信仰覚醒を訴えた敬虔主義の急進派である分離主義者の一派。元牧師のエーベルハルト・ルートヴィヒ・グルーバー(一六六五―一七二八)と皮革職人ヨハン・フリードリヒ・ロック(一六七八―一七四九)がその代表。

〔12〕Franz Xaver von Baader (1765-1841). カント派の哲学者。ベーメの神智主義に感化され、カトリックの立場から神学と思弁哲学の合一を説き、シェリングらに影響を与えた。

〔13〕Bruno Bauer (1809-82). ヘーゲル左派の神学者、歴史学者。

〔14〕David Friedrich Strauss (1808-74). ヘーゲル左派を代表する宗教哲学者。自然主義的汎神論の立場から聖書批判を試みた『イエス伝』が主著。

〔15〕Max Stirner [Johann Kaspar Schmidt] (1806-56).『唯一者とその所有』で知られるヘーゲル左派の哲学者。彼の筆名は突起していたとされる「額(Stirn)」に由来する。

〔16〕古代アテネの美少年ハルモディオスは、アリストゲイトンという中産市民に愛されていたが、僭主ヒッピアスの弟ヒッパルコスからも秋波を送られていた。僭主の弟が自分の恋人を奪うことを危惧したアリストゲイトンは、紀元前五一四年のパンアテナイア祭の日にハルモディオスやその他の同志とともに僭主とその弟の殺害を企てた。が、ヒッパルコスを殺しただけで計画は失敗し、ハルモディオスはその場で殺され、アリストゲイトンはつかまり処刑された。後代になると、僭主政打倒の伝説的な英雄とみなされるようになっていった。トゥキディデス『歴史』第一巻二〇および第六巻五三以降を参照。

〔17〕(? -B. C. 422). ペロポネソス戦争期のアテネの煽動政治家。

〔18〕紀元前四九四年に古代ローマの平民が貴族に叛乱しローマ北東の聖山に立て籠った聖山事件のこと。護

民官制度の成立のきっかけとなった。

〔19〕Lucius Sergius Catilina (B. C. 110?–B. C. 62). 共和政ローマ顛覆の陰謀をはかった古代ローマの政治家。

〔20〕Arnaldo da Brescia (1090–1155). イタリアの教会改革者。清貧を重んじ、教会による世俗的な権力の濫用、聖職者の蓄財や奢侈を容赦なく糾弾した。

〔21〕Karl Ludwig Sand (1795–1820). イェーナ大学の学生で急進的なドイツ学生組合員。みずから主宰する雑誌で青年の自由主義的な風潮を揶揄したドイツの劇作家コツェブー（August von Kotzebue, 1761–1819）を専制ロシアのスパイとみなして刺殺、のち斬首刑。

〔22〕一八一七年、宗教改革三百周年を記念するためルターが聖書のドイツ語訳を完成したヴァルトブルク城付近で祝祭が催され、そこに学生たちが各地から集結してドイツ統一と自由主義を求めて蜂起し、これを口火にしてブルシェンシャフト運動がさらに拡大することになった。

〔23〕[Tommaso Aniello d'Amalfi] (1620–47). スペイン総督府の重税政策に抗するナポリ民衆暴動の首謀者。最後は、暴徒の一部に裏切られ暗殺される。病気のせいで体が衰弱していたのはたしかだが、直接の死因は火縄銃の銃撃による即死で、本文の記述とは食い違っている。なお、この叛乱に題材をとったオベールのオペラ『ポルティチの唖娘』では、裏切者に毒殺されたことになっている。

〔24〕アルントの分類では、肢端感覚（Akroästhesie）と鋭敏感覚（Oxyästhesie）の対比になっている。アルントによれば、感覚過敏症（Hyperästhesie）は、たんなる過度の感じやすさ、つまり過大な感覚能力と過小の感覚能力に原因があって、これを区別するために、前者を肢端感覚、後者を鋭敏感覚と呼んでいる。

〔25〕Rudolf Gottfried Arndt (1835–1900). ドイツの精神科医、生物学者。

Wilhelm Griesinger (1817–68). ドイツの神経科医、精神科医。「グリージンガー症候群」などでその名が知られる。「精神病は脳疾病である」という言葉どおり、思弁を排し実証を重んじる彼の研究姿勢は脳病理学の発展にも大きく貢献した。邦訳に主著『精神病の病理と治療』（小俣和一郎・市野川容孝訳、東京大学出版会、二〇〇八）がある。

Jean-Étienne Dominique Esquirol (1772–1840). フランスの精神病学者。不全麻痺の研究や精神病の分類で知られるほか、精神病者の管理問題に尽力し、各地に保護院を設立した。

Johann Bernhard Aloys Gudden (1824–86). ドイツの神経病学者。バイエルン国王ルートヴィヒ二世の侍医で、シュタルンベルク湖で王とともに謎の死を遂げたことでも有名。パニッツァは後出のクレペリンとともにこのグッデンの下で助手を務めていた。

Emil Kraepelin (1856–1926). ドイツの精神病学者。近代の実験精神医学の確立者。精神病を早発性痴呆症と躁鬱病に分類した。

Sigbert Josef Maria Ganser (1853–1931). ドイツの精神科医。刑務所に拘禁された囚人や戦場の兵士などに見られるヒステリー性精神症状の一種である「ガンザー症候群」にその名が残る。

Anton Bumm (1849–1903). ドイツの精神医学者。

〔26〕Gottfried Thomasius (1802–75). ドイツのプロテスタント聖職者。エアランゲン大学教義学教授。同大学でルター主義の再建を唱える覚醒運動（Erweckungsbewegung）が沸き起こり、彼を中心に「エアランゲン学派」が形成された。

Philipp Jakob Spener (1635–1705). ルター派の神学者。ドイツ敬虔主義の創始者。

Johann Christian August Heinroth (1773–1843). イーデラーと並ぶロマン派精神医学の代表者。心理主義者（Psychiker）と呼ばれることもある。ライプツィヒ大学でヨーロッパ初の精神医学講座の教授を務めた。彼の考え方は、人間の罪を重くとらえ、これを精神病の要因と考えるきわめて神学的な色彩の濃いもので、解剖・生理学を重視する身体主義者（Somatiker）から批判を受けた。

〔27〕今日にいたるまで六百年以上の歴史と伝統を有するビールで、一五二一年四月十七日、ヴォルムス帝国議会に召喚された折、これを飲んだルターは「人類に知られたもっともおいしい飲み物の名はアインベッカー・ビールだ」といって称讃したと伝えられる。

〔28〕Joseph Hyrtl (1810-94). プラハおよびウィーンで活動したすぐれた解剖学者、医師。「ヒルトル」とも表記される。たとえば彼が発見した左右舌下神経の吻合が「ヒュルトル係蹄」あるいは「ヒュルトルの環」と呼ばれるなど、体の部位の各所にその名が多く残っている。

〔29〕原語はÜbertauenで、この語は元々ハインリヒ・ハイネの『歌の本』に収録されている詩（第八十六歌）「見知らぬ道に夜の帳が下りている（Nacht liegt auf den fremden Wegen）」の結句「眼から涙がこぼれ落ちそうになるのだ（Und die Augen übertauen）」に由来しているのだが、もしかしたらパニッツァはこの言い回しをテオドア・フォンターネの歴史小説『嵐の前』第三巻第七章から借りているのかもしれない。

〔30〕Der Gott, der Eisen wachsen ließ. エーリヒ・モーリッツ・アルントの詩の冒頭句でアルベルト・メトフェッセルによって曲をつけられて有名な愛国歌のタイトルとなっている。

〔31〕Michele Angiolillo (1871-97). イタリアのジャーナリスト、無政府主義者。スペイン首相アントニオ・カノバス・デル・カスティーリョを暗殺した。

〔32〕Johann Christoph von Wöllner (1732-1800). フリードリヒ・ヴィルヘルム二世治世下のプロイセンで国務大臣、法務大臣、宗教教育大臣を歴任する。聖職者であった彼は反啓蒙主義政策を打ち出し、一七八九年に検閲令を発布した。カントはこうした思想検閲に反抗したため当局の逆鱗に触れ、一七九四年に宗教や神学に関する出版禁止の国王勅令を下された。

〔33〕「とりとめのない」と訳した原語はIdeenfluchtで、躁状態に現われる思考障碍の諸症状の一つ。通常は「観念奔逸」と訳され、外界からの刺戟によって考えが影響されやすく、豊富に湧き出る副次的連想をす

べて思考内容として取り込むため、目的観念が次々とめまぐるしく変化していく。多弁かつ流暢で尽きることがなく、思考が浅く判断が偏り性急になる。ただし、内容や発音などに一定の連関が認められることから、一般に統合失調症（精神分裂病）に見られるいわゆる「支離滅裂」とは区別されている。

〔34〕 »O Britannien! von deiner Freiheit und deinem Humor nur einen Hut voll!« Schubart, 1969. S. 4.

〔35〕 Cesare Lombroso (1835–1909). イタリアの精神科医。「犯罪人類学の父」とも呼ばれる犯罪学の大家。犯罪に及ぼす遺伝的要素を重視した。『犯罪人論』（一八七六）や『天才と狂気』（一八六四）などの著作がある。

〔36〕 Carl du Prel (1839–99). ドイツの哲学者、心霊学者。オカルティズムに関する幅広い研究で知られ、主著に『神秘哲学』など。フロイト、シュレーバー、リルケへの影響が指摘される。

〔37〕 シュヴァープ（Gustav Schwab, 1792–1850）やマルバッハ（Gotthard Oswald Marbach, 1810–90）の民譚集で知られるアフリカにあるとされた洞窟。この洞窟の奥には不思議な錠前が隠されていて、その錠前の鍵を開くと、地霊が出現し、どんな願い事も叶えてくれるという。ただし、その洞窟の入口は、魔法の呪文を唱えないかぎり、かたく閉ざされているという。

〔38〕 Gaius Mucius Scaevola. 前六世紀末の古代ローマの伝説的な人物。追放された王タルクィニウス・スペルブスの王政復古を画策するエトルリア王ラルス・ポルセンナを刺殺しようとして失敗し捕えられた（前五〇四年頃）。火責めによる王の拷問に先んじてみずから右手を焼いてその勇敢さを示したことからポルセンナは彼を赦免し、のちにスカエウォラ（左手の人）と呼ばれるようになったという。

〔39〕 弓の名手とされるスイス独立の伝説的人物。シラーの戯曲やロッシーニのオペラでことに有名。伝承によれば、代官ヘルマン・ゲスラーに反抗して逮捕されると、釈放の条件として愛児の頭上に載せた林檎を射るよう命じられ、みごとこれを一発で射抜いたという。

〔1〕Ola Hansson (1860–1925). スウェーデンの詩人、作家。ニーチェの影響を受け、自然主義に反対し、新ロマン主義を代表した。『ノットゥルノ』（一八八五）をはじめとする印象主義的な抒情詩や、心理的、写実的な小説を書いた。

〔2〕Moritz Benedikt (1835–1920). オーストリアの神経科医。ウィーン大学で教鞭を執った。頭蓋測定法による研究を実施し、「正常」な脳と「犯罪的」な脳のあいだの種別の存在を主張した。『犯罪者の脳に関する解剖学的研究』は一八七九年刊。

〔3〕Franz Joseph Gall (1758–1828). 骨相学の創始者とされるドイツ生まれの医師、解剖学者。一八一九年以降、フランスに帰化。神経や脳について重要な研究を行ない、脳回（大脳皮質の「しわ」の隆起した部分）に精神が内在し、個々の精神作用は各脳回の一定部位に局限しているという脳機能局在論を説き、これを頭蓋の外形と結びつけ、外形から素質や能力の判定を試みた。

〔4〕Heinrich Julian Schmidt (1818–86). ドイツの文学史家。『ライプニッツからレッシングの死までのドイツ精神生活史 一六八一―一七八一年』全二巻は一八六一―六三年刊。

〔5〕Karl Vogt (1817–95) はドイツの唯物論的な立場に立つ動物学者。Ludwig Büchner (1824–99) はドイツの医師で唯物論哲学者。その兄ゲオルクは有名な夭折の劇作家、弟アレクサンダーも文学者。

〔6〕Johann Christoph Adelung (1732–1806). ドイツの文法学者、言語学者、辞書編纂者。当初、ドレスデン図書館司書でもあった彼は、文法、辞典、方言、文体の研究によって、標準ドイツ語の成立に多大な功績を残した。『ドイツ語文体論』全二巻（一七八五―八六）のほかに『高地ドイツ語文法批評辞典』全五巻（一七七四―八六）がある。グリム兄弟の『ドイツ語辞典』以前に編纂されたこの浩瀚な辞典は、今日でも

きわめて頻繁に参照される重要文典である。

〔7〕 Jürgen Bona Meyer (1829-97). ドイツの哲学者。ボン大学教授。初期の新カント派を代表する。ここに引用されている論文は J. B. Meyer, »Genie und Talent. Eine psychologische Betrachtung«, *Zeitschrift für Völkerpsychologie und Sprachwissenschaft*, Bd. XI, 1880, SS. 269-302.

〔8〕 Henry Maudsley (1835-1918). イギリスの心理学者、精神医学者。ロンドン大学教授。『生理学と精神病理学』にはこう書かれている。「よく知られているように、偉大な作家や芸術家は、自分が創作した作品に腰を抜かし、自分がどうやってこうした作品を制作するにいたったのかまるでわからないものだ。してみると、ときどき生じる突発的な意識の原因は、精神の無意識的な活動にあるというのがもっとも蓋然性が高い。実際にはありえないにもかかわらず、そのときに起こっているのとまったく同じ状況に以前いたことがあると唐突に意識するというのは、ほとんど誰もが多少とも経験しているものだ。しかし、さまざまな出来事を同化させる精神活動はここでは意識に先回りしていて、意識が覚醒したときに、それらの出来事に見覚えがあると感じさせているのである。発明は、これを思いついた当人にとってさえも、偶然や僥倖のおかげのように思える。剽窃家は貪欲であればあるほどたいてい無意識である。ある作家のもっとも秀逸な思いつきはきまって作家本人を吃驚させるような意図せざる考えなのである。創作活動のインスピレーションを受けた詩人は、意識に関するかぎりでは、指図どおりに書かされているのだ」(*The physiology and pathology of the mind*, D. Appleton and Company, New York 1867, pp. 18-19)。

〔9〕 Karl Robert Eduard von Hartmann (1842-1906). ドイツの哲学者。一八六九年刊の『無意識の哲学』は彼の処女作にして出世作。シェリング後期の「積極哲学」を取り入れつつ、ヘーゲルとショーペンハウアーの思想を結びつけ、さらに進化論との綜合をも図ろうとした。また、意志的で理性的な無意識者を万有の根源であるとした。パニッツァはここでは、同書第B篇第五章「美的判断ならびに芸術制作における無

意識」での記述をおそらく念頭に置いているのだろう。「天才の発想《コンツェプツィオーン》は意志によらない苦痛をともなう受胎である。天才が発想を得るのは、これを一心に求めたからではさらさらない。むしろちょうど天から降ってくるように、旅の途中や劇場内や雑談の最中などいたるところで、まるで予想だにしていないときにまったく思いがけないかたちでいつも急にこれを即座に思いつくのである」（*Philosophie des Unbewußten*, Carl Duncker's Verlag, Berlin 1870, 2. vermehrte Auflage, S. 229）。

〔10〕多少の異同はあるが、シラーが創刊した雑誌『ホーレン』にフンボルトが寄稿した論文「性差、および有機的自然に及ぼすその影響について」（»Über den Geschlechtsunterschied und dessen Einfluß auf die organische Natur«, in *Horen*, 2. Stück, 1795, SS. 99–132）からの引用（杉田孝夫・菅野健訳、お茶の水女子大学ジェンダー研究センター年報『ジェンダー研究』第十六号、二〇一三年、八〇頁）。

〔11〕ベンガル地方における東インド会社の覇権を決定づけたプラッシーの戦い（一七五七年）の前年に起こった「黒い穴事件」のこと。一七五六年六月、ベンガル太守シラージュ・ウッダウラは突然、インド最大の貿易港カルカッタ（現コルカタ）を奇襲し占領した。多くのイギリス人は難を逃れたが、逃げ遅れた人々は、自分たちが籠城していたウィリアム要塞の地下牢に捕虜として連行された。そこは「ブラックホール」と呼ばれる地下牢獄で、小さい窓が二つしかなく、床面積がせいぜい二十五平方メートル（十六畳弱）しかなかったが、この換気の悪い小部屋に百四十六名もの人間が詰め込まれた。幽閉された者たちは棒立ちのまま身動きがとれず、体温によって室温がぐんぐん上昇したため、脱水状態と酸素欠乏で次々に倒れ、踏み潰されたり立ったまま死んでいったという。翌朝までに生き残ったのは女性一名を含む二十三名だけだった。

〔12〕Mayer Amschel Rothschild (1743–1812). ドイツの銀行家。フランクフルトの敬虔なユダヤ教徒の家系に生まれ、まず古銭商として成功する。ヘッセン選帝侯の宮廷御用商人となって次第に資産を蓄え、のち

のヨーロッパの大財閥ロスチャイルド家の基礎を築いた。

〔13〕 Gabriel Cornelius Ritter von Max (1840–1915). プラハ生まれのオーストリアの画家。彫刻家の父の下、早くから絵の手ほどきを受け、プラハ、ウィーン、ついでミュンヘンの美術学校で絵画を学ぶ。世紀末の厭世的な象徴性に富む作風で知られる。《十字架上で殉教せる聖女》（一八六七）で一躍注目を浴びる。この出世作、ならびに《恍惚の乙女アンナ・カタリナ・エンメリック》（一八八五）などの作品に顕著なように、超常的な心霊現象に早くから関心を寄せて神秘思想への傾倒も著しかった一方で、進化論や人類学への興味もなみなみならぬものがあった。《美術鑑定家に扮する猿たち》（一八八九）でも知られるとおり大の猿愛好家で、避暑地の邸宅には、人類学や考古学のコレクションと並んで、何匹もの猿が飼われていたという。また、洋画家、原田直次郎（森鷗外の『うたかたの記』のモデルとなった）が師事したことでも知られる。

〔14〕 Max Klinger (1857–1920). 世紀転換期のドイツの彫刻家、画家、版画家。ロマン主義から出発し、印象派、象徴主義、ユーゲントシュティール、シュルレアリスムと時代に敏感に反応しながら、世紀末的な幻想世界をドラマティックに描き出す作風で知られる。作品には、全裸のキリストが描かれスキャンダルを巻き起こした《キリストの磔刑》（一八八八―九一）や《パリスの審判》（一八八五―八七）、銅版画連作《死について》（一八八九）など。

〔15〕 Benjamin Vautier (1829–98). スイスの画家。ジュネーヴで修業したあと、短いパリ滞在を経て、デュッセルドルフに本格的に拠点を移し、《村の教会の敬虔な村人たち》（一八五八）をはじめとする民衆生活（とくにシュヴァーベン地方の）に取材した油彩画を数多く描いた。ドイツ最初の風俗画家の一人と目されている。

〔16〕 Adolph Friedrich Erdmann von Menzel (1815–1905). 十九世紀ドイツ・リアリズムの代表的な画家。ほ

とんど独学で商業版画家として出発し、生前は歴史画や宮廷画（ことに《サン・スーシ宮殿でのフリードリヒ大王のフルート・コンサート》〔一八五二〕、哲学者ヴォルテールをはじめとする王立アカデミーの面々と囲むフリードリヒ大王主催の食卓を描いた《会食者一同》〔一八五〇〕がもっとも有名）で名声を博した。印象派を先取りするかのような油彩画と卓抜な素描の技倆に定評がある。他に、新興国プロイセンの工業的発展を活写した《製鉄圧延工場》（一八七五）などの作品がある。

〔17〕 Antoine Joseph Wiertz (1806–65). ベルギー中南部ディナン生まれの画家。「ウィールツ」とも表記される。アントワープで絵を学び、イタリア留学を経て、ブリュッセルを拠点に活動した。《麗しのロジーヌ》（一八四七）や《生きながら埋葬された男の目覚め》（一八五四）に見られるような狂気や死など幻想怪奇的な題材を扱った作品が多く、ベルギー象徴派の先駆と呼ばれる。他に《飢えと狂気と犯罪》、《小説を読む女》（一八五三）、《自殺》（一八五四）などの作品がある。「ブリュッセルの自分の美術館」とは、ベルギー政府から一八五〇年に与えられたアトリエを増改築し一八六八年に創設された現アントワープ・ヴィールツ美術館のこと。

〔18〕 ギリシア神話におけるカストールとポリュデウケース（ラテン語名ポルクス）のこと。ディオスクーロイとは「ゼウスの息子たち」の意。一説によれば、ゼウスが二人を「双子座」として天上の星座のなかに位置づけたとされる。ラモーのオペラ『カストルとポリュックス』でも有名。

〔19〕 Jean-François de La Harpe (1739–1803). フランスの文筆家、批評家。文学批評ならびに文学史の草分けとも称される。

〔20〕 James Fenimore Cooper (1789–1851). アメリカの作家、批評家。辺境の開拓地に育ち、大学中退後、水夫になり海軍に入ったが、ほどなくして退役し、田舎の地主となって文筆活動に入った。アメリカ独立戦争に材をとる『スパイ』（一八二一）で一躍脚光を浴び、以後、次々と作品を発表しアメリカの代表的な大

衆作家の地位を築いた。晩年のゲーテや若きバルザックにも影響を与えたとされる。邦訳に、『革脚絆《レザーストッキング》物語』五連作の第一作である『開拓者たち』（村山淳彦訳、岩波書店、二〇〇二年）や何度も映画化されている第二作『モヒカン族の最後』（犬飼和雄訳、早川書房、一九九三年）などがある。

〔21〕 Ernst Conrad Friedrich Schulze (1789–1817). ニーダーザクセン地方のツェレ出身のドイツ・ロマン派の詩人。ツェレ市長の息子で、早くに母と死別。ゲッティンゲン大学で当初、神学を学び、のちに哲学、文学、美学を修める。ギリシア抒情詩やヴィーラントの詩に惹かれ、詩作に目覚める。作品には、肺結核のため十八歳で亡くなった最愛の恋人を歌った叙事詩『ツェツィーリエ』（一八一三―一五）、夢幻詩『湖のランスロット』（一八〇六）など。『魅惑の薔薇』（一八一八）は八行詩節で構成された三篇の詩からなる叙事詩で、百科事典で有名なフリードリヒ・アルノルト・ブロックハウスが刊行していた『ウラニア』誌の懸賞で「物語詩」の最優秀賞を獲得した。その吉報を受けとった数日後に、恋人と同じ肺結核のため二十八歳で亡くなる。「歌曲の王」でおなじみのシューベルトはシュルツェの詩によるリートを数曲残しており、なかでも『春に』や『ブルックの丘にて』は有名。シュルツェとシューベルトの関係については、ディートリヒ・フィッシャー＝ディースカウ『シューベルトの歌曲をたどって』（原田茂生訳、白水社、一九七七年）に詳しい。

〔22〕 Daniel Nikolaus Chodowiecki (1726–1801). ドイツの画家、銅版画家。ポーランド系のユグノーの家系。生地ダンツィヒでエナメル画家となり、ベルリンでロココ派の画家ローデに師事。フランスのニコラ・ランクレやジャン＝バティスト・グルーズ風の肖像画や風俗画を描く。銅版画を二千余枚制作し、レッシング、ゲーテ、シラーなどの著作を飾った。

〔23〕 Alfred Rethel (1816–59). ドイツ・ロマン派後期の歴史画家。十九世紀初頭にウィーンで興った宗教画の革新をめざすロマン派の一派、ナザレ派の画家として出発し、デュッセルドルフ派の一翼を担う。油絵

や水彩画にくわえ、木版画作品を数多く残し、『ロランの歌』や『ニーベルンゲンの歌』などの挿絵も手がけている。ホルバインの同名連作との関連性も指摘される六点からなる木版画連作《死の舞踏》(一八四九、国立西洋美術館蔵)の他に、生地アーヘンの議事堂の装飾画《カール大帝の生涯》連作(一八四七―五一、第二次世界大戦の戦火により一部消失)、《オットー大帝と弟ハインリヒの和解》(一八四〇)などがある。ちなみにマルクス主義経済学者アルフレート・ゾーン=レーテルは、彼の曾孫にあたる。

〔24〕ここに列挙されているうち、Joseph von Führich (1800-76)、Philipp Veit (1793-1877) はいずれもナザレ派の画家。Hans Schnorr von Carolsfeld (1794-1872) はナザレ派と接触を持ち、ロマン主義的な宗教画や風景画を残す一方、手堅い写実画法をとるドイツ官学派にも分類される画家。Bonaventura Genelli (1798-1868) はベルリン生まれのイタリア系の画家。古典主義の風景画家ヤヌス・ゲネッリの息子。古代神話を主題にした線描画を多く残す。Friedrich Preller der Ältere (1804-78) はドイツ・ロマン派の画家だが、古典的風景美の要素も併せ持つ。同名の息子も画家。

〔25〕Moritz von Schwind (1804-71). シュノル・フォン・カロルスフェルト、ペーター・フォン・コルネリウスの弟子で、ビーダーマイヤー様式の代名詞カール・シュピッツヴェークと並び称されるオーストリアの画家。ミュンヘン美術学校教授。豊かな想像力と民族的な情緒をリズミカルな構図で表現し、油彩のほかにフレスコ画や本の挿絵も多く手がけた。小品では、《猫の交響楽》(一八六八)、フレスコ画では、たとえば、アイゼナッハの修復後のヴァルトブルク城内の「エリーザベトの回廊」や「歌合戦の間」を飾るフレスコ画群、なかでも《ヴァルトブルク城の歌合戦》(一八五五)が有名。また、一八六六年から新築のウィーン宮廷歌劇場(現ウィーン国立歌劇場)の玄関ホールとロッジアの装飾画も手がける。以後、そのロビーは「シュヴィント・フォアイエ」と呼ばれるようになった。

〔26〕Peter von Cornelius (1783-1867). ナザレ派の代表的な画家の一人。ローマ滞在中にのちにナザレ派の

中心人物となるヨハン・フリードリヒ・オーヴァーベックと親交を結ぶ。力溢れるモニュメンタルな表現様式は、ドイツ内外のフレスコ壁画装飾復興に大きく貢献したが、作品の多くは第二次世界大戦で消失した。ミュンヘンのルートヴィヒ聖堂のフレスコ画《最後の審判》（一八三六―三九）のほか、油彩画には、《カール・フェルディナント・ケルナーとその息子ゲオルク・レオンハルトの肖像》（一八一〇頃）、《五人の賢い乙女と五人の愚かな乙女》（一八一三―一六）などの作品がある。

〔27〕 Wilhelm von Kaulbach (1805–74). ドイツの画家。コルネリウスに師事。歴史画を得意とし、壁画や天井画、また本の挿絵なども多く手がける。一八三〇年に描いた素描《精神病院》が評判となる。一八四五年にはプロイセン王フリードリヒ・ヴィルヘルム四世に招かれ、ベルリンの新博物館に六面の大壁画を描いた。油彩画では《ティトゥスによるイェルサレム破壊》（一八四六）などが有名。ここでパニッツァが示唆しているのは、ゲーテの『ライネケ狐』のために描かれた挿絵あたりの滑稽味のある作品のことだろう。

〔28〕 一八五六年一月五日にシャルル・フィリポンにより創刊され、一九三三年十二月に廃刊されるまで、足かけ七十八年にわたって刊行されたフランスの挿絵入りの週刊大衆娯楽紙。二折判サイズで全八頁。毎回世相を諷刺する愉快なイラストが紙面を飾っていた。

〔29〕 Adolf Oberländer (1845–1923). バイエルン地方の画家、線描画家。ユーモア詩人でイラストレーターだったヴィルヘルム・ブッシュの影響を強く受ける。人々の態度や行動をユーモアたっぷりに描いた諷刺精神溢れるイラストで知られ、ミュンヘンのブラウン&シュナイダー出版社から刊行された挿絵入り週刊誌『フリーゲンデ・ブレッター』（一八四五―一九二八）や同社から隔週で刊行された瓦版『ミュンヘン・ビルダーボーゲン』（一八四八―九八）などに数多くの作品を掲載した。フランツ・ボンの『愉快な博物誌、または滑稽動物学』（Franz Bonn, *Lustige Naturgeschichte oder Zoologica comica*, 1877）、エドヴィン・ボルマンの『誰にも愉しみがある』（Edwin Bormann, *Jedes Thierchen hat sein Pläsierchen*, 1888）、ゲオルク・ベッ

ティヒャー『ああ、これら子供たち』（Georg Bötticher, *O diese Kinder*, 1894）といった本にイラストをつけている。他に、一八八〇年から一九〇〇年にかけて連載された『モーリッツ坊やが雑記帳の余白に描いた落書き集』が有名。なお、同姓同名の建築家とは別人。

〔30〕Jacob Moleschott (1822-93). オランダの生理学者、哲学者。ハイデルベルク大学で医学を修め、チューリヒ、トリノ、ローマで生理学を講じる。唯物論の立場をとり、人間は感覚の総体であり、脳の活動、すなわち思考は、リンを含有する脂肪の存在によるとした。

〔31〕『黒いドミノ』や『フラ・ディアボロ』などのオペラで知られるフランスの作曲家ダニエル・フランソワ＝エスプリ・オベールが一八二七年に作曲し、一八二八年二月二十九日にパリ・オペラ座で初演された全五幕からなるオペラ。一六四七年スペイン支配下のナポリで新税の導入に反対して民衆蜂起の先頭に立った主人公の漁夫の名から別称『マザニエッロ』とも呼ばれる（三〇二頁訳註23を参照）。当初は大好評で上演回数は五百回以上を数えたが、十九世紀後半以降、全曲上演は減少し、今日ではもっぱら序曲だけが独立して演奏されることが多い。

〔32〕Hans Makart (1840-84). オーストリアの画家、室内装飾家、ウィーン美術学校教授。

〔33〕ヘブライ語の נביא は、場合によっては「偽預言者」という意味にもなるが「阿呆（Narr）」の語義はない。

〔34〕ロベルト・シューマンの歌曲集で有名な詩人で医師でもあったユスティヌス・ケルナー（Justinus Andreas Christian Kerner, 1786–1862）によって一八二九年に執筆されベストセラーとなった『プレフォルストの女視霊者』に登場する、フリーデリケ・ハウフェと呼ばれる農婦のことで、シュヴァーベン地方の小邑プレフォルストに生まれたこの女は、トランス状態のなかで霊と対話し、さまざまな幻視体験や未来予知をしたという。

〔35〕Jacques-Joseph Moreau (1804-84).「トゥールのモロー」の名で知られるフランスの精神科医。その著

『ハシッシュと精神異常』（一八四五）は、神経中枢に及ぼすハシッシュの影響についての最初の体系的な研究だった。なお、一八五九年の著作とは、『歴史哲学との関連における病理心理学、あるいは知的活力に及ぼす神経症の影響について』（*La psychologie morbide dans ses rapports avec la philosophie de l'histoire, ou De l'influence des névropathies sur le dynamisme intellectuel*, Paris, Librairie Victor Masson, 1859）のこと。

〔36〕Charles Lamb (1775–1834). 本文では「心理学者」といわれているが、もちろんそうではなく、いわずと知れた『エリア随筆』で名高いイギリスの文筆家。パニッツァの念頭にあるのは、おそらく『続エリア随筆』中の「天才は狂にあらず（Sanity of true Genius）」の章だろう。『平田禿木選集 第三巻 翻訳エリア随筆集』南雲堂、一九八一年、五九一―五九七頁。また『完訳 エリア随筆Ⅲ 続篇〔上〕』南條竹則訳、藤巻明註釈、国書刊行会、二〇一六年、八八―九三頁を参照。

〔37〕Friedrich Wilhelm Hagen junior (1814–88). ドイツの精神科医。バイエルン国王ルートヴィヒ二世の禁治産者宣告の根拠となった精神病の診断を行なった医師の一人。

〔38〕Nikolaus Lenau [Nikolaus Franz Niembsch von Strehlenau] (1802–50). ハンガリー生まれのオーストリアの詩人。ウィーン大学に学び、ウーラントやシュヴァープなどシュヴァーベン詩派と親交を結び、一時、アメリカに渡るが、幻滅し、翌年帰国。一八三四年に友人の妻ゾフィー・レーヴェンタールとの恋愛に深く悩み、一八四四年に精神錯乱に陥り、最期は精神病院で生涯を閉じた。代表作に『葦の歌』（一八三二）、『森の歌』（一八四三）、叙事詩『ファウスト』（一八三六）などがあるほか、彼の詩は、リスト、シューマン、メンデルスゾーン、リヒャルト・シュトラウスなど、数多くの作曲家に作品のインスピレーションを与えた。

〔39〕María de Jesús de Ágreda (1602–65). スペイン・カスティーリャ地方ソリア県の町アグレダの無原罪の御宿り修道会女子修道院長。アグレダの尊尼マリアとして知られる。彼女の名を一躍広めることになった

のは、「青いローブの尼僧」の不思議な伝説である。十七世紀に探検家や宣教師が新大陸に到着すると、ニューメキシコやウェスト・テキサスですでに現地のフマノ族がキリスト教を信仰しており、聞けば青いローブをまとった謎めいた女性のおかげで改宗したのだという。そして、この女性というのが、アグレダの修道院から一歩も離れたことがないはずのマリアであると判明したのである。この神秘的な逸話は、同一の人物が同時に複数の場所で目撃される超常現象（バイロケーション）、分身（ドッペルゲンガー）、体外離脱、瞬間移動（テレポーテーション）など、さまざまな事例に解釈されている。また、文筆家としても著名で、主著に『処女マリア伝』や『神の神秘的な都市』（*Mistica Ciudad de Dios*, 1670）がある。後者は当初、異端審問所の決定で禁書処分とされていたが、のちに撤回され、いまでは全世界百七十三ヶ国語に翻訳されている（英語の抄訳版からの重訳ではあるが、邦訳に以下のものがある。『神の都市――尊者アグレダのマリアの記録』甲斐睦興訳、昇る旭日の聖母会監修・発行、刊行年不明）。

〔40〕 Alexandre-Jacques-François Brière de Boismont (1797–1881). フランスの精神医学者。著作に『幻覚論』（*Des hallucinations, ou Histoire raisonnée des apparitions, des visions, des songes, de l'extase, du magnétisme et du somnambulisme*, 1845）や『自殺論』（*Du suicide et de la folie suicide, considérés dans leurs rapports avec la statistique, la médecine et la philosophie*, 1856）など多数あり、ボードレールやデュルケームに影響を与えたといわれる。

〔41〕 André-Marie Ampère (1775–1836). フランスの物理学者、数学者。電流と磁場の関係についての法則（アンペールの法則）を発見したことで、のちの電磁気学の基礎を確立した。また、無定位針を発明し、無定位電流計の発明に途を拓いた。電流の単位アンペアは彼の名に因む。

〔42〕 Johann Georg Zimmermann (1728–95). スイスの医者、哲学者。ハノーファーの宮廷で王の侍医となり、その後、晩年のフリードリヒ大王に話し相手兼医師としてポツダムに招かれた。同郷の師であったアルブ

レヒト・フォン・ハラーのほか、レッシング、ヘルダー、ヴィーラント、ゲーテなど当代随一の名士と親交を結んだり、文通を交わしたりした。『孤独論』（一七八四―八五）は彼の主著。

〔43〕 Jakob Michael Reinhold Lenz (1751–92). 疾風怒濤《シュトゥルム・ウント・ドランク》期の詩人、劇作家。牧師の息子として生まれ、当初、ケーニヒスベルクで神学を修め、カントの講義に出席したりもしたが、しだいに文学への関心が強まる。ストラスブールでゲーテと知遇を得て、彼に同行してヴァイマールに赴く。ゲーテを崇拝していたが、「レンツの愚行」と称される事件を機に絶交され、ヴァイマールの宮廷を追放される。精神を病み、ロシアに移住。最期はモスクワの路傍で変わり果てた姿となって発見される。作品に、ベルント・アロイス・ツィンマーマン作曲のオペラの原作となった戯曲『軍人たち』がある。また、ゲオルク・ビューヒナーの未完の短篇小説に、彼をモデルにした『レンツ』がある。

〔44〕 Johann Bernhard Basedow (1724–90). ドイツの教育者。コメニウス、ロック、ルソーなどの教育論の影響を受けて、デッサウに汎愛学舎（Philantropinum）を開設し汎愛派と呼ばれ、啓蒙主義時代の教育改革運動の一翼を担った。バゼドウの教授法の基礎となる教育理論を論じた主著『入門書（Elementarwerk）』には、ホドヴィエツキ（三一一頁訳註22参照）の銅版画挿絵が数多く残されている。

〔45〕 Karl Ferdinand Gutzkow (1811–78). ドイツの作家。ベルリン大学でヘーゲル、シュライアーマッヒャーの下で哲学と神学を学びながら、ヴォルフガング・メンツェルとともに文芸雑誌を刊行し、ジャーナリズムの世界に飛び込む。一八三五年に発表した小説『懐疑夫人ヴァリー（Wally die Zweiflerin）』が発禁処分になり名前が知れ渡る。一時、精神を病んで自殺を試み、入院療養を余儀なくされる。多方面に文筆活動を展開し、青年ドイツ派の中心人物と目されている。

〔46〕 Christian Dietrich Grabbe (1801–36). ドイツの劇作家。俳優もしくは演出家を志したが、断念し、弁護士となり、のち陸軍法務官となる。ハイネやティークと知り合い、『ドン・ファンとファウスト』（一八二九、

邦訳『ドン・ジュアンとファウスト』小栗浩訳、現代思潮社、一九六七年）や『ハンニバル』（一八三五）といった作品を残す。飲酒癖と結婚の失敗のために苦悩と貧窮のうちに早世した。

〔47〕Johann Tetzel (1465–1519). ドイツのカトリック説教師。ドメニコ会士。マインツ選帝侯で大司教でもあったアルブレヒト二世からサン・ピエトロ大聖堂建立の資金を得る贖宥説教を依頼され、免罪符を売った。ルターがこれを批判し、のちの宗教改革の発端となった。

〔48〕ケルスキ族は古代ゲルマン人の一部族の名称。族長アルミニウス麾下、トイトブルク森の戦いやゲルマニクスの戦いで、ローマのゲルマニア征服を阻止した。ちなみに、アルミニウスが活躍したのはキリスト教が普及する以前の帝政ローマ初期であったにもかかわらず、ルターは彼をヘルマンという名で洗礼することによって自説の流布に利用したとされる。

〔49〕ハインリヒ・ハイネ「創造の歌」末尾（『ハイネ全詩集 第二巻』井上正蔵訳、角川書店、一九七二年、二一八頁）。

幻影主義と人格の救出——ある世界観のスケッチ

〔1〕Friedrich Max Müller (1823–1900). イギリスに帰化したドイツの東洋学者、サンスクリット文献学者、言語学者。『リグ・ヴェーダ全集』を手がけ、印欧比較言語学の発展に寄与した。比較宗教学、比較神話学の科学的方法論を確立したといわれる。シューベルトが曲をつけた詩人ヴィルヘルム・ミュラーはその父。不可知論（agnosticism）は、一八六九年にイギリスの動物学者でダーウィンの友人でもあったトマス・ヘンリー・ハクスリーが用いた造語。

〔2〕Wilhelm Wundt (1832–1920). ドイツの生理学者、心理学者、哲学者。実験心理学の創設者。

〔3〕 Alexander Herzen (?). 未詳、有名なロシアの革命的民主主義者、小説家、思想家のアレクサンドル・ゲルツェン（Александр Иванович Герцен, 1812–70）の息子か。

〔4〕 Hugo Münsterberg (1863–1916). 「応用心理学のパイオニア」とも呼ばれているドイツ生まれのアメリカの心理学者、哲学者。「ミュンスターバーグ」とも表記される。ヴントの門下で、ウィリアム・ジェイムズに認められて渡米。精神治療、裁判心理、産業心理といった分野などで先駆的な仕事を残した。

〔5〕 Gustav Theodor Fechner (1801–87). ドイツの物理学者、哲学者。実験心理学の祖と呼ばれる。物理的刺戟量と、反応としての感覚量（心理量）との関係についての精神物理学の基本法則、ヴェーバー＝フェヒナーの法則にその名が残る。一元論の立場から自然科学と理想主義の調和をはかり、心身問題の解決に努め、『精神物理学初歩』（一八六〇）を著した。かたやその一方で、万有に心霊を認める神秘主義者でもあった。

〔6〕 不可知論の立場から機械論的世界観の限界を説いた医師、生理学者エミール・デュ・ボア＝レーモンの『自然認識の限界について』（一八七二）で有名になった標語「われわれは知らない、そして永遠に知ることはないだろう（Ignoramus et ignorabimus）」。

〔7〕 「You can't have your cake and eat it（菓子は食べればなくなる、両方いいことはできぬもの）」のかたちで一般に知られている諺を踏まえている。

〔8〕 インド哲学の術語で「幻」を意味し、『リグ・ヴェーダ』などでは主に「神の驚異的で神秘的な創造力」を示す一方、仏教では「欺瞞」、「裏切り」、「人を眩惑する力」を意味し、事物に実体がないことに譬えられる。

〔9〕 Herbert Spencer (1820–1903). 「適者生存」の語の生みの親としても知られるイギリスの哲学者。訳書に、『第一原理』神田豊穂訳、春秋社、一九二七年、および『ハーバート・スペンサー　コレクション』森村進

編訳、ちくま学芸文庫、二〇一七年など。

〔10〕 Joseph Victor von Scheffel (1826-86). 十九世紀に人気のあったドイツの作家、詩人。諷刺詩「グアノ」（グアノとは「海鳥の糞の化石」のことで肥料として用いられる）の末尾で、ベーブリンゲン市民レプスバウアーの口を借りて、ヘーゲルを批判している。

解題

犯罪精神病 Psichopatia criminalis (1898)

チューリヒのシャーベリッツ社とのトラブル後、パニッツァは自前の出版社、チューリヒ討論社を設立する。この論攷もここから刊行された。「一種の思考のインフルエンザ」としての「犯罪精神病」なる新分類を、いくつかの症例報告を併記しながら擬似科学的な体裁で論及するものだが、巻頭のシュレーゲルの言葉にあるとおり、どこまでが本気で、どこまでが冗談なのかが判然としない。バージット・ラングは、この論文を「ドイツ文学のなかでも、精神分析の症例研究というジャンルのもっとも痛烈なパロディ」と評している。はたしてそこまで断言できるかどうかは甚だ疑問だが、かりに「パロディ」に徹していたとして、その諧謔《かいぎゃく》味は雲散霧消しており、むしろいたって大真面目な学術論文として読めてしまうところがある。しかし、これにかぎらず、自分自身すら騙しおおせるほどの根っからの天邪鬼《あまのじゃく》であるパニッツァのテクストを無批判に真に受けて読むことはいささか危険であり、よくよく用心してかかる必要があるだろう。

天才と狂気 Genie und Wahnsinn (1891)

一八九一年三月二十日、ミュンヘンのツェントラルザールにて開催された「近代生活協会」主催の講演原稿。同年ペッツル書局から刊行された。「近代生活協会」とは、ミヒャエル・ゲオルク・コンラートを中心に、オットー・ユーリウス・ビーアバウム、ハンス・フォン・グンペンベルク、ルートヴィヒ・シャルフらによって前年の一八九〇年にミュンヘンで結成された革命志向のグループ。パニッツァは創設者の一人としてその発足当初から参加し、同会発行の文芸・社会政策のための雑誌『ゲゼルシャフト』や年鑑『近代生活』に論文を寄稿している。この講演録のパンフレットが出回るや、官憲に見咎められ、結果として第一級軍医助手資格を抛棄しなければならないはめになる。

幻影主義と人格の救出――ある世界観のスケッチ Der Illusionismus und die Rettung der Persönlichkeit: Skizze einer Weltanschauung (1895)

ライプツィヒ、ヴィルヘルム・フリードリヒ社刊。当時『性愛公会議』をめぐる公判中。全体的に哲学的な内容だが、煽動家らしい使嗾《しそう》も随所に顔を覗かせる。シュティルナーに献呈されているが、どうやらアムベルク入獄中も彼の『唯一者とその所有』を読んでいたらしい（『獄中一年』参照）。

キリストの精神病理学的解明 Christus in psicho-patologischer Beleuchtung (1898)

『チューリヒ討論』第五号に掲載。キリストを「パラノイア患者」で「アナーキスト」と断じる、きわめて挑発的な宗教諷刺。その一方で、キリストに自分自身を投影しているかのように読みとれるところもあって、そのあたりがきわめてアンビヴァレントである。

フッテンの精神による対話　Dialoge im Geiste Hutten's (1897)

チューリヒ討論社刊。アムベルク収監中に執筆。全五篇からなる対話集で、第一対話から第三対話は『パニッツァ全集Ⅲ』一六一―二一二頁に所収。また、第五対話のみ『怪奇・幻想・綺想文学集――種村季弘翻訳集成』国書刊行会、二〇一二年、八八―一〇〇頁にすでに収載されている（訳文は多少異なっている。興味のある読者は比較されたい）。ただ、序文と献辞が未収録なので、このさい、訳出しておこう。

序文

これもまたちょっとした獄中記である（『獄中一年』の序文、チューリヒ、シャーベリッツ社、一八九七年を参照）。いまとなってはかなり加筆したい気持ちも山々だが、私はここでも一字一句修正するつもりはない。これを読めば、われらが栄えあるドイツ、目下、とんでもない勢力どうしが泥仕合を演じているドイツが、監獄からどんなふうに見えているのか、ほかでもない己のドイツ人気質のせいで――己の思想がために――投獄された一人のドイツ人の目にどのように映っているのかがわかろうというものだ。

一八九七年四月二十七日　チューリヒ

オスカル・パニッツァ

献辞
ドイツよ、この小冊子をとれ。
――私は汝をムーサに見立てているのだ。
神、そして他のあらゆる神々は
われわれにとってはいまでは時代遅れなのだから。
フッテンのごときはまだかの皇帝に自分の傷心を
打ち明けることができたが、
いまやそんなことをしでかす詩人はいないし、
そんなまねをあえてするような賢者もドイツ人もたえてない。
われらは骨の髄まで傷ついている
――みんな常軌を逸してしまっているのだ――
われわれだれもが熱に浮かされ
だれもが犬のように踏みつけられる……
汝の名誉が傷つけられても、
不幸や非運と思ってはいけない。
私は投獄の身にして、
睫毛はまだ濡れている。

一八九六年八月八日　レーゲンスブルク

壁の内側でも外側でも　Intra muros et extra (1899)

『チューリヒ討論』第十八―十九号に掲載。続く三篇は、「少女凌辱」の廉《かど》でスイスから放逐され、パリに逃亡していた頃に執筆された煽動的パンフレット。チューリヒでの出版活動は亡命中も依然として旺盛だった。パリ亡命時代の作としては他にヴィルヘルム二世を標的にした檄文ともいうべき長篇詩『パリジアーナ』が有名。この皇帝批判の時期あたりから徐々に狂気の徴候が目立ってきたようである。

パリからの手紙　七月十四日　Brief aus Paris: der quatorze Juillet (1900)

雑誌『ヴィーナー・ルントシャウ』第四巻、二七九―二八二頁。デムーランの「諸君、武器を取れ」の演説とともにフランス革命の狼煙が上がったオルレアン公の居城パレ・ロワイヤルを舞台に、一七八九年と一九〇〇年の同じ七月十四日の情景があざやかに対比・活写されている。

進歩的無政府主義狂　Mania anarchistica progressiva (1900)

『チューリヒ討論』第二十八―三十二号に掲載。王侯君主への医学的助言という体裁をとった諷刺諧謔文。国家元首の健康にまつわるこまごまとした記述は、J・G・バラードの短篇SF「第三次世界大戦秘史」における、テレビから刻々と伝えられる大統領ロナルド・レーガンの病状の無味乾燥な経過報告をどこかしら想起させるところがある。

訳者あとがき——オスカル・パニッツァと種村季弘

一人のドイツ人が最高の成果をなしとげるのは、彼がしまいには精神病院に入るか死刑台で血を流すかするほど、狂気に冒された瞬間からです。（「ドイツ人について——あるオプティミストとあるペシミストとの対話」『フッテンの精神による対話』『パニッツァ全集Ⅲ』一七一頁）

彼の生きた時代はニーチェと同様、「神は死んだ」といわれた時代ですからね。〔……〕神を否定するというのはとても難しいことなんですよ。（「レオノール・フィニーとの一時間」〔聞き手 クリスチャン・ポラック／植木二葉訳〕『海』一九八〇年三月特別号、三一九頁）

シュニッツラーでもなくニーチェでもない。無神論者でもなく神秘主義者でもなく、ましてや（ハイナー・ミュラーがそう呼びたがっているような）テロリストでもない。医師にして患者、イタリア人の父とフランスから亡命してきたシュペート家出身の母をもち、父方のカトリックの洗礼を受けながら、母方のユグノーに服せられたプロテスタント改宗者、ドイツ語圏におけるフランス語話者、血の伝染を信じ、おのれの狂気への危険から遁《のが》れるように、ざらついた読後感が尾を引く詩や小説を矢継ぎ早に発表した独身者、晩年の十六年あまり、精神病院のなかで執筆に没頭し、死後、封印されてしまったとされる厖大な量のフランス語やイタリア語による遺稿の数々……。オスカル・パニッツァについて語ろうとすれば、その底知れぬ相貌のあまりの錯綜ぶりに、とうてい一筋縄ではいきそうもない。

クービン、クレー、カンディンスキー、リルケ、マン兄弟、イプセン、ヴェーデキントら錚々たる顔ぶれが行き交う世紀末ミュンヘンは、芸術家、文士、ボヘミアン、革命家などで溢れかえる、いわば爛熟した文化の一大集積場の観を呈していた。当時の総人口五十万人のうちカトリックが八割以上を占めていたこの街で、パニッツァも十年あまりを過ごし、さまざまな文学サークルに出入りしては交遊を深め、文筆活動に精を出していた。たしかに「ミュンヘンは耀いていた」(トーマス・マン「神の剣」)が、そのときにはパニッツァはもうとっくにこの地に愛想を尽かしていた。『さらばミュンヘン』は一八九七年刊。

だれしも幼少期にさまざまな分裂の兆しを経験するものだが、パニッツァの場合にはそれが一種の強迫観念と化し、彼のその後の運命を完全に左右することになる。「あの少年時からはじまっていた二つの世界への分裂が自分のなかで正確に進捗してゆくのを感じた。ひとつはあのふつふつとおのずから湧き上がってくる、空想に囚われた世界〔……〕もうひとつのは悟性の世界であって、ここでは五感のすべてを傾注して、私は馬のように喘ぎながら事実や史料を頭に詰め込み、陰気な、気の抜けた外界をその諸現象ごと棒暗記しているのであった」(『パニッツァ全集Ⅱ』七一頁)。半自伝的な短篇「コルセットのフリッツ」でこう述懐している。この「空想」と「悟性」の対立は、本書の「幻影主義と人格の救出」にも大きく影を落としている。みずからを擬した主人公を「フリッツ」という皇帝の名で呼んでいるのも意味深長なのだが（本書二三九頁および二三六頁を参照）、その彼が手足や頭部を欠いた「コルセット」をフェティッシュに戴いて、どこかハンス・ベルメールの「人形」にも通じる妄執のなかでついには精神錯乱に陥ってしまうという筋書きに、その後の作者自身の末路を重ね合わせるとき、なんとも形容しかねる薄気味の悪さを感じざるをえない。

転機としての監獄

ミュンヘン逃亡の直接の契機となったのは、フロイトが「すこぶる革命的なレーゼドラマ」（『夢判断』）と呼んだ『性愛公会議』をめぐる筆禍事件と、その結果としてのアムベルク監獄での禁錮刑である。ただ、その経緯についてはここでは詳述しない（『パニッツァ全集Ⅲ』収録の裁判資料、ならびに種村季弘「梅毒としての文学――オスカル・パニッツァについて」を参照。『愚者の機械学』青土社、一九九一年所収）。これ以降の彼の著作の大半は、官憲による押収・発禁処分を受けている。たぶんそれを予期していたのだろう（『犯罪精神病』を読んでもわかるように、パニッツァは内に宿る狂気《パッツィーア》を知悉していた）、パニッツァは中世聖史劇の陰画のごとき『性愛公会議』のなかで「悪魔」の口吻を藉《か》りてこう云わしめている。「人が考える、それでその考えを他人に伝えることあいならんとおっしゃる、これはあらゆる拷問のなかでも最高におぞましい拷問だ。――自分の考えたことを、他人がそれを追って考えるという、このまたとなく純粋な恍惚、何杯もの樽いっぱいの苦味を味わわせてくれる、この快楽のしたたり」（第三幕第二場、『パニッツァ全集Ⅲ』六七頁）。

自分の考えで他人の思考を占拠し、洗脳し、煽動し、梅毒のように蔓延させなければ気が済まない。放火魔のようにいたるところに火をつけて無上の悦楽に耽り、官憲当局の介入に対してすら、マゾヒスティックな悦びを爆発させる愉快犯的な性分はこの「悪魔」の科白に如実に萌しており、この拷問と恍惚の無限連鎖にパニッツァをとことん引きずり込んでゆく。

それとの関連で『獄中一年』にも印象的な一節がある。パニッツァの小説では頻繁に出てくる重要なアイテム「月」の話がややあって、まるでその「月」の狂気に誘導されるかのように、北極では息が凍りつくという話、さらには自分がみた幻影のことに話題が及んでいく。パニッツァはどうやら北方のある都会にいるらしい。この都会の住人たちは鼻から呼吸していて、口元にハンカチを当てて口からじかに息がでないようにしていた。ところが、なかには傍若無人に口から息をする人もいる。すると、口のまわりにたちまち氷柱《つらら》ができて、あっという間に背後から現われた警官に逮捕されてしまうのだ。その容疑は唇畸《しんき》形罪《けいざい》。そこでパニッツァは夢の神様に「ここはどこなのか」と訊ねる。それに神様は答えて「分らんのかね？　われわれのおるこの国は不敬罪の国だよ。用心深い人間はこの国では鼻から息をする。鼻を出入りする思想は音を立てなくて耳につかない。われわれは思想不公表の国にいるのだよ。口から出る思想はやかましい騒音を立てる。この国ではそういう息の形は凍結されているのだ」（『パニッツァ全集Ⅲ』一三八頁）。そして夢から目醒めると自分は監獄のなかにいるという次第。物云えば唇寒しを絵に描いたような逸話だ。

友人の証言によれば、実刑一年を満了して出獄したパニッツァは、以前とはまるで別人になっていたという。彼には終生、検閲・発禁・国外退去がつきまとうことになる。

「フィデリオはもういないが、フロレスタンはいつだっている」（同一四四頁）。ベートーヴェン唯一のオペラ『フィデリオ』では、囚われの身となった夫フロレスタンを救うべく、妻レオノーレが男装してフィデリオと名乗り、難局を切り抜けるが、そのようなフィデリオが自分には不在であることをパニッツァは監獄のなかで、ひとり苦く痛感したのだろう。

スキャンダルとしての両性具有

男装ならぬ女装癖ということにかけては、くしくもパニッツァとまったくの同時代人、パラノイア患者にして禁治産者、かのドレスデン控訴院民事部部長ダニエル・パウル・シュレーバー博士が有名である。彼は、脱男性化（女への変身）の妄想、さらには被虐願望に苛まれていたようだ。魂はそのままに「身体の方はまず女体への変容を蒙った後、女体としてある人物に引き渡されて性的に濫用され」、さらにその後は「腐敗するがままに放って置かれる」という陰謀が自分に企てられているとシュレーバーは思い込んでいた（『シュレーバー回想録――ある神経病者の手記』尾川浩・金関猛訳、平凡社ライブラリー、二〇〇二年、八九頁）。

本書『天才と狂気』における自分を小包と思い込むヘーゲルの妹の例（九七頁）同様、『フッテンの精神による対話』第五対話にも、人間が「娼婦」として商品化され、あたかも鉄道に預けられた小荷物であるかのように扱われる、これと似た状況を匂わせるいわくありげな記述がみられる（二五二頁）。じつは訳文ではあえて曖昧なままにしてあるが、話者エラはここに出てくる「娼婦（ein Mädchen der Freude）」のことを一人称（Ich）ではなくなぜか二人称親称（Du）で呼んでいる。

当然ながらこの Du は、その直前あたりまで Du で呼ばれていた対話相手のルイを指すのではなく、エラがいきなり内的独白の話法に切り替えてエラ自身に向かって一人語りをしているとするのがおそらくは穏当な解釈なのだろうが（それでも唐突の感は否めない）、ここでしいて穿った見方をするならば、人称代名詞の指示対象にまぎらわしい変更を施すことで、まるでパニッツァは安定した人称・性別関係をわざと顚倒させ攪乱しようとしているかのようだ。

中篇「あるスキャンダル事件」は、一八三一年六月二十日夜半にノルマンディーのドゥエー修道院内女子寄宿学校で発覚した両性具有者アレクシナ・バルバンをめぐる実話に取材している。これは、パニッツァではおなじみの「私」という一人称の語り手がめずらしく登場しない物語だ。

「医学的な観点からすると、一人の両性具有者を前にした場合、もはや、並置されたりもつれあったりしている二つの性器の現存を認めることでも、その二つのうちのどちらが優勢であるかを知ることでもなく、混然とした外観のもとに隠れている真の性器がどちらかを解読することが問題となる。医師は、いわば人目をあざむく解剖学的形態を引きはがし、対立する性の形態をまとったこともありうる器官の背後に、唯一の真の性器を発見しなければならないだろう」（ミシェル・フーコー「両性具有者と性」蓮實重彥訳、『ミシェル・フーコー思考集成Ⅷ――1979-81 政治・友愛』筑摩書房、二〇〇一年、三〇二頁）。

ところが、この物語では両性具有者アレクシナの正体、すなわち彼女（彼）の真の性別については、末尾に出てくる医師の所見として淡々と報告されるだけで、むしろ、物語の大部分が割かれているのは、このささいな事件をきっかけに閉鎖的な女子寄宿学校のなかで噂や陰口が飛び交い、さらには不安や恐怖、淫猥な想像や願望からなる集団ヒステリーのような騒動に発展し、果てはそれが周辺の村落にまで波及して収拾のつかないパニックにまで膨らんでゆく一連の顚末なのである。スキャンダルは、その発端となった出来事にあるというよりも、むしろそれが得体のわからぬままに人の口を介して梅毒のように次々と伝染し増殖をくりかえすその関係性の構造のなかに生起してくるものといえるだろう。

妥協なき宗教批判者

パニッツァのことを「無信仰の殉教者」と評したのは、たしかテオドア・フォンターネである。宗教という阿片を蛇蝎《だかつ》のごとく憎悪するとともに、その毒に狂おしいほどに惑溺する。父方のカトリックと母方のプロテスタントのはざまで養育された宗派のハイブリッドたるパニッツァは、いわば道徳的・宗教的な意味での両性具有者といえる。たしかに反カトリック・反教権主義の立場はかなり鮮明とはいえ、プロテスタントに対しても時期や著作ごとに発言はまちまちで、なかなか彼の真意は摑みがたい。パニッツァの著作が稀覯本ですでに入手困難となり、彼の存在が「悪名高くもあり無名にも」なっていたなか、ヴァルター・ベンヤミンは「教会や教皇制度を完膚なきまでに攻撃したとはいえ、まぎれもなくパニッツァは神学者だった」(「E・T・A・ホフマンとオスカー・パニッツァ」『ベンヤミン・コレクション4 批評の瞬間』浅井健二郎編訳、ちくま学芸文庫、二〇〇七年、一二八頁)と述べ、彼にもっとも近い作家としてユイスマンスの名を挙げている。

「私は生来、なにかにつけ宗教的‐劇場的表象を好む性癖がある」(「蠟人形館」『パニッツァ全集

I』三頁）と告白しているように、パニッツァの小説にはことあるごとに宗教がからんでくる。実際の目撃談にせよ、話し手の白昼夢にせよ、そこで現実離れした劇的な出来事が起こる。「アンデクス巡礼」や「留の山」もそうだが、なかでもその好例が「ツィンスブレヒの教会」（『パニッツァ全集II』所収）である。語り手の幻覚のさなか、現実と虚構の境界がわからぬままに血腥いバロック演劇のごとき悖徳的な黒ミサ行列が田舎の教会内部でくりひろげられる。この短篇や先の「あるスキャンダル事件」などのパニッツァの小説を読んでいると、どうしたわけかルイス・ブニュエルの映画を見ているときと似た不条理の感覚に襲われる。とりわけ『皆殺しの天使』がそうだ。「プロビデンシア通り」の豪邸でのパーティに集ったブルジョワの紳士淑女が物理的障碍などのとくだんの理由もないのになぜか部屋から一歩も出られなくなり、数日にわたる監禁状態のなかで次々とパニックに陥り、ふだんの礼節の化けの皮が剥がれて醜悪な本性がむきだしになってゆくストーリー。目には見えぬ心理的な桎梏に雁字搦めになった人間の姿を冷酷に戯画化してみせたこの作品のラストシーンの教会の場面では、同じパニックが再現され、教会から誰一人一歩も出られなくなる。その一方で、教会の外では、警官隊がデモをする市民に威嚇発砲し、街の広場は阿鼻叫喚の巷と化し、まるでそこから逃げるように羊たちが教会のなかへ群れをなして入ってゆく。この反骨の映画監督の作品にもおりにふれて宗教が深く関わっている。プロビデンシアにしても「神の摂理」の意であり、タイトルの「皆殺しの天使」からしてすでに黙示録にある言葉だ。自他ともに無神論者を公言して憚らない（がキリスト教に対して愛憎半ばする）かつてのシュルレアリスムの雄にも、作品の上演禁止が生涯つきまとった。ブニュエルはさるインタヴューにこう応えている。「映画の結末には自由などない。あってもそれはただ束の間だ。しかし監禁という状況は無限にくりかえされる。冒頭の状況に戻り、また同じ行為をくりかえす。〔……〕教会のなかには、二十人ではなく、二百人いるのでもっと悲惨である。これはまるで果てしなく蔓延していく疫病みたいなものだ」（トマス・ペレス・トレント、ホセ・デ・ラ・コリーナ『ルイス・ブニュエル 公開禁止令』岩崎清訳、フィルムアート社、一九九〇年、二六五頁）。

『パニッツァ全集』の意義

種村季弘の厖大な翻訳遺産のうちでも、筑摩書房から一九九一年に刊行された全三巻にわたる個人訳『パニッツァ全集』はなみなみならぬ力作である。「全集」と銘打たれた仕事も唯一ではないだろうか。本国ドイツよりもはるかに、日本でパニッツァが読まれているとすれば、ひとえにこの仕事のおかげである。ドイツではナチス時代に反ユダヤ宣伝に利用された経緯があるせいか、パニッツァは依然としてタブーに近い扱いをされているようだ（『性愛公会議』も当局の忌諱に触れて長らく上演禁止だったが、一九八二年に映画化されている）。

『書物漫遊記』（ちくま文庫、一九八六年）によれば、種村氏愛用の字引は『木村・相良独和辞典』との由。九割ほどはこの辞典で事足りるという。ところが、できあがった氏の翻訳を読むと、どこからそんな訳文をひねりだしてくるのか、タネムラ節とでもいうほかないものにすっかり変貌しており、同じ字引にお世話になっていながら、こうも違ってくるものかと、ことあるごとに舌を巻かざるをえなかった。同じ食材を同じレシピで調理しても、できあがった料理の味はつくる人ごとにまちまちだ。名人には名人なりのコツがあるらしく、そんじょそこらのド素人にはその熟練の腕さばきが見極められない。本国では冷遇されたオスカル・パニッツァも、日本ではほぼおしなべて名板長の江戸前のお手並みで食通ならぬ読書通の舌を唸らせてきたわけだ。ずばりパニッツァといえば種村季弘。冒瀆の誹りを承知の上でしぶしぶ朱は入れざるをえなかったものの、その風味か残香の真似事くらいはなんとか取り繕おうとむなしい努力を尽くしてみたのだが、いかがなものであろうか。

出版までの経緯を知りうるかぎりでごくかいつまんで記しておきたい。種村氏の没後、書斎に残されていた百頁ほどのワープロ草稿が郵送されてきたのがそもそもの始まり。欄外に日付と時刻が丸っこい字で鉛筆書きされていた。それによれば、作成期間は二〇〇一年六月から八月にわたる。ただし、あくまで推測の域を出ないが、『パニッツァ全集』の解説に一部の引用があることから、もしかしたら手書きの草稿はかなり前からあらかじめ用意されていたのかもしれない。ちなみに、種村氏がワープロを使い始めたのが一九九五年前後というから（「ワープロ外人体験記」『東海道書遊五十三次』朝日新聞社、二〇〇一年、二八三頁）、『パニッツァ全集』の時分は手書きだったはずである。その編集の主眼は、戯曲・短中篇小説作品にあったから、そこから漏れてしまった著作もいずれは紹介したいという意欲もあったのかもしれない（事実、故人の出版への強い遺志があったと聞いている）。ところが、このワープロ草稿には原註も訳註も一切附されておらず、ところどころ未訳の箇所が残っており、とくに「幻影主義と人格の救出」などは第十章で途絶している状態だった。

そこでこの未定稿に朱を入れるなり補訳するなりして出版できる体裁にするというのが共訳者としての私に託された仕事であった。はたしてどこまでその仕事を全うできたか。

編集を担当していただいた松井純氏にはなにからなにまでお世話になった。氏の尋常ならざる辛抱強さがなければ刊行にはとうてい漕ぎつけなかった。また、「パリからの手紙」の初出テクストの入手にあたっては滞墺中の岸本督司氏を煩わせた。記して感謝を申し上げたい。ベンヤミンが「類例のないほど放埒な（verlottert）ドイツ語」と呼んだパニッツァの文体と格闘するうちに思いのほか作業に時間がかかり、刊行の予定が大幅に狂ってしまった。ひとえに私の怠慢のせいである。首を長くして待っていてくださった関係者各位、わけても鬼籍に入られた種村氏御本人、ならびに氏の御遺族の方々にはお詫びのしようもない。

いまはとっくにつぶれてしまった古書店で、その瀟洒な装幀に目を奪われて南柯書局刊『三位一体亭』をふと手にとったのが何年前のことだったか、もうさっぱり憶い出せないが、そのときにはよもや自分がパニッツァの翻訳に携わることになるとは想像だにできなかった。このようなかたちで種村季弘版『パニッツァ全集』の落穂拾いができたことを幸運に感じている。

二〇一八年七月

多賀健太郎識

著者略歴

オスカル・パニッツァ（Oskar Panizza）

1853年11月12日、ドイツ・南フランケンの温泉町バート・キッシンゲンにホテル経営者の三男として生まれる。父カール・パニッツァ（1806–55）はカトリックのイタリア人。母マティルデ・シュペート（1821–1915）はユグノーの家系。子供の宗教教育をめぐって父母の対立があり、最初はカトリックの洗礼を受けるが、父の死後、母によってプロテスタントに改宗させられる。コルンタール（ヴュルテンブルク）のヘルンフート兄弟団寄宿学校、シュヴァインフルト（南フランケン）のギムナジウムなどを経て、1876年ミュンヘン大学医学部に進学し、博士号取得。オーバーバイエルン郡精神病院のベルンハルト・フォン・グッデン教授の助手になるが、突然、精神科医の道を諦め、文学に転向し、各地を転々としたのちミュンヘンに居を定め、革命家を自称するリベルタン・グループ「近代生活協会」の設立に関与。1891年、短篇小説『タヴィストック・スクェアの犯罪』で風俗壊乱罪の嫌疑を受けるが不起訴。五幕天国悲劇『性愛公会議』により実刑判決を受け、アムベルク監獄に収監。出所後、ミュンヘンを去り、チューリヒに移るが、「少女凌辱」の嫌疑でスイスから追放処分を受けてパリに亡命。追跡妄想や幻聴などの精神疾患の症状が出始め、1904年、下着一枚の姿で路上を徘徊しているところを警察に逮捕連行され、1921年９月28日に没するまで、バイロイト近郊のヘルツォークスヘーエ精神病院に終身収容された。その間16年あまりにわたって書かれた膨大な量の日記や草稿が死後残されていたとされる。初期の詩集に『暗い歌』（1885）、『ロンドンの歌』（1886）、『伝説と寓話』（1887）など、小説に『黄昏集 四つの物語』（1890）、『ヴィジョン集 スケッチと物語』（1893）など、諷刺的パンフレットに『教皇たちの処女受胎』（1893）、反カトリック文書『ドイツ的愚直とローマの教皇』（1894）、『フッテンの精神による対話』（1897）、長篇詩『パリジアーナ』（1899）、その他、民俗学的研究『バイエルン山地におけるシャリヴァリ習俗』（1897）など多数。

訳者略歴

種村季弘（たねむら・すえひろ）

1933年東京・池袋生まれ。ドイツ文学者・評論家。『種村季弘のラビリントス』全10巻（青土社、1979）、『種村季弘のネオ・ラビリントス』全８巻（河出書房新社、1998–99）、『断片からの世界——美術稿集成』（平凡社、2005）、『種村季弘傑作撰』全２巻（諏訪哲史編、国書刊行会、2013）、『パニッツァ小説全集 三位一体亭』（南柯書局、1983）、『パニッツァ全集』全３巻（筑摩書房、1991）、『怪奇・幻想・綺想文学集——種村季弘翻訳集成』（国書刊行会、2012）をはじめ著訳書多数。2004年神奈川・湯河原にて没。

多賀健太郎（たが・けんたろう）

1974年愛知県生まれ。大阪大学大学院人間科学研究科博士後期課程単位取得退学。訳書に『フロイト全集 第８巻 機知』（共訳、岩波書店、2008）、ジョルジョ・アガンベン『開かれ』（共訳、平凡社ライブラリー、2011）、ジャンニ・ヴァッティモ『透明なる社会』（平凡社、2012）など。

犯罪精神病

2018年8月29日　初版第1刷発行

著　者　オスカル・パニッツァ
訳　者　種村季弘、多賀健太郎
発行者　下中美都
発行所　株式会社 平凡社
〒101-0051 東京都千代田区神田神保町3-29
電話 03-3230-6579（編集）
03-3230-6573（営業）
振替 00180-0-29639

装幀者　間村俊一
DTP　平凡社制作
印　刷　藤原印刷株式会社
製　本　大口製本印刷株式会社

落丁・乱丁本のお取替は小社読者サービス係までお送りください（送料小社負担）
平凡社ホームページ　http://www.heibonsha.co.jp/

ISBN978-4-582-83524-3　C0098
NDC分類番号940　四六判（19.4cm）　総ページ340